U0944226

# 落日的呼唤

〔埃及〕杰马勒·黑托尼 著
李 琛 译

華文出版社
SINO-CULTURE PRESS

# هاتف المغيب

جمال الغيطاني

# 译者前言



埃及作家杰马勒·黑托尼是二十世纪六十年代登上文坛的小说家。我与他的交往始于1984年我作为访问学者旅居开罗的时候。那时，我主要研究老一代作家纳吉布·马哈福兹，兼顾阿拉伯的当代文学和女性文学。经开罗大学现代文学教授塔哈·白德尔（已故）介绍，我到他工作的《文学消息》报社去采访他。他对中国人非常友好，谈话很坦率，之后我又数度访问过他，他将自己的作品和文章及相关的评论送给我。回国后，我们一直保持联系。在渐渐了解他之后，我在外国文学辞典和报刊里将他介绍给中国读者。在《东方现代文学史》（阿拉伯当代文学部分）的写作中，我是把他作为二十世纪六十年代作家的佼佼者写进阿拉伯文学史的。当时，我感到对他的研究还是初步的。他的作品中弥漫着的浓重的苏菲神秘主义色彩深深吸引了我，于是我一边研究苏菲神秘主义，一边进一步阅读他的作品。最后，我把他的作品作为苏菲文学现象的组成部分，对他和其他有关作家一起进行研究，并将成果写成《阿拉伯现代文学与神秘主义》一书。在这个过程中，我完成了《落日的呼唤》的中译本初稿。不幸的是，这本小说的出版被搁浅。六年后，《世界文学》为它提供了机会，以长篇选译的形式刊出了三十六章中的十章，还不到三分之一。尽管如此，还是受到读者的欢迎。虽然只是一小部分，却足以窥见杰马勒·黑托尼鲜明独特的文学风格和作品的深刻内涵。

杰马勒·黑托尼于二十世纪六十年代初开始在阿拉伯地区的报刊上发表作品。其短篇集《千年前青年日记》(1969) 发表后立即获得好评。评论界将其面世与埃及著名作家优素福·伊德里斯的崭露头角相提并论，并以此预示一位文坛新秀的诞生。杰马勒·黑托尼果然不负众望，以其带有鲜明时代特征和民族气派的作品成为新一代作家的代表。他先后获得了 1980 年的“国家鼓励奖”“埃及科学艺术一级勋章”和 1988 年“法国文学艺术骑士勋章”，一跃成为阿拉伯文学的名家，并主编阿拉伯地区唯一的文学报《文学消息》。

截止到二十世纪九十年代中，杰马勒·黑托尼已经出版了《吉尼·巴拉卡特》(1974)、《宰阿法拉尼区奇案》(1975)、《显灵书》(三卷，1983—1985)、《明眼人看世界》(1989)、《都市之广》(1990)、《落日的呼唤》(1992)等十三部长篇小说和九部短篇小说集。他的作品总是给人耳目一新的感觉。这种“新”是建立在广泛吸收世界文学的成功经验,将外来的新观念、新思想与民族的文化传统有机地结合在一起的基础之上的，从而形成自己独特的文学世界。它的作品一部一个样，其手法不断变化，既现代又古典，有的作品难于归类。文学界对他的评价莫衷一是，但是又不得不钦佩他的想象力和创造力。

## 一

这位埃及当代作家的作品属于那种不易读懂的严肃作品，具有深厚的历史感和浓重的伊斯兰色彩。我以为，这与作家成长的环境、思维倾向和远大抱负有着紧密的联系。

1945 年 5月 9 日，杰马勒·黑托尼出生在上埃及的农村。父亲为逃避族人的迫害，举家迁至开罗谋生，住在杰马耶勒老区。他家境贫寒，但其父再难也要送儿子读书。贫穷和好学造就了小黑托尼顽强拼搏的精神。他从小耳濡目染弥漫于杰马耶勒老区阿拉伯—伊斯兰文化的氛围。他就读的工艺美术学校又为他提供了学习民间艺术的机会。1962 年毕业后他从事的地毯设计，更加深了他对民族艺术的理解。贫穷并没有扼杀他对知识的渴求。他经常流连于爱资哈尔清真寺附近的大小书摊，如饥似渴地阅读到掌灯之后。他从不放过周末的文学讲座，从中汲取营养，陶冶情操。

纳赛尔领导的民族民主革命胜利后推行的义务教育，使杰马勒·黑托尼那样的贫苦百姓子弟得到了受教育的机会，他们是革命的受益者。纳赛尔的梦想——独立、解放、社会公正也就成了这一代人的梦想。他们坚定地支持纳赛尔，衷心地拥护他。与此同时，在当时国际和国内共产主义运动的影响下，这一代人又接受了社会主义思想，政治上趋向“左”倾。于是，他们中的不少人又成为纳赛尔的阶下囚。1966 年，二十一岁的黑托尼因“共产党”的罪名入狱半年。次年，埃及在对以色列的战争中遭到惨败，这一事件极大地伤害了阿拉伯民族的情感。个人、国家、民族的灾难迫使黑托尼沉思。他的思考集中在如何汲取历史教训，找到一条适合埃及乃至阿拉伯民族的道路，将祖国和民族引向繁荣富强。由此，反思就成为贯穿黑托尼文学创作的红线。

1968 年，杰马勒·黑托尼的短篇作品已引起文化人的注意，他得到了进入著名的《文学消息》报社的机会。此后他担任了六年战地记者，后又主编文学版，1993 年开始主编《文学消息》至今。回顾当年的思想，杰马勒·黑托尼在与我的长谈中曾说，那时他已渐渐明白：“离开对埃及社会本质和埃及精神的理解，就不可能真正明了和实践马克思主义。”“要弄清埃及社会的特殊性，非得对民族遗产有个清醒的认识。”“我把宗教视为阿拉伯文化遗产的一部分，并试图从更广泛的方面受益。”基于以上认识，他开始潜心研究法老文化和阿拉伯—伊斯兰文化遗产。他广泛涉猎有关史传典籍、苏菲文学、民间文学和口头文学、建筑艺术等领域。随着研究的深入，他感受到阿拉伯文化遗产的灿烂辉煌，渐渐摆脱了民族虚无主义的情绪。由于殖民主义、帝国主义长期的文化掠夺、渗透和垄断，优秀的文化遗产遭到破坏，甚至被忽略遗忘了。他为之惋惜。弥合断裂的文化传统的愿望便在他的心中萌发壮大。在此期间，他先后写出了有关开罗历史文化建筑和描写作为战地记者经历的书籍以及游记。

杰马勒·黑托尼清醒地意识到自己的责任，明白文学“没有独特性就不可能有世界性”的道理。为此，他“只能回归遗产，发掘其表现力”。他认为，发掘文化遗产并有所发现是需要觉悟和品位的。为此，他必须从遗产中寻觅艺术之根，找到创作的根基，形成自己独特的风格。他坚信，阿拉伯文学能为世界提供新鲜的经验。这新鲜经验的产生，则“有赖于阿拉伯人摆脱文化的依附心理，不要把眼睛只盯着西方，面对本民族的遗产视而不见；另一方面也不能只用西方人的眼睛看，还要用自己的眼睛看，用自己的头脑做出判断”。

认真的研究和不断的发现着实让他惊叹不已。人们常说阿拉伯民族没有小说传统，他却从《一千零一夜》、阿拉伯史传、苏菲诗文、圣徒奇迹等故事中找到形形色色的小说胚胎。蕴藏于这些作品中的奔放无羁的想象力、独特的叙述方式、启示性的语言都极富艺术魅力，都为阿拉伯现代文学提供了可资借鉴的经验。杰马勒·黑托尼慧眼识珠，深谙苏菲文化遗产的珍贵。他表示：“虽然苏菲文学有些朦胧费解，但是苏菲的经验更接近艺术家的经验。我借鉴苏菲文学，不是为了标新立异、引人注目。苏菲文学表达了内在的不安，是一种现成的形式，从中我找到了表达的自由。由此可以创造一种非同一般的艺术风格。”与此同时，他也认为：“苏菲文学家吉利、哈拉智、古萨利、伊本·哈彦·陶希迪、伊本·阿拉比都是语言大师。语言对苏菲大师来说是一种寂灭，是存在的真实。

虽然他们的语言水平参差不齐，但它是一种暗示，不是直白；是一种启示，不是说明。”他欣赏伊本·哈彦·陶希迪表达直觉和灵性体验的能力，注意吸收伊本·阿拉比的表述方式而摈弃其对宇宙形而上的解释。所谓的“寂灭”指绝对的寂静，而不是一般人以为的死亡，应是佛学上所说的“清静慧”。

埃及历史学家伊本·伊亚斯的《马穆鲁克史》曾引起杰马勒·黑托尼的注意。他感到自己周围的环境、街名、景物似乎说明那个时代并没有消亡，伊本·伊亚斯记述的种种时间还活生生地展现在他面前。马穆鲁克时代的社会生活和统治方式一直延续至今。在埃及对以色列的“六五”战争失利后，他重读这部史书。“六五”战争失利带来的痛苦心情与伊本·伊亚斯因奥斯曼帝国的入侵和王朝覆灭所产生的沉痛发生共鸣，从而使他进一步体味了这位史学家的凝重和冷峻。

在潜心研究民族文化遗产的时候，杰马勒·黑托尼也不拒绝世界文学的成功经验。他站在弘扬全人类共同财富的高度去挖掘传统，超越传统。他没有简单地模仿重复，而是从文学观念、思维方式、感受方式等更广阔的角度借鉴传统，写出具有深刻思想内涵和无尽意蕴的作品。第一部长篇小说《吉尼·巴拉卡特》取得的成功，坚定了作者自己选择的道路。

在这部小说中，杰马勒·黑托尼借鉴了史传的表达方式和语言风格以及西方现代派的写作手法。作者以1517年马穆鲁克王朝为背景，讲述了一个小人物巴拉卡特的发迹和成为统治者的经历，以及他如何与警察头子互相勾结、尔虞我诈，致使百姓过着战战兢兢的生活，从而揭露强权政治和特务统治的残暴和罪恶。小说摘录了意大利旅行家琼迪于十六世纪多次访问开罗的见闻录作为引子和结尾，前后呼应，串联故事，并且引用史学家伊亚斯的记述来增强历史的真实性。同时，又根据社会现实，虚构了重重叠叠的特务网和特工会议文件，使历史和现实在带有普遍性的强权政治中重合。这种重合让人产生一种似曾相识的感觉，引发联想。于是，小说所展现的介乎两个时代的人生经验，就为寻找不同时代的内在规律提供了条件。

由此可以说，杰马勒·黑托尼的历史题材作品并不是传统意义上的历史小说。他并不完全忠实于历史史实，而是将历史与现实有机地结合起来，并融入一个严肃作家对现状、历史的沉思和阿拉伯民族的智慧。在此之后，他又将伊斯兰苏菲神秘主义思想和灵修体验引进文学，令其作品趋向于展示人生体验和境界，引导读者根据个人的生活体验去理解人物、体味人生。此举给他的作品打上了明显的苏菲印记。

《宰阿法拉尼区奇案》讲述的是一个阿拉伯人的荒诞故事，展现的是人生世态和众生相。故事发生在一个近乎封闭的街区。一位著名的苏菲长老经过七年闭门修炼后出世。为拯救混乱堕落的街区，他先后宣布了几项规定：男人在一段时间内将丧失性功能；街区将被咒语控制；居民不得吵架，要友爱宽容；统一早饭时间和内容。对此，街区的反应强烈，甚至引起国际社会的关注。杰马勒·黑托尼着意渲染的气氛和环境产生了一种间离的效果，使人能从那近乎闹剧的故事中看到与现实近似的人生，由此引发联想。在这部作品中，作者开始引入苏菲人物和思想，使他的小说向神话寓言的方向发展，成为其小说的一种过渡形式。

《显灵书》是杰马勒·黑托尼深入开掘苏菲遗产后的成果，也是他创作的又一新尝试。创作的契机源于其父亲 1980 年在他出差时病故。他从欧洲回来，惊闻噩耗，极度悲伤。亲人的病故勾起他作为战地记者时面对死亡威胁的回忆。生的可贵、死的恐惧、历史的教训、现实的困惑、未来的迷惘都交织挤压在他心头。苏菲的生死哲学吸引了他。苏菲神秘主义认为：人生如梦，人生是一个圆，起点蜿蜒走向终点，终点是圆的完成；两点相接时终点就是起点，死就是生；圆上的任何一点都是起点。杰马勒·黑托尼回顾父辈的苦熬、个人的奋斗、民族的灾难，百感交集。

他觉得自己属于不幸的一代，但又是不甘沉沦的一代，还没有失去阿拉伯男子汉的责任感。他有强烈的奋起的愿望，想做些事情来改变现状，使过去的痛苦变成前进的动力，不让历史白白付出惨痛的代价。他渴望再生，渴望永恒。于是，他创作了《显灵书》，按照自己的心路历程，抒发涌塞在心中的情愫和沉思，其中不乏真知灼见和人生哲理。

杰马勒·黑托尼运用苏菲主义的显灵观念、人生如梦、人必然回归本源的思想、上界七重天及其主宰的观念来建构小说。把他的人生旅程分为：生之旅和存在之旅、洗心和换心、成为陌生人三个层次。他以第一人称来叙述他的旅程、所思所想及心理活动。他的思绪围绕着他所崇敬的三个人物——他的父亲、伊斯兰殉道者侯赛因和领袖纳赛尔。他们分别象征着土生土长的埃及人，以及为穷人谋利益的英雄。他把这三个人的经历与他个人的生活交织在一起，切割组装在人生旅程的三个阶段中，每个阶段代表苏菲灵修的一个等级，一级一级地向上，演示了他渐进悟道的过程。

第一阶段，他从三个人物的生死和对后世的影响中，感受到万物的同一体，而自己只是存在于链上的一环和连接点。存在建筑在生生不息的连接之上，意味着生命的延续。艰难的岁月使他身首离异。他感到这种与万物和本我的分离，以及整合的必要。

第二阶段，第一界的主宰为他洗去悲伤、获得怜悯和同情后，他又找到他存在的实质。在第二界，他看到父母和个人的因缘，明白他这颗存在于生命树上的花蕾是用烦恼、不安、窘困、担心未来所浇灌的。他身为异乡人，终究是个流落人。

第三阶段，他已不再是过去的他。他认识到，这个世界是他的流放地，他迟早要返回家园。旅行有两种：一种是身体在时空里的漫游；另一种是心灵从一种属性向另一种属性的提升。经历了亲善、失去和分离之后，他明白遗忘与物质存在的紧密相连。果实成熟脱离树木，但种子深藏于果实之中。由此，他悟出“深藏于心的东西才会发芽”。他还从人的习惯中认识到，“习惯其实也是一种奴役。人须随遇而安，不为习惯所障。真正的自由源于无欲之心、无为之为。旅行者只须饥食渴饮，以便承受路途的艰辛”。当他云游到西方日落之地时，母亲病故。由此他又悟出：死亡最具权威性；一切都是过眼烟云，不会留存。母亲到达人生的终点时，他的旅程也接近终点。他懂得了“终点是圆的完成。起点蜿蜒走向终点，两点相接时终点就是起点。人不必惊慌失措”“生命会重新开始，开始新的旅程”。

这部长卷是由死亡的突然降临而引发的反思。死亡是出发点。由死生发出对生命延续的渴望和对生命意义的认识。作者认为，从表面上看，人的一生是身体在时空中的漫游；实际上，人生的目的是在生活中历练，提高自己的属性以便获得真正的自由。他认识到，人生苦短，应加紧努力，使生命更加有意义而不是因害怕死亡而保命。“真正的自由是源于无欲之心和无为之为”。

《都市之广》是一部被称为“空间小说”的作品。作者借助苏菲神秘主义的时空观，将其作为小说的有机组成部分，既是形式又是内容。苏菲神秘主义认为，时间和空间是相对的，两者相互渗透而不可分割。时间毕竟是人为的东西。杰马勒·黑托尼在作品中将苏菲的时空观做了艺术的阐释，并将其转换为艺术的思维方式，把它和人生体验与人生智慧融合在一起。正像他在《面对死亡》中所说，“时空是同一事物的两个方面，我们可以称这一事物为世界或存在。”“时间流逝，现在的一刻正与人擦肩而过，烟消云散，生死的二重性便包容其间。”因此，他只面对时间，关注时间的形式，在其中找到已经消逝的瞬间的面貌和状态，试图重现它，以便把握过去。

在这部作品中，杰马勒·黑托尼一改《显灵书》中的那种散文化和淡化情节的倾向，恢复了说故事的模式，不过又添加了《宰阿法拉尼区奇案》

的荒诞性。小说讲述了一位教授代同事参加某大学九百年庆典的经历。他在异国他乡的见闻和经历都与这所大学所在的城市及其建筑有关。大学创建的第一个系是神学系，它早于城市的出现。近两个世纪以来，出现了城市与大学哪个在先的争论。作者所描述的过去的故事都是神秘莫测的，象征着世界的不可捉摸和不好把握。大学的变化、大学与地方的矛盾、庆典上的讨论等现实故事也具有一定的象征意义。大学与地方的矛盾代表了传统与现代化或新与旧的斗争。大学在维护传统方面起了极为重要的作用。虽然近半个世纪宗教势力减弱，政教分离，但在仪式上的座次排列仍然可以看出宗教地位的显赫。然而，时代的潮流不可阻挡，大学也发生了由表及里的变化。大学和地方分权导致了主人公办理庆典手续的烦琐，也导致了他由于双方推诿而陷于进退两难的绝境。主人公有死到临头的感觉。不过，他很快又萌生了一种绝处逢生的感觉，好似重新发现了必然，看到了从未看到的东西：末路不就是前进的起点吗？这神来之笔正是小说的精髓所在，给困惑的现代人提示了方向。



## 二

《落日的呼唤》是杰马勒·黑托尼于 1990 年至 1991 年创作的。这部作品再一次显示了作者的创新能力和艺术上的成熟。作品不仅运用了喜闻乐见的讲故事形式，以增强可读性，而且具有深刻的内涵，耐人寻味。作者终于从苏菲文学中找到了创作的自由，形成他非同一般的艺术风格，实现了他多年的愿望。

小说讲的是主人公艾哈迈德顺从“冥冥中的呼唤”、向西旅行的故事。这种“冥冥中的呼唤”，直译为“落日的呼唤”，意译为“冥冥中的呼唤”，以暗合小说的神秘色彩。在这里，落日的含义是引申出来的，而非本义。它源于古代人们的一种观念。日出日落代表一天的开始和结束。人的日子就这样由日出到日落，一天一天循环往复。尔后，人又将日出日落比作人生命的始与终。日出的东方象征着生命的起始，日落的西方则象征着生命的结束。东方被视为“升起”，代表生命之机；西方则代表生命的尽头，或新生命的起点。从东方走向西方，意味着人生的旅程。伊斯兰教神秘主义者认为西方是极乐世界，代表人的最终家园，与佛教的“念念西方回家去”是一个意思。向西方的旅程是寻找精神家园的旅程。有些宗教观念认为，死亡不等于生命的最终结束，生命也和日出日落一样循环往复。死与生相连，这连接点既是死亡，也是一次重生。为此，古埃及人在他们死后要保存尸体，以便乘船返回人间。与佛教一样，伊斯兰教也有类似的观念。

主人公艾哈迈德向西的旅行是听从了这一呼唤：“离开吧，朝着落日的方向！”推动着他朝向西方。他对这呼唤声的感觉是由不明确变得明确的。开始他认为，那声音来自四面八方；来自外部一个不能确定的方位，甚至来自各方。声音悠远，无法确定它的源头，它来自无所在。慢慢地他意识到，它好像是从体内发出的，发自内里，仿佛是一个埋藏已久的声音。这声音又不为他所知。在行动以前，他的内心里似乎已有了离去的念头。后来他又感觉到，它是来自宇宙苍穹和大地的命令。那命令让他必须接受，不得三心二意地违抗，只能听从。这声音的出现意味着他经历过的日子已不复存在，持续到现在这一刻的生活已经结束。有序变成了无序，他必须独自离开。

在艾哈迈德的旅程中，这声音一共出现了五次。每一次不是在夜深人静、他似睡非醒的时候，就是在精神放松的虚静状态下不期而至。用主人公的话说，就是在“两个世界连接和分离的时刻”，“随着意识的清醒幻象慢慢消失，快要超出这一刻的瞬间”，“在猝不及防的时刻降临”。最后一次是在“一种沉重感突然降临于我，搅扰了我的平静，消除了我的虚幻”时响起的。呼唤声每一次都让他离开已经熟悉的生活，独自走上向西的旅程。

离开故乡和平安的家——开罗时，他遇到了由泰尼斯人率领的驼队，与哈达拉毛人向导结下了情同父子的友谊。在他的帮助下，艾哈迈德摆脱了孤独感，学会了在沙漠中生存的本领。在他们感情日渐深厚的情况下，主人公离开了驼队，独自在大漠中走了八个星期，来到索依儿绿洲，受到全体居民的款待，并作为过路人在那里暂时存身。他认识了说踪迹者和他的孙女。在冷热泉边，他遇见了让他心动的姑娘，姑娘也爱上他多时了。他们结婚生子，相亲相爱。在妻子怀孕七个月的时候，他又不得不离开绿洲，走上向西的旅程。来到鸟王国的时候，他绝没想到会被在那里恭候的人群授予王冠和权杖，成为那里的统治者。经历了四十天的学习和永恒微笑的手术，他真正掌了权，成了一国之君。而那个王国与埃及泰尼斯岛和爱鸟人有着密切的关系。当他摆脱了监理人独立自主时，他又走上了不归路。经过了五十四天的行程，他来到了拄杖人的营地。那是一个信奉世界末日、抛弃一切束缚、享受生活的团体。主人公本能地厌弃这一切，再次离开。当他来到陆地最西边的摩洛哥时，见到了大长老，得到了他的指示。面对国王的书记官，他讲述了个人的见闻经历和体会。在得知哈达拉毛人向导死去、泰尼斯岛沉没的消息后，他毅然走向西方的旅程。

在这部小说里，作者运用阿拉伯麦卡姆故事的叙述手法，以摩洛哥书记官作为讲故事的人，由他来倒叙艾哈迈德的旅行见闻和感受，中间穿插讲故事人的议论和个人的经历，以与主人公的叙述做比较。下半部则加进了主人公的自述，与讲故事人的感受和议论相辅相成，增加了小说的叙述角度和读者的思考广度。主人公一路上听到或经历的神奇传说和故事很多。这些传说和故事无疑使小说平添了许多神秘的色彩。这些故事构成了他的旅途生活，并使他不断地从生活细节中得到启示，领悟到人生的哲理。其中最重要的就是对人性和人生的认识。

哈达拉毛人向导对主人公艾哈迈德影响深刻。浪迹天涯的经历锻炼了哈达拉毛人向导坚强的性格，也积累了在大漠和海上生活的经验。他无私地传授给艾哈迈德这些经验和知识。当艾哈迈德单独面对永恒的虚空和无边无际的空旷、不知如何前行时，他的形象就出现在面前，并与之谈论星相；或者一想起他那黑瘦的身子，艾哈迈德就产生继续走下去的勇气。哈达拉毛人的生活经验使之坚信人具有无限的潜力。从自己的经验中，艾哈迈德也证实了这一点。他懂得了，人有多大愿望就能发挥多大力量，信心和经验决定人的无限能力。从哈达拉毛人海上生活的经验中，他还明白，船在海上行驶，只要船在行进中，再大的风暴也不要紧，停止前进才意味着死亡；风暴总有停下来的时候，再难的情况也会缓解。在去摩洛哥的路上他又体味出，人求生的愿望决定他是否屈从于疲惫，或做敌人的猎物。哈达拉毛人曾不得已做过火烫治疗，艾哈迈德也做过永恒微笑的手术。这些经历都使主人公懂得人的意志力是无限的，没有什么能阻止其发挥；任何痛苦都有止境，即便最强烈的痛苦，隔一段时间也会消失；人的感知有相当大的承受力，超出极限就失去。

在驼队里，主人公亲身感受到了友情的珍贵，明白了驼队的成员为什么在出发前要成为朋友。书记官讲述了他自己在狱中接受新鲜面饼的故事。这又从另一个侧面说明：在艰苦的情况下，友情能使人把握住自己，陌生人无论多坚强也是脆弱的。由此，他联想到为什么统治者要把要犯单独关押。

在小说里，绿洲大帐篷的故事颇为离奇。这个话题在后面还要谈到。这里只讲绿洲人和大帐篷之间的对立使主人公悟出“两个人群的对立只会导致双方的融合”的道理。由于双方不断观察和研究对方，按照对方的思维方式推理设想，从而渐渐接近或学会对方的思维或行为方式，这样就难免发生融合的可能。

在鸟王国，当艾哈迈德逼问监理人有关鸟王国的秘密时，监理人告诉他：有些事情“可以口头讲明，有些需要写下来，再有些需要经过共同的生活才能了解”。他还说，“知识无止境，各种知识都需要时间去了解，早晨了解的与中午知道的不一样，与傍晚发现的恐怕完全两样。”在旅程中，艾哈迈德也认识到：随着年龄的增长，人认识事物的能力会逐渐完善，个人有个人的等级。随着时间的推移，他还感觉到自己积累的知识已消失殆尽了，这预示着他的直觉将要发挥作用，使之获得借助理性无法得到的知识，他的境界也会有所提高。

在小说中，杰马勒·黑托尼描绘了众多的神奇人物，如埃及泰尼斯岛上的爱鸟人和他的四个儿子、绿洲上的摩洛哥使节以及说踪迹者和他的孙女，还有那个不知生活在哪个年代的伊斯哈格。主人公艾哈迈德·本·阿卜杜拉和摩洛哥书记官杰马勒·本·阿卜杜拉生活在不同地域、不同时代，表面上看他们并无联系，但是随着故事的展开便显现出他们隐而不显的关联。泰尼斯岛由于接骨木树的死亡而沉没。爱鸟人死后，他的四个儿子离家出走。三儿子去见识世界，后来成为领驼人。从一位面对大树修炼的长老那里，他预知将要伴随艾哈迈德走一段旅程。哈达拉毛人则是接受了鸟信使的嘱托去关照他的。领驼人的二哥是埃及建筑师，他在各地都留下了传世之作。艾哈迈德称王的地方是鸟类的最后家园。建筑师在那里也留下空中楼阁。艾哈迈德并不知道自己与书记官有什么关系，但是书记官明白，艾哈迈德来到世上正是他逝世的那一刻。艾哈迈德好似他这个老光棍的儿子。艾哈迈德的旅程就是他的旅程，他的目标的实现就是自己的目标的实现。这些大大小小的故事从一个侧面说明“世间一切外在的事物都有其隐蔽的一面”，“存在某种隐而不易发觉的联系”。艾哈迈德也感受到，凡事都有前因后果，顺此演进，能否成事便要看运气了。

人所生活的世界的确是神秘莫测的。人生世事间总有许多隐而不显的联系，因为一时无法明了、无法把握而被忽视。但是这种联系往往作为一种因素影响着人的成败。宇宙的神秘可以靠科学研究去解开。科学研究正是为发展人有限的认识能力，并揭开这些神秘而开展的。艾哈迈德对生活的感悟和了解，有时看似简单甚至有点儿老生常谈，但在生活中，并非每个人都能带着这些认识去待人处世。所以，艾哈迈德希望后世能带着他已悟到的东西。他的这些人生感悟和他对统治者和统治学问的认识，以及他后来的亲民方式等，都能让人产生似曾相识的感觉和联想。这便是作者在不知不觉中透露出的反思主题。这些人生感悟对处于激烈变化和动荡时代的人来说是具有现实意义的。

## 三

《显灵书》中的导师曾告诉主人公“我”说：“旅行有两种：一种是身体的感性的，是在时空里的漫游；另一种是属于心灵的，是从一种属性向另一种属性的提升。”后一种旅行就是宗教上的灵性修炼。《显灵书》对心灵旅程的描绘完全按照宗教的观念来建构故事，语言上也较为古老，专业术语颇多，给阅读造成了一定的困难。而《落日的呼唤》则用游记的形式，游记既是形式又是内容。作者写得虚虚实实，语言通俗，故事性很强。表面是第一种旅行，实际上更多地指向心灵的旅程。大漠绿洲摩洛哥的描写是实的，而其中大大小小的传说或故事则是虚构的、神秘的。作者着重描写神秘主义修炼过程中的“悟道”，这种悟是在生活中渐渐对外部世界和自己的内心周遭体验而生发出来的智慧，了悟到生命意义、真我和旅行目的等。虽然小说借用灵修的观念和方式、甚至是灵修的境界，但它并不是一部类似英国班扬所写的《天路历程》那种宗教小说，而是类似中国《西游记》或阿拉伯《一千零一夜》那样的神话故事，具有神话的隐喻性。隐喻性正是作者钟情于伊斯兰苏菲神秘主义文学的一个原因。

为了便于阅读欣赏作品，这里对伊斯兰神秘主义做一个简单的介绍。世界三大宗教产生之前，各民族都存在神秘仪式和神秘的修炼。苏菲派是伊斯兰教的神秘主义派别。据穆罕默德·法里德·沃志迪的《百科辞典》介绍："苏菲派是一种教派或学问。目的是净化心灵，将灵魂提升到神圣境界，忠于造物主，心中只有安拉。它是古老的教派。人类几千年以来就认识到，在这个身体的皮囊后面存在着精神的秘密，在宇宙现象之后存在着神的秘密。这个派别在阿拉伯和非阿拉伯国家已有几千年的时间。"历史学家伊本·赫勒敦在他的《历史绪论》中说："苏菲的本源是专注于崇拜，一心在安拉，弃绝现世的浮华和一般人所接受的享乐、金钱和名誉，避开人群独自跪拜。这在圣门弟子和先人中非常普遍。伊斯兰教历二世纪之后，接受现世的风气传播开来，人们都趋向俗世。于是，专注崇拜的人就被称为苏菲派。"阿拉伯现代学者肯定：苏菲主义是"有关心灵的内学"，是"一种心灵的饥渴"，"代表了伊斯兰的精神"，它是由修道和苦修发展而来的。

历代苏菲大师是这样描绘苏菲教徒的："苏菲教徒是为安拉净化他的心灵、使其心灵充满光明、并因念主而得到快乐的人。""苏菲的三大特点是守贫、献身、利他，放弃对抗和好处。""苏菲好似大地，扔进一切丑恶，给出一切美好。"苏菲教徒是"不拥有，也不被拥有的人"。

苏菲教徒把守贫和自尊视为修炼的起点。"人生悲苦是善的催化剂"则说出了他们守贫的原因。爱是他们的近主之路。他们的修炼说到底是为了炼心。修行就是修正自己的起心动念和行为。大苏菲比斯塔米说过："我处理过各种事务，唯独处理自己的心最难。其他的事都比较容易。""我招呼过我的心，它不听话，我扔下它，径自朝向安拉。"苏菲的炼心也是一个过程，最终的目的是要见主认主，与主合一，"探寻安拉照亮知者心灵，遮蔽叛逆者灵魂的光芒"和"神性的秘密"。伴随先知穆罕默德的辅士艾布·胡莱赖说："谁按他所知道的去做，安拉给予他所不知道的知识。"巴达维在他的《苏菲的沙塔哈特》中说："修道者在合一中迷恋着所揭示的真理，喜出望外。从主涌出的真理，强大到战胜修道者，使其忘记自己的感觉。这强大的涌出才能揭示美的属性。这揭示以影像或呼唤的形式出现。它令双方交换着角色，被爱以爱的口吻讲出秘密。这位置或角色的交换标志着合一等级的达到。”伊斯兰教权威安萨里描绘个人修炼的体会时说:“开始要坚持口头颂念，不仅口念还要心念，边念边悟。直至口不出声，心仍在念，成为习惯。持之以恒，即便不想安拉一词，其抽象意义仍长存于心中。只有不间断纯粹地默念，并不再有意为之，就能等到对圣徒所显现的东西出现。那是些显现在圣徒面前的景象。安拉圣徒的等级是无限的。”“一旦心儿因认罪而净化,学会顺从,安拉的意愿经由法版反射至心上，心底便发光。这就是众所周知的神秘学问。”“我清醒地认识到苏菲是行安拉之道的人。他们的行为最好,道路最正,道德最美……他们从见证中提高等级,直至无法言说的程度。”

这部小说有不少地方明确提及苏菲修炼的事情：如主人公走过的地方都不复存在；鸟王国的监理人明确告诉艾哈迈德，他走的路不能用人类已知的时间来计算；小说还多次提到主人公所到之处的人们所进行的修炼；绿洲上有一个成人的团体，他们有自己的信仰，其长老曾为主人公选择住地；在摩洛哥边界的地方住着一些来自东方的人，他们隔断了与外界的联系，认真修行；摩洛哥的咖啡馆里那些静坐观海的人；摩洛哥的书记官杰马勒也是个修行者，在陪同主人公去东门外的台阶时，指出他宣布修行的地方。

在小说中，杰马勒·黑托尼详细地描绘了艾哈迈德不断思考外部世界以及个人身心的变化等悟道的过程。他的悟道不是枯坐或玩弄言谈，而是用自己的头脑、思想、智慧和行动去体会、去实践的。

艾哈迈德开始旅行时完全处于被动的、不情愿的状态。他服从呼唤声的命令，懵懵懂懂地跟着太阳走，没有任何思想准备。对他来说，这旅行既艰难也非常痛苦。首先他要独自出行，朝向未知的世界，前途未卜。他必须一个人面对茫茫沙漠中潜伏的各种危险、孤独、寂寞，恐惧无时无刻不伴随着他。他很幸运，在第一阶段旅行的一开始就与泰尼斯人的驼队相遇，受到他们的照顾，并结识了向导哈达拉毛人，与他建立了亲如父子的感情。绿洲上的说踪迹者也待艾哈迈德如亲人。他们两人都教他星相学，识别时间、方位的学问，以及有关沙漠的各种知识和经验。他们从物质到精神上关心他，帮助他，使他顺利地走过以后的路程。旅程中，艾哈迈德不仅要忍受身体的疲劳，使人的潜能发挥到极致，而且还要忍受精神上的压力和痛苦。他要不断割舍自己的乡情、友情、亲情，以及他已得到的至高无上的王权和令人向往的人生享受，变为一贫如洗的人，放弃拄杖人那样的绝对自由，甚至自动割舍在摩洛哥获得的清静。对他来说，失去这些东西不是件容易的事。他好几次都想返回开罗，不再离开，离开的滋味引起他的切肤之痛。他想抗拒呼唤，但是对他来说，抗拒是不可能的，因为那是他内心的渴望。但是，这并不等于说他内心没有挣扎和斗争。他曾顽固地要找到绿洲，想最后与家人团聚。他也害怕听到呼唤声，想放弃一切愿望，以换取已有的地位，保护它不受威胁和具体的危险。艾哈迈德把他的痛苦形容为“跨越黑暗与光明界限所引起的切肤之痛”。于是，他认识到旅行的阻力来自内心。这一次次的离去和割舍，就是放下一切身外之物和欲念的炼心过程，由此他的精神境界逐步提升。

有关艾哈迈德观察大帐篷的描写可以理解为主人公观心的状态。修道者的观心、炼心就是要对外界的一切现象以及内心的现象都能清清楚楚地知觉明了。他那样专心致志地观察那边的动静，细心倾听和辨别声音的微小区别，就像他认真观察自己的起心动念一样。大帐篷的动静与他生活的变化相互呼应，彼此间存在着直接的关联。与此同时，他还养成默默沉思的习惯，并得到“沉思者”的称号。这就如同佛学所说的用思想和智慧来修道，用智慧观察一切如梦如幻的“正思维”。

一路上，主人公常常思念家乡，寻找家乡的方位，由此对时间和空间有了独特的感受。开始，他用时间计算路程；尔后，他的路程已无法用人类已知的时间来计算。他又感到：了解一个地方必须从人和时间上着手；过去的时间与空间相连，想象中的空间又与现在的时间相连；只有离开故土的人才能看清空间的含义。他不断地追问：开罗的家、绿洲的家是不是自己真正的家？为什么过后都不存在？渐渐地，他越来越明确地感到，他在这个世界上是个陌路人、异乡人，在这里只是暂且存身。即便是在他无所不能的时候，他也绝对没有忘记自己的陌生人身份。在摩洛哥找到清静的时候，他也不把那里当成是可居住的永久歇息地。他所到之处，人与事都成为梦幻和回忆，变得虚无缥缈。一提起他后来的见闻，就如同他绿洲的妻子和未见面的儿子一样，属于另一个人的经历。他变成在远方的幽灵，消失的另一半已找不回来。他已非他。他感到，"一切都成为非存在，都失去原有的感觉，完完全全和由醒入睡的过程一样。这是一种状态，好似人在梦中见自己飞在天空、游在水里一样。"这时他已了知身心皆为挂碍，一切为幻，诸行无常。旅途中，他也不停地追问什么时候人才是真我？自己的真我在哪里？在他处于身体的所在地与回忆的故土之间时，真我在其中是否发展了？他以为真我出现在个人独处之时。"他不过是隐藏在某处的本我的影子，一切仿佛是回声。"而他到达终点后开始的旅行才是"真我的旅程"。

在绿洲，艾哈迈德初次体验到合一的快乐。经过鸟王国到达摩洛哥，他的合一境界更加提高。这里，作者借鉴苏菲文学用男女的欢悦代表合一的象征手法。主人公与绿洲姑娘的合一，是他摆脱忠告，排除了惶恐和谨慎，自发地下意识地行事；而姑娘，则为了满足她所渴望的精神提升不肯匆匆了事，否则她的身心会分裂为两个对立的部分。他感到，她在接近他时已经深入到他的肌体，停泊在他心里的最深处，她走的时候已在他心中扎下了根；他们是生命的合一，"与她的合一是对新生活的理解"。他在绿洲的这种经历，"不仅是一个开始，而且变为他日后衡量事物的尺度和参照”。作为对照和印证，作者同时又描写了书记官与印度姑娘的好事。书记官也感到，“此后的一切仿佛是寻求潜在的原初的力量”，“短短的时光成了一生重要的标志，它改变了我的祈求和归宿”。

这一经历与艾哈迈德和许多侍女的关系有着本质的区别。与她们在一起时，他总有一种罪恶感，后悔不迭。那是肉欲的满足，或者是猎奇。与此同时，他内心总是渴望着那个“郁金香般幽香”的女子，可每次寻找都是白费力气。这意味着主人公对合一的渴望。到了摩洛哥，他的合一状态使他明白，“自己不再是单独的他，而与另一个存在同行。那个存在是个女身。”“他生活于她的存在之中，通过思念她可以再现。那个日夜不离左右的女性的存在并不确定，说不清楚她怎么进入他的体内，他如何与之独处，怎么结合，他形容不出他们合一的欢快。”

在鸟王国，主人公具有了王者的风度和永恒的微笑，彻底改变了气质，并通过画像进入民间，使其达到了无所不在的地位。他学会独立自主地行使权力，能摆脱监理人的控制和监视，都说明他已成为自己的主宰，自己是自己的主人。他与呼唤声的关系也发生了变化。他们的心已连在一起，互为补充，互相适应。

进入鸟王国后，他有了一种以前没有过的特别感觉，证明了他境界的提高。“光线在变幻，好似一挂透明的帘子垂落下来，将他与太阳隔开在不可精确判定的某一点”，这时他看见了一群人。这种感觉在他进入摩洛哥时又出现了。“他感到自己从头到脚都笼罩在一层透明的薄膜里。他的物质存在已经消失，像一种液体在流动，完全不同于过去。”他明白“自己达到了可以不用肉眼行事的阶段”。这种“无我”的境界让他感到，“存在一种截然不同的世界，身体各部分不过是一种固定的念头，肢体动作也是如此。”在他处于寂静的时候，“时空交错，说不出那一刻的准确时间”，在他目光还清晰的时候，出现许多的梦境和幻象，在这些幻象中他既看见了自己的过去，也看到自己的未来。修行人一般修到如梦如幻的时候，真空中就要生出妙有来，即所谓的“性空缘起”，“由起幻故，便能内发大悲轻安”，“受用世界及与身心”。

随着接近旅行的终点，他终于明白了向西旅行的目的。在鸟王国虽然得到了至高无上的王权和各种令人羡慕的人间享受，但他却感到在宫中被监视的沉重，空虚的心仍在寻找“郁金香般的幽香”。正是这种无法企及的对心灵自由和合一的渴望，推动他继续旅行。到了摩洛哥，他又明白自己“最渴望的是在最有权威最风光的时刻不曾享受过的悠闲和平静”。当他获得了平静之后,决定继续向西旅行是为了“心安”。回顾他走过的路、特别是结局时，他认为人们不会在结局与起点之间发现什么。然而，两者的确是曲线的两端，如果将两端联系在一起，便成为一个封闭的圆。坐在大洋岸边的他终于明白大长老对他说的话：“人的存在是圆形曲线，从一点开始沿斜线移动直到圆形清晰显露出来。枝杈接近起点，重合相交于消失之处。”

经过旅行，艾哈迈德明白了旅行的目的，而书记官却在没有外出旅行的情况下懂得了它，坐在大洋岸边咖啡馆等待大洋宁静的人也是如此。这种境界即是所谓“不移一步到西方，端坐西方在目前”的真正的净土。而书记官最后的问题是：“我们如如不动的清静在哪里？”书记官的经历已经说明了这个问题的答案。但是，人们往往对此感到十分困惑，难于说明白。其实，“如如不动的清静”就在心里，在当下一念间。人无须向外求，静不静的关键在于每个人的内心。此心本来清静，平常心就是佛。正如一位大师所说，“十世古今始终不离于当念，无边刹境自他不隔于毫端。”也就是说,时间空间都在一念之间。然而这个问题的意义确实很大。每一个人必须面对向西的旅行，必须明白旅行的目的，做出自己的人生选择。

作者杰马勒·黑托尼对人生始终抱着积极的态度。他在《面对死亡》的文章里就表示，“时间的各种名称不过是催促我们不断前进的动力符号”。他欣赏法老文化，认为法老文化是一种生命的文化。他希望生活对所有人都是可能的，起码能满足人的精神和物质的需要。“每当意识到生命的短暂、人生旅程会很快结束时，人就更加有必要为使生活充满机遇而工作，使世界变成一块美丽的地方，适合人类居住和创作。”他在小说里透露出的，也是这种积极的人生态度。他看重苏菲的生死观，也在乎死而再生这一点。他希望他的祖国和民族能从困境中摆脱出来，但这需要人民自救，从自我做起，从现在做起，净化心灵，为生活充满生机而努力工作。

写到这里，我想到埃及的老作家纳吉布·马哈福兹在获得诺贝尔文学奖后对世人说的话：“为你的世界工作吧，好像你永远活着。为他人尽力吧，好像明天你就会死去。这是生活在大地上的人所遵循的最高的信条。”由此可见阿拉伯作家的良心！

愿世人都能“为你的世界工作”，“为他人尽力”，使我们的世界更加美好！

2003年9月

# 面对死亡（代序）



昨天到哪里去了？

这是我幼年时头脑中最早的问题。

星期一、星期二、星期三……

过去的日子跑到哪里去了？逝去的时光又溜向何方？

若面朝空间的某一点，向它走去，我能否达到已经逝去的一刻？

年龄不断增长，我渐渐认识到以前所不懂的东西。我又提出问题：

那个我们称之为“现在”的时间，它从哪儿来，又向哪儿去？为什么“现在”是不稳定的？为什么不能让“现在”放慢脚步或加快脚步？为什么“现在”不停地流逝，与我们擦肩而过，既不停下来也不放慢脚步？我们经过“现在”，还是“现在”经过我们？它是客观存在、相对独立，还是源于我们？是否会有“现在”的某一刻，整个寰宇都经过它，还是一个宇宙空间有一种时间，每个人又有自己的特殊时间？

诸多问题的中心都围绕着时间。至今，这些问题一直得不到解答。问题难以回答时，提出问题也成了一门学问。它肯定需要很长时间才能弄明白，什么是世代、时间、时光，或现在、过去、未来。自从娘胎里降生，从第一声哭喊起，人就开始做减法，每一时刻都推动人走向终点。时间的那种巨大的、无法抗拒和改变的力量，推动我们朝着终点，朝着日落的方向，朝着落下帷幕，走向未知的方向。四千年前，法老时代一位不知名的诗人在拨动琴弦时问道："可曾有人从那儿回来，告诉我们那儿的见闻？"

不，没有人回来过。没有人能告诉我们亘古落日方向的事情，也没有得到过关于时间的科学的、令人信服和满意的解释。以后，又过了很长时间，人才明白，那个影响我们的时间和时光消亡了我们，而不是我们泯灭了它。

然而，我也像那些古人一样，执拗而不肯屈服，又不停地追问下去：

时间是什么？

空间是什么？



尽管我完全清醒地知道一切都将走向死亡，但我仍然想留下记号。我要画下那个人类极力战胜它和不断消亡它力量的记号。这个肯定的敌人只能用我从法老祖先那里学来的各种不同形式和内容的创作来战胜它。我们的祖先——法老，曾用艺术、建筑、岩石和墙上的雕刻、绘画、文字以及源于那个时代的生活想象，来战胜虚无。时间是法老文化的精髓。法老文化是生命的文化，它完全拒绝个人形式的终结。为此，死人才有资格以各种生活必需品及他心爱之物，包括衣裳、饰物、食品、书籍、纸张，以及生平业绩的简介，作为陪葬。他的躯体也要用药物保存下来，以便他能返回尘世。在开罗的埃及博物馆，我曾几个小时待在那里，目不转睛地注视着摆放在大厅中的最伟大的十一位法老的木乃伊。他们的遗体安置在长方形的木棺里，外面还有一层玻璃外罩。可是这些国王并非处于神的地位。他们的木乃伊已走过了漫长的时间旅程，最短的也有三千年了。拉美西斯二世的最后表情犹在。抗击喜克索斯入侵、奋勇驱赶侵略者而战死沙场的著名法老塞戈奈拉阿死前的痛苦表情犹在。他张着嘴，露出牙齿，一只手抱着头，保持着遭受致命一击时做出本能反应的姿势。那一瞬间的痕迹保存至今，这一姿势载负着瞬间的产物和发生的故事。这就是我试图做到的,这就是我所认为的艺术的作用。为此,我只面对时间,而非面对历史。

时间是永恒宇宙不可更改的行为。

历史是人类相对的理解。

我的目的不在于历史本身，不在于读历史史实，而在于我所关注的时间形式。从史学家、诗人、有名无名的旅行者所写的材料中，我想找到已经消逝的瞬间的面貌，试图重新把握过去。感受历史比懂得历史对我更重要。我站在金字塔前，注视着人类在我们这个星球表面建造的最伟大最古老的建筑时，脑子里没想金字塔的建造者胡夫，而是想着那些不知名的人，那些规划设计金字塔的工程师，以及采石、凿石、运石和砌石的工人们。

谁会提起他们?

是文字和艺术创作吗?

军官经过凯旋门接受勋章时，我想到的是那些英勇奋战、受了伤或死去的士兵。我曾在前线生活过六年。我听到过百姓痛苦的呻吟，见到过他们痛苦的模样。命运又把我推到了谈论我们听到的英雄业绩不受欢迎的今天。

在那六年里，我面对死亡，站在生死线上。那些年月只在极少的文字中被提到，而那文字又是含含糊糊的。尔后的日子里，人们便将它淡忘。然而，毕竟还有诗歌或小说描写了那个时代的本质，这就是人类创作所起的作用。我以为，创作是这广阔宇宙间唯一能对抗不断消亡的努力。

我依然不停地问着：

什么是时间?

什么是空间?

世人说，时间是流逝的空间，空间是凝固的时间。其实，时间和空间是同一事物的两个方面。我们可以称事物为世界或存在。若我们回忆到某个逝去的时刻，这时刻肯定与空间相连，与某地相连。若回忆我们去过或生活或居住过一些地方的时候，你会发现那地方是与某一时间相互联系、不可分割的。

我经常处于感受时间的状态。我离开某个一去不复返的时刻，希望到达下一个时刻，可还没有到达。我常常把注意力集中在现在时刻，刚刚说完“现在”一词，这一刻即转化为过去。

二十岁的时候，我只是提问，勤于问而少于感受，关注现在的时间多于过去的时间。人若长久地朝向未来，他是不会过多地回想过去的。

三十岁的时候，我开始回头注视逝去的东西，渐渐意识到时间的流逝；意识到现在的一刻正与人擦肩而过、烟消云散，生死的二重性便包括其间。死亡无时不在我们中间，瞬间便会主宰一切。

四十岁的时候，我感到岁月过得飞快。随着年龄的增长，生活节奏加快了。人开始寻找自我，很快就上了五十岁或六十岁。真的，生命的机会太短暂了。为此，我常常希望生活对所有的人都是可能的，起码能满足人精神和物质的需求。毫无疑问，我们的世界缺少公正。不过，我想每当人意识到生命的短暂、人生旅程很快结束时，人就越加有必要为使生活充满机遇而工作，使世界变成一块美丽的地方，适合人类居住和创作。

我们无法了解时间的构成，不知其中的奥秘，也不知其从何时开始，到哪儿结束；时间有否最初和终结；假若时间有起始，那么，它又创始于何时？

我们知道时间的表象，却不知其实质，就像照镜子一样，人不是看镜子，而是看镜中的自己，正如我们看时间的表象、面孔的变化、生命的征象……生、死、记忆、遗忘、凝聚、消散、存在、虚无……

透过写作，我试图接近逝去的时刻，倾听它不断消失的节奏和旅行者的驼铃声，以写作来增加我对虚无的感觉。在写作中，我找到了表达我的存在和对抗、也让我必然走向死亡的力量。

古代阿拉伯诗人云：

生活多美好，
若青年如石块一般，
目睹一切，
又不曾受过伤害。

诗人面对虚无发出呼喊，可是他并不知道，石头也会被风雨销蚀。我更喜欢另一位古代诗人的诗句，他说：

我以为岁月，
终究不会留住，
让我们来讲述它吧！

我对落日和月圆时刻的感受是强烈的。以致，我抗拒着走向虚无的最终旅程。我讲述着我经历的事情，以及我想象的和我所明白的东西。我试图表达我作为个人存在的有限时光。我属于那个与中国悠久文化相类似的埃及古老文化。我有权感到无比幸福，因为《落日的呼唤》有机会从阿拉伯语变成有古老根基的十亿中国人讲的语言，这将使我在面对死亡之时变得更加强大。

杰马勒·黑托尼

开　罗

1995 年 6 月 8 日

# 落日的呼唤



摩洛哥王国的书记官杰马勒·本·阿卜杜拉曾说：

可以肯定，他来自阿拉伯世界东部[①]。从那儿再往西就没有人愿意到这儿来，如果有，就是奇迹了。我们这儿是衰落文明的最后界限，地处大洋的一端，那是个幽暗的大海。没有人到过大洋的那一端，并返回来讲述他的所见所闻。不过，在这儿也没人想过要去探寻那未知的彼岸。

下面是那位来访者讲述的有关七兄弟的故事：七兄弟亲手建造了一只结实的木船，船上装有足够供应长时间航行的物资。乡亲们说不准他们航行需要多长时间，有的说六个月，有的肯定地说得用一年，又有人推断是一段未知的岁月！七兄弟告别乡亲出海的场面十分感人。天将破晓，不知从何处钻出来一伙人。他们围着七兄弟，与之友好地攀谈，告诉七兄弟一些闻所未闻的事情。他们站在岸边，目送七兄弟升起风帆，转动舵把，船儿朝着西方驶去。这伙人也随之消失。

陆地上的人有认识这伙人的，间或与他们有所往来，关系从未断绝。以前，七兄弟没有见过这伙人，所以不了解他们。

---

① 阿拉伯世界分为东部马什里格和西部马格里布两部分。东部包括阿拉伯半岛诸国，西部包括北非各国。——译者

经过了几代人，人们逐渐相信七兄弟已经死去，不可能再返回祖国。但是，民间有种传说：七兄弟返回之时，世上一切都将发生变化。谁若泄露这一秘密，会遭到报应。我们的国王陛下认为，这些传说违背了教义！

七兄弟的消失成了这里的格言谚语，人们说：

“那就等冒险家回来吧！”

“七兄弟会回来的。”

此话的意思是指不可能或难以实现的事情。大家虽然嘴上会说，但不一定都知道它的来历。易卜拉欣·拉吉拉吉是位经验丰富的老船长。他通晓海图和海浪，能根据星相判断方向。

易卜拉欣船长曾对我说：有一次，有人航行在大海之中，到过一处安放着铜像的地方。铜像的底座固定在一片宽广的土地上。谁也不知道是什么人安置的，谁雕刻了它，又是谁把铜像矗立到这里？铜像高大而怪异，人们确信它并非是人类所为。铜像是人形站姿，一只手五指平伸，上面用各种语言刻着如下的字句：

“不得向前一步！”

拉吉拉吉也重申，某夜，他们听到一种声音，来自本源及其分支，那声音也包含着类似的警告。我问拉吉拉吉：“你是亲眼所见？”他说：“不是的。”我向他详细询问他是否从当事人那里听说的。他说，这事传得很广，每位船长都要提醒水手不要接近雕像。

这个传说进一步证明，从日落方向走来是不可能的。那么，我们那位朋友从何而来呢？一些人反复说明他是漂洋过海、从阿拉伯世界东部来的。其他人也分析说，他不可能从南方过来的，因为他不是沙漠中的部落民；他也不是从北方来的，因为他不是外民族的人。

我们中没有一个人看见他到达这个国度，或目睹他进入我们的家园——闻名世界的最后一站。摩洛哥王国的首都是科学之城，战斗的心脏，奋进者的所在，行路人的目的地，旅人和希冀者最好的归宿。安拉保护的君主和臣民。

我们的朋友来到这里，出现在城里清真寺对面的市场中。他显得疲惫不堪，面带病容，身旁围着乱嚷乱叫的孩童。一个孩子拾起一块石头要投他。一个威严的声音制止了孩子。那声音发自站在通向清真寺大门不远的台阶上的人——穆拉比特[①]大长老。安拉以他造福于我们。

我们的朋友把头转向大长老，眸子里露出疲倦、期待和希望，甚至还掺杂着久远的惶恐。他提着行囊，里面装着他所有的东西——七本破旧的书（容我们以后再谈它），朝长老走去。周围一片寂静，人们跟着他朝前走，与他保持着目力能及的距离，然后停下。我们的朋友继续向前，迈上台阶，在离长老两级台阶的地方站住。人们都听见长老与他的对话：

“好呀，你来了！”

“是的……”

“兄弟们怎么样？”

“他们把灵魂抛向了你……”

长老平静而自信地说：

“那好……他们按安拉的意愿，达到了期望的港湾。”

长老示意他走上台阶，来到他身边。我们的朋友顺从了他。长老摸着他的头，解开他的缠头巾，让他转向大众。众人低下头，怀着畏惧的心情散开去。

大长老是穆拉比特的主人。他相貌威严，地位稳固，目标明确，持之以恒且言而有信。他不畏艰险，始终朝向伟岸，谦卑而尽心追求，呵斥长者先于幼者。为此，大家送给他“素丹”的尊称。大家如此称呼他，也如此尊敬他。尽管国有君主行使权力，但国君也这么称呼他。一年后，国君不得不改称为总督，而素丹就改称为大长老。

① 穆拉比特王朝（1061—1147），由阿拉伯伊斯兰教学者阿卜杜拉·伊本·雅辛的弟子优素福·伊本·塔什芬在摩洛哥创建。——译者

最令人惊愕不已的是，这位长老有化身的功夫。他可以变成狮子、翩翩起舞的蝴蝶、一片浮云或黑夜中射来的一道光，以及石崖上的一朵鲜花。他的花样能不断翻新。

他谙熟天象，了解星体的运动和方向，明了字母的秘密及其象征意义，洞悉冒险闯入黑暗王国或去西方旅行又返回者的信息、传说，他知道这些人的确切行踪和具体情况。但是，他从不泄密，严格保守着秘密。

在七天时间里，我们的朋友一直与我们的长老待在一起，只有在祈祷时露面，站在最后一排，行囊不离他的左右。他默默地向其他人点头致意，一言不发。一周之后，他出现在清真寺的大院里。他总是面朝太阳落山的方向，好像在期待着什么，或等待某种启示。

人们渐渐了解这位陌生人，从他冷漠的举止和游移的目光中，人们肯定他是个过路人，只是暂时到此，还要离去。去哪儿？他没有和大家谈起过，也没有在与我初次交往和我们的友谊日渐深厚时告诉我。我是自己明白的，不是从他的言谈，而是从他的沉默和心不在焉中明白的。我觉得他好像已经表露出一种意向，透露出一点点秘密。我只是悄悄地把个人感觉记下来，从不张扬，坚持我对自己的许诺。因为，我荣幸地执行着一项任务，记录他所说的一切，只记他说的话，而不是从中演绎出来的意思。

现在，我回到刚刚开始的地方，停止出于解释的愿望而离开本题，回来叙述事情的来龙去脉。

四十天以后，他结束了人为的孤立状况，开始对大家谈起自己，讲述他经过的地方、跨越的时间、居住过的国家、获得过的意想不到的荣耀和无限的权威，还有他结识的无与伦比的女人，以及闻所未闻的奇异景观。从此，他的事在首都传开，进而传向四面八方，以至于有些居民从遥远的地方赶来听他的故事。他们虽然半信半疑，但仍旧对此惊叹不已。

他只要一开讲，身边就聚集起一大群听众。我们的国王派人来找他，要亲耳聆听他的故事。他没有立刻答应，而是到长老那里去。长老准许了他的请求，并给了他一些暗示。

就这样，他来到宫中，下榻于专门招待外国贵客的宾馆里。国王接见他三次，对他非常感兴趣，命我来到近前，等着他讲故事。

国王说，这位陌生人的到来十分难得，经历也激动人心。但是，随着时间的推移，他会被遗忘。他的事情会像徐徐微风吹遍京城的各个角落，尔后不留下任何痕迹。

国王停顿一下，望着我，用手抚摩着自己浓密的胡须。

“怎么做才合适呢？”

我低下头。少顷，我抬起头来说，在阿拉伯世界东部有位文学家曾写下关于写作的空前绝后的巨著。他接着我的话又问：

“有什么想法？……”

微风吹过，

谁能约束它？

书写。

国王做得对。他命令我笔录这位朋友说过的话和提起的事情，一直记到他谈完为止。笔录之后，要我把听到和写下的材料拿给他过目，然后誊写清楚，保存下来，以便让后人知晓细节，不至于随人一起消亡，剩下的让安拉去处理吧。

# 提及呼唤声

那位安拉的信徒、一无所有者[1]、乞求安拉的宽恕并感受其慈爱的人说：

他叫艾哈迈德·本·阿卜杜拉·本·阿里·本·欧沃德·本·萨拉麦，是上埃及杰赫尼人士，在开罗长大。四十五年、或五十四年、或七十五年前的五月九日星期三离开家乡。由于年代久远，经历了太多的事情，他已经很难说出确切的年代！

他说是九号，那不过是为了限定有那么一天。然而，过去的岁月已难于分辨，特别是目的地非常遥远，致使过去的岁月犹如白昼一晃而过，有时又像是过了沉重的一辈子。

至今他已经走到阿拉伯世界西方的尽头。今天，他只记得启程在拂晓时分。他停顿片刻，目光散乱，表情迷茫，自言自语地说：

“为什么人总是死在拂晓，而生也总在这个时辰？”

父亲永久地合上双眼时，正是在地平线上泛出白光、黑白刚刚分明之时。他的母亲、舅舅、姑姑等许多亲人从娘胎落生到这个世界也在拂

① al-Faqir，原意为“穷人”。伊斯兰教苏菲派信徒以贫穷寓意放下身外的一切，以净化自我去见主。——译者

晓时分。

军队准备交战，调动部队进行战前部署也在拂晓之前。为什么军事家要选择这个时辰?

说话的人只提出问题，并没有接着说出答案。也许他说过各种可能，不过可能并不确定，也不令人满意。在我与他相对而坐、倾听他的谈话、记录他对我说的话时，他总是这个样子。他所说的黎明，亦指始与终的交点，黑夜过去、白昼正来临的时刻。

我们的祖先选择未到过的目的地寻访，总喜欢在黎明时分启程。这一过程不能迟于清晨之后。出航的目的多种多样：第一种是为了求知。寻觅世界的宏观与微观景象，观赏名山大河、各种动物和珍奇花草；整合与分解时间，一些时间从指掌间溜走，另一些与主人永远相伴，绝不逝去。第二种是为了信仰，访问活着或死去的先知。众所周知，拜访活人比瞻仰故人更令人感到亲切。然而，伫立于先知墓前或无名氏的住所则更有意义。因为，在其中可以感受到崇高，或引以为鉴，值得效仿或勾起对已故亲爱者的怀念。古人有个说法，拜见学者、有道德的人和艺术的创造者，是为了表达崇敬和效法之心。第三种是为了逃避人间的迫害。

埃及杰赫尼人氏艾哈迈德·本·阿卜杜拉的旅行是不可形容和限定的。作为大半辈子生活在这个地方又从未离开过的人，我无法掩饰自己内心的不安和向往。我不是因为偷懒。我始终对这种旅行兴趣盎然，可是我为身体条件所限，实在无可奈何。

好奇心和渴望听到一切，令我发现自己常常沉浸于他的讲述之中。听到的一切让我不由自主地停下笔来，忘了做记录，不得不请他重说一遍，重新再来。任何事情都有它的前因后果，自不待言。事实上，他的起始是我见过、听过的最奇特的事了。

艾哈迈德 · 本 · 阿卜杜拉说，他已不记得在出现呼唤、听到那声音以前他有什么值得提起的事情。他倾其所能、搜肠刮肚，都毫无用处。每次努力地回忆，也都一无所获。他头脑中有一片不知从哪儿生出的空洞而模糊不清的东西，引导着他朝向终结。似有若无、似连似断的线条不足以让人明白或揭示什么，犹如呼唤声之前的一切都不存在，哪怕是亲身经历的、心儿为之震颤过的事情。当他遇到这个从未见过、或从未明了其内容、探明其奥秘或追寻到其根源的声音，他好像处于初涉人世混沌未开的状态。那夜，他失眠了，也不知是出于什么直接的原因，正当他处于似睡非睡的时候，生命似乎苏醒，时空正在交错，眼前出现朦胧的景象，心中升起了对未来的期待和向往，萌生出决心和意愿，甚至还产生了对不知何日所犯罪孽的悔恨。

此时此刻。

在两个世界连接和分离的时刻，响起了呼唤声，在寰宇间一闪。之后，又重复了多次。然而，他永远也忘不了那第一声。就这样，起始无法从头脑中抹去，终结也是如此。始与末之间的东西就不一定了！

声音从何而来？

他无从确定。它发自内里，仿佛是埋藏已久的一个声音；也来自外部，一个不能确定的方位，甚至来自各方，发源于那里。人是否能够在说话时立刻听到自己的声音？他无法用已知的事物来形容它，找不到衡量的尺度或参照物。声音悠远，无法确定它的源头。它来自于无所在，就这么出现了！

“离开吧！”

这是来自宇宙苍穹和大地的命令，他只能听从。他无力抗拒开始袭来的瞌睡，也不能抓住那还不能肯定的清醒。

“离开吧！”

那么，这声音已经确定无疑了。他惊恐地站起身，孤单单地没有帮手。他瞪大眼睛，喉头有些哽咽，眼眶里闪着泪花。在此后的旅行中，每每听到这个声音，他都是这个样子。周围听他讲话的人久久凝视着他，他们也说，“他那样子就好像是要哭又没哭出来”。随后又露出永恒的微笑，不让涌动的泪水掉下来。

“离开吧！”

他站在那儿四处观望，好像那声音还有余音跟随其后，作为补充。他很快感到有各种意思，于是询问道：

“去哪儿？”

“去太阳落山的地方。”

“太阳落山的地方？怎么走？从哪儿走？走哪条路？”

“跟着太阳走。”

艾哈迈德·本·阿卜杜拉说，这时他已经完全清醒过来。他环顾四周，望望自己的床，看看头部枕过的地方，摸摸床上的余热，然后确信发生的一切都是真的。已经经历过的日子不复存在，延续到现在的生活已经结束，有序的已经成为无序，瞬间凝聚的东西也已散乱消失。他居住的住所同样也不复存在了，他必须离去。他意识到在他行动之前内心已有了离去的意念，他多么害怕突如其来的命运。它既没有被表明，也未曾显示过；既未被指出，也未被解释过。他根本想象不出，也没有预见到呼唤的出现。这声音令他辗转反侧，无法入眠，扰乱了内心长久的平静和安宁。

很明显，早已与之联系着的东西难以为继了。

继续躺在床上安静地睡去成为不可能的事情。起初，他有些可怜自己，特别是明确认识到他所经历的事以及他必须变化的处境之后，他已别无选择，只能顺应它，准备离去。他洗净了手脚和脸，开始祈祷，然后上路。一个小麻布包袱便是他的行囊，背在右肩。他知道呼唤之后的回声将伴随他去旅行。

他心神不宁地慢慢走着，目光扫视着墙壁、屋角和墙基石，以示告别。

在他生活的几个阶段，这屋角都给他留下了悲惨的记忆。

总的说来，站在屋角意味着他生活中一个回合的终止和即将面对各种不同的选择，或者是一个阶段的结束和新一轮努力的开始。部分地来看，屋角让他心旌摇曳，在头脑中涌现出零零散散、各色各样的幻象，有些模糊不清难以辨认，有些清晰可见！

当他经过那些开着、关着，或半掩着的大门时，心潮激荡。他一个门、一个门地走进去再走出来，以便向他的开罗城告别，然后离开城市。头脑里不时浏览着开罗的建筑，房屋的正面，宣礼塔，清真寺圆顶的阴影，城里灯光的变幻，咖啡馆飘出的香味，水果店货架上摆满的波斯坚果、植物油、不同型号的蜡烛，还有宽广的广场。他煞费苦心，冥思苦想地要记住街区的人口或狭窄的弄堂，好像遗忘意味着抹去一切标志。

一道亮光，照见了黑暗中笼罩在薄雾之中的宣礼塔，好似耸立在空虚中的轻盈少女。

那时，店铺还关着大门，已经有人起来活动。这位老人走向未知的脚步，在今后会令其魂牵梦绕。一个少年正熟睡在环绕清真寺的街口上。两只悲伤的驴子拉着车，驯顺地走着。他在遥远的动物园里会回忆起这两只驴儿。对那里的当地人来说，驴是件奇物。他常常经过的地方，每栋房子的正面都装饰有彩绘。对此他习以为常，视而不见，忽视了彩绘线条的精细、棱角分明的枝叶的繁茂。在他冒险的初期，他脑子里重复过许多遍这些细节，好像一个阶段结束预示出新的开始。把它解释清楚需要费些口舌。

在宣礼塔的后边，是圣裔侯赛因的墓地。他在那里读了《古兰经》的开端章，为他祈祷，并祈求先人，为他排除忧愁和不安。他穿过夹道，高大的爱资哈尔清真寺、乌里清真寺的拱顶、静静的居民住房伫立在眼前。熟睡着的街道正处于躁动之中。一线曙光透过木桥升腾起来。

一字排开的骆驼驮着重物，等待开拔。他记得驼队并不是从这里启程的，这个地方并不是商业驿站，驼队的阵势像是要启程远行。去哪儿？他站在原地观望，犹豫不定。起初，他有些腼腆和不知所措。驼队中一个汉子瞥见了他，或是他的出现引起了驼队的好奇。高个儿的汉子离开驼队，来到他的面前。这个人看来是个主事的。

“要上路吗？”

他点头示意。

“去哪儿？”

他似乎想把他追随呼唤声的事说出来，但是他把话又咽了下去，没有泄露秘密。

“我和太阳一起走。”

半个脸被蓝色围巾包起来的汉子十分高兴，伸出手欢迎他：

“欢迎贵客，您是贵人之子。”

他惊奇地问：

“你认识我？”

汉子闪烁其词。

“不，我不过猜到了。”

汉子面露喜色地说，他们朝向西方已经走了一段时间。正当他们举棋不定、怀疑偏离了方向时遇到了他，他们可以做出决定了。

“不过，你们好像认识我？”

汉子指着东方说：

“逢事都有个时机。现在我们该开拔了，要赶在太阳升起来之前。”

没过多久，太阳刚刚露出笑脸时，驼队已经上路，分分合合，慢慢悠悠地远去了，朝向一小时之前还不知道的地方。从此，艾哈迈德就与他们分享食物，并肩而行，同命运共呼吸，一起照顾他并不熟悉、只远远见过的骆驼。他尽力不使自己成为大家的累赘。他觉得大家在此之前并没有想到他会来到，所以他总是一人独行，看见别人两两谈话就避开，他放开脚步行走，快要靠近某个人时，便迅速超过去，好像在追寻孤独！

驼队的人轮流骑骆驼。他们的人数是骆驼的一倍。骆驼日渐消瘦，眼睛总是不停地向上翻着。轮到他时，他拒绝了，说他还不觉得累。邀他的汉子笑了笑，他是也门哈达拉毛的部落民。他说，自己不是客气，也不是护着他。只是按次序每人走一段路，骑一段路的骆驼罢了。

他若能隐藏起来，他会去做的，以免成为大家的负担。也门汉子说，他知道他的心思。这种情况常发生在起始的时候，尤其是一个人被迫离家、与陌生人结伴而行的时候。

“你怎么知道我是被迫的？”

也门汉子笑了笑，显得十分亲切、温和。

“我不想询问你为什么出来，目的地在哪儿。不过，你的事瞒不过人……”

他说自己完全没有恶意，只是不能让队员走出他的视线。路上的危险会随时发生，人很容易丢失，遭受野兽或人的袭击。一个人心不在焉是最容易被袭击的。路上危险很多，烦恼造成的麻烦会比高兴的事多。最可怕的灾难隐藏在人的心里，如果他倾向于独处，心里总琢磨着无法达到的或难以达到的事情，意外会不期而至，很少有人能预见未知。安拉知道你不知的事情。

太阳在西边坠落，驼队才停了下来。大家已越过人烟稠密的地方，来到一个小村庄，茅屋散落在大地上或孤零零地伫立在田野间。浓密的椰枣树也不见了，只有相隔很远的一丛丛灌木。这是绿色与黄色的分界线。黄昏时，队友在南边沙漠的边缘上休息，像是一次长途跋涉中的休整。估计那里是一个制高点，从那里可以俯瞰老金字塔的全景。若天气晴朗，能见度高，还能够看到尼罗河经过各地的波光掠影。从这里，驼队开始进入沙漠。可以肯定的是，从那里的任何一个地方通过都会导致死亡。

咒语必须会念，护身符也挂到骆驼的脖子上。寻求美好的祈祷词在心里反复地默念着。一切要按章办事，其中包括找到泉眼——河谷边缘最后的水源，卸下多余的物资，每人只留下够三天用的东西。这是件令人不快的事。自古，上路时都要掂量一下骆驼与人的能力，估算出所能走完的行程。

此后很长时间，艾哈迈德都能回忆起这些有生命的骆驼和人畅饮泉水以及喝足后离开泉眼的情景。此时，他正沉浸于对未来的想象之中。他站在分界线上，头脑里闪过了退缩的念头。如若改变主意还来得及。只要他愿意，夜里就可以到家。然而……内心的不安和对呼唤的顺从，使他必定要继续走下去，别无选择。

他的脑子里又涌现出黄昏开罗的街景，人声鼎沸直至月上中天，然后，街上突然静了下来。他并不害怕那些同伴，他没有什么怕丢失的，从一开始他就没有注意过他们，只是偶尔为之，他甚至没有想过或盼望过会再次遇到那位领驼人。现在，他已是集体中的一员。他若有什么需要，可以提出。不过……为什么他们像是已预知他的到来，并且对此十分高兴，而不感到突然呢？那汉子看来对他心中有数。他蒙着半张脸，身体瘦削，骑着一头瘦骆驼，驼毛的颜色也与众不同。他戴着用红宝石色毛线掺着黄色绿色细线织成的帽子，正在沉思。他要去哈达拉毛。

明天的太阳将在哪里升起？

在哪儿？谁陪伴？怎么陪伴？

艾哈迈德心里明白他是被动的，他必须朝向西方，走到太阳落山的地方，不能有所改变。他将与谁同往呢？他望着那些人心想，他将和他们在一个锅里吃饭到什么时候，这种交往会达到何种程度？他们是什么人？从哪儿来，又去哪儿呢？

他发现那些人检查完骆驼，便靠在一起，头挨头地说些什么。他不知道他们谈话的内容。在过去的时间里，他一直与他们保持着距离，不愿给他们添麻烦。可是，此时他的确感到了孤独，喉间的苦涩是他意想不到的。在河谷的这一边，他确信自己要与家乡、街区、亲人、先知墓地，与自己已知的熟悉的习以为常的一切割断联系。只要过了桥，走进沙漠，他立即与这一切彻底分离。然而，目前他正处于一个不断变化的世界的中心。沙漠打开了另一个完全不同的世界。当他坐下来与他们肩并肩，并突然感到自己不情愿地成为他们中的一员的时候，他想起自己的朋友，思念其他的亲人，怀念他们对自己的关怀、彼此间的亲情以及他们相距的遥远。他可怜起自己来。他的处境令其心碎，泪水一下子涌了出来。艾哈迈德遇见驼队的当儿，他曾感到自己正经历着某些人遇到过的情况：他们远离人烟稠密的地方，来到边缘蛮荒的土地，每个人都是迫不得已，通常是出于忧伤或被排挤。然而，自己与他们不同是出于崇高的目的，不是受惩罚，而是听从命令，受到引导和推动，被动地离开，独自面对将要遇到的一切。

领驼人突然出现在他面前，伸出手抚摩着他的头发。艾哈迈德站起身来。蒙面汉显得十分平静亲切，眸子里闪出久经风霜造就的坚毅和刚强的目光。

“我不希望看到我们中的任何一个人掉眼泪。”

他们能容下他吗？当他转向他们的张张笑脸，心儿松弛下来。

做笔录的书记官杰马勒·本·艾哈迈德说：

孤独是痛苦的。我曾听家里人说，陌生人不论他多强壮也是脆弱的，我之所以始终没离开马格里布国家有多种原因。其一是我的病不允许我外出；其二是我在宫廷任职。我可以从来来往往的宾客的眼睛里了解外界的变动，也从我过去外出收集到的资料之中洞悉人情世故。外国人来到这个城市，一举一动都十分谨慎，坐在人群中十分拘束，总是最后伸出手拿取食物，咀嚼食物时从来不发出声音打扰他人；躺在床上翻来覆去，睡着了还没盖被，活像个孤儿。

过去，我总梦想和大家一起去朝觐，朝向阿拉伯世界的东方，经过宰桐清真寺、爱资哈尔清真寺，到达麦加。然后恭恭敬敬伫立于安拉在光明纯洁之城的住所，与主交流着彼此间的爱。我在阿拉法特山，与主交流着彼此间的爱。难怪有人说：这是一座他爱我们、我们爱他的山。

然而，命运却让我只能从书上，从别人的谈话中了解那个方向，闻到麦加的气息，听到长老的消息。我不可能朝向南方，越过无尽的沙漠，找到金矿、银矿，找到象牙、乌木及其他黑人的珍宝。而在西边则是一片茫茫大海，有去无回，可望而不可即。

我从未离开过家。然而，我也有两次失魂落魄的经历。那是在我的亲侄子离开的时候。我的哥哥，安拉保佑他，他在两个孩子出生后就过早地离开了人世。他把两个孩子托付给我。我替代了他们父亲的位置，把他们当作自己的亲骨肉。老大不到二十岁就去麦加朝觐。二十三年来，我一直等待着他回来。老二随水手出海，每次二至三年。他和我谈起了印度、中国和大象，还画图给我讲解我一时不明白不理解的事物。一次，他走了。七个冬春过去了，我得不到他任何音讯。他也许还活着，也许……但愿吧。不管要过多久，我都会思念他们。日子很难过。我总是把他们当作孩子，好像他们还在牙牙学语，费劲地学习朗读，认识数字。

我们什么时候能见面，在哪儿见面呢?

我们彼此还能相见吗?

这个问题一直萦绕在我脑际，不时唤起我的记忆。我的朋友艾哈迈德在准备进入沙漠时，也是满脑子的问题，挥之不去。他凝视前方，心潮激荡，好似在向虚空致意。这一切很难让我无动于衷。我激动不已，以致忘记动笔，记下他所说的话。

# 四个亲兄弟



浪迹天涯的汉子对艾哈迈德·本·阿卜杜拉说，他正在追忆自己最初的日子——他的青少年时代。那时，他憧憬着未来，从不关心周围发生的事情，他期待着而不愿回顾。逝去的东西对他来说并不多，留下来的也不大清楚，根本不去想，不去考虑。待他上了年纪后，他明白了一切遥远的事都离自己很近，逝去的事才是不可及的！

驼队进入西边沙漠之前，回忆这些事令这汉子愉快，伤感的情绪有所缓和。他招呼艾哈迈德坐在他身旁，给他讲伙伴友情的重要。他说友情是出门在外最珍贵的东西。上路前必须是朋友，有经验的人都这么说。他说他将告诉他一些自己的情况和他最初的感受。他生于泰尼斯。泰尼斯是离尼罗河与地中海交汇处不远的一个海岛城市。尼罗河泛滥时，甜水漫过了咸水，方便了居民取用。那里有一个规模很大的蓄水池，足以储存一年的甜水。然后，按照严格的规定分配给大家，谁也不会违背规定或要求特殊照顾。在甜水充盈的时候，海水由深蓝色变成暗绿色。甜水带来了各色各样的鱼，最多的是沙丁鱼，人们可以轻易捕捞到大量的沙丁鱼，晒干储存，然后运往埃及各地。

那里生长着鲜花盛开的接骨木树。这种树已在世界上绝种，这里只余下两株，居民于满月之夜开始榨接骨木花油。这项工作由五位没有接触过男性的少女来完成。如若违反，接骨木树便会干枯，再也活不成。这是自古传下来的、众人皆知的规矩，曾经有过经验教训。榨出的油要装在六七个玻璃瓶中，每个瓶子有巴掌大小。为防止光线损害油质，玻璃瓶用毛玻璃制成。这种油十分贵重，每滴花油的价值约一百个威尼斯金币。榨出的花油全数送交给素丹王，存在宫廷库房里，没有他的命令不得动用。其中有些作为修好的礼品分赠给各国国王。花油的用途非常奇妙。据说，一滴油便能使人返老还童。接骨木树是这个国家宝贵的资源。远在天边的中国、一年有六个月白昼和六个月黑夜的斯拉夫国度，都知道这种树。印度人有句谚语说："比埃及泰尼斯的接骨木树还稀罕。"

汉子说，他见过这种接骨木树散落在大地上，每一棵都用篱笆围起来，牲口车辆不许接近，以防止撞伤树木。接骨木的花儿非常娇嫩，周围的喧哗声也会伤害它。居民都格外小心，并且教育孩子、亲友遵守规矩，爱护花木，甚至还要认真祈祷、施舍，祈求安拉的保佑。古老的预言说，泰尼斯的接骨木凋谢枯萎之时，大海会淹没泰尼斯城。

这个小岛还出产质地柔软的珍贵丝绸。泰尼斯产的丝绸代表了穿着者的高贵地位，假如素丹王把泰尼斯丝绸制成的衣袍或围巾赠送给他的下属或大臣，那就是件值得史官大书特书的事了。汉子儿时的襁褓便是用泰尼斯丝绸做的。但是它并不意味着家庭的财富，只是代表他父亲的崇高地位。

岛上的居民只吃从海上刚刚捕捞上来的新鲜鱼类，或煮或煎。他们从未尝过大米的滋味。岛上湛蓝湛蓝的天空一望无际，空气新鲜，阵阵花香扑鼻而来。他们的父亲死后，兄弟四人在岛上待不下去。他是老三。大家心头的忧伤排解不开，都想离去。最后商量各自离开一段时间。

他说，他忘不了过世的父亲。他的父亲威严刚毅，对先祖的事情了如指掌。祖父传授给父亲一种独特的知识，使之终生以此为业。据说，父亲是伊斯兰国家仅有的一位专家，除他之外还有一个人梦到过他所知道的一些事情，那个人居住在国外的马耳他岛。他可尊敬的父亲是位鸟类学家。他认识秋天飞到埃及陆地上的候鸟，知道哪些鸟儿经过长距离的飞行，穿越陆地大洋最先到达泰尼斯岛的准确时间和所经路线，从不出错。他还知道其他许多种候鸟到来的时间。

他父亲能分辨出两百多种鸟的鸣叫，还能模仿那些声音，仿佛在和这些鸟儿对话一般。他经常看见父亲站在窗前，面对戴胜鸟等鸟儿，给它们准备最好吃的麦粒、小米和水果，并发出鸟鸣般的声音，像是给它们解释什么，让它们放心。他指挥鸟儿停住或拍打翅膀。有时，他用很长时间将一些材料混合起来，和成泥状或者用他保存在卧室里不准别人动的各式玻璃瓶子给鸟儿喂水。他细心地观察鸟儿左顾右盼的动作、声音的大小，从不滋扰它们。从小，孩子们就受到他的教育和嘱咐，都遵守他的规矩。不过，孩子们都没有学会他的本领。

父亲清楚每种鸟的产地。有的来自冰雪覆盖的辽阔大地，人们需要穿上皮衣乘着狗拉雪橇，才能经过那些地方。父亲总是翘首远望，朝着从南方飞来的鸟儿。有时候，他会坐在屋顶上，望着远处，嘴里嘟囔着：

“斑鸠现在准备回来了。”

“槛鸟、夜莺也该来了。”

鸟类能连续飞行几个礼拜，部分鸟儿睡觉时，由另一些鸟按照顺序井井有条地驮着同类。鸟类怎能在没有路标的天空中飞行而不迷路呢？对此父亲从来没有说过。种种迹象表明，他知道其中的秘密，说来话长。

父亲用肉眼分辨寻找他要找的鸟儿，而且用不着在鸟脖子上系上用以识别的绸带或金属环。尽管看上去鸟的模样差不多，父亲却能知道哪个飞回来了，哪个还没有回来。他的家是候鸟的第一个落脚点，鸟儿凭着内在的感觉记得他家的方向，不会飞错，也不会迷路。

鸟儿飞回来，家里就热闹非凡，充满生气。父亲仔细观察每只鸟儿的叫法、声音的高低、走路或飞行姿态的差异，然后将其记录在纸上。有些时候记录还要寄到宫廷书苑。有一年，从保加利亚国来了一位使节，经开罗权威人士的批准，乘船来到泰尼斯，随身携带了一个圆顶的鸟笼，内装一只稀奇的麻雀，身体小巧，细长的腿像是茉莉花枝，羽毛是暗蓝色的。埃及没有这种鸟。保加利亚国的人发现了它，不知它来自何方，为什么而来，原产地在哪儿。

保加利亚国王想知道鸟儿的底细，因为该国公主非常喜欢这种鸟，喜欢它的颜色和清脆动听的鸣叫声。她逮住过一两只，但是小鸟不能在封闭的地方活过两小时，怎么才能把它养在宫中呢?

父亲怀着同情之心端详着躺在笼子里已制成标本的小鸟。晨祷以后，他走进自己的房间，待了半天。出来时，手里拿着他写在莎草纸上的一封长信，上面写着这种濒于灭绝的珍奇鸟儿的分类。它产于印度与中国分界的高山峻岭上的无人区。小鸟迁徙是因为西藏大喇嘛命令修筑一座木桥，超过天堑，连接通向长城的一条很远的路。为此，人们砍下千年的古树，移动地震都未动摇过的巨石，以平整道路，并进入无人区，因而惊动了这种鸟。

小鸟稀里糊涂随着季风飞到保加利亚。这是一种珍稀鸟类。古书记载着小鸟生活栖息的地方和习性。这种鸟不能靠近人类、被其触摸，否则会死亡。它的特点是，一旦不能直飞就会立即死去；如果前面有东西阻碍，也会立即死去。这的确很奇特。在埃及和其他国家没有这种鸟。保加利亚国的使节说，他们请求他父亲为尊贵的小公主捕捉一只活的，仅仅一只，他要什么都行。

鸟类专家（安拉保佑他）说，他不能欺骗任何人，不论老弱。他的确能够满足使节的要求。然而，他已对安拉保证过，绝不限制任何生物的自由，特别是那些已经向他吐露真情、知其秘密的鸟儿。

这是不可更改的誓约，违背就是对全体鸟儿的背叛。他绝不敢去做，绝不。

使节再三请求都无济于事。于是，埃及与保加利亚王国间的关系恶化，传统的进口货保加利亚皮子断了档。那些皮子是用来制作马鞍、王孙贵胄的腰带和冬天的暖靴的。埃及也停止供应传统的出口物资——埃及羊毛、亚麻布和开罗的宝剑。这一切又引起既得利益集团的不满。

埃及大法官表扬了父亲。聚礼日的祈祷过后，在苏菲教派中享有很高地位的坦塔地区的谢赫麦卡姆·艾哈迈德呼吁大家以他为榜样，向这位拒绝背叛鸟类的学者学习。然而，父亲的大儿子对此十分不快。要不是父亲在会见保加利亚使节之前，已经给儿子们留下够他们和子孙享用的财产，父子俩一定会闹得不可开交。父亲继续关心鸟类，准备工具或材料以解除鸟类的痛苦。那些日子，他与鸟类的对话更多了，他从鸟儿那里了解了许多遥远国家的情况。各种鸟都把路途的见闻告诉他，甚至还告诉他远古尼罗河泛滥的水情资料。他知道一种来自北方飞向埃塞俄比亚的鸟儿，在冬去春来的时候返回。一路上，这种鸟可以飞得很高，站在携带阴雨的乌云上做短暂停留。

不过，最奇怪的要算鸟儿的婚姻。有的鸟儿把精液甩向人形鸟居住的地方。雌人形鸟非常漂亮，优雅可爱。鸟的腿上绑着一块泰尼斯的铁块，供人形鸟在上面受孕。根据父亲的观察，人形鸟生下了许多小宝宝，一半是鸟，一半是人。

还有一种传言，父亲既不否认也不肯定。这话传来传去以至传到开罗权威人士的耳朵里。传言说，大埃米尔准许他们穿北极熊的灰色皮毛，大埃米尔想用武力把父亲从泰尼斯抓去，要他讲出所知道的一切。然而，苏菲长老反对这样做，警告说如若对父亲无礼，强行让他离开泰尼斯，埃及将要大难临头。

父亲不时流露出悲伤的神情。他没有讲缘由。这可能因为自己身怀绝技，儿女嫌弃而后继无人；大儿子因其不肯泄密而对他怀恨在心，置父子之情于不顾。之后，父亲猝死于屋顶之上。岛上居民传说，他很久以来一直爱着一种生长在人迹罕见的北方的雌鸟，因为过度悲伤而死。戴胜鸟十分勇敢，它在雌鸟犹豫不决时，为爱鸟人透露了消息，并传达了白头翁的同情和麻雀的遗憾。

领驼人说：父亲死后，鸟类再也不到泰尼斯岛歇息。任何鸟儿都不来了。这是个凶兆。在此之前，全体鸟类掠过泰尼斯上空，像一片片乌云飘过，高空响起群体的哀鸣，令人胆寒。

“再见了，安拉保佑你……”

岛上的居民十分害怕，对他们几个兄弟越加不放心。几兄弟也感到很难再在泰尼斯住下去。于是一致决定离开泰尼斯，各奔前程，七年后在泰尼斯重逢，每人要记下自己的所见所闻。他们很快安排妥当，做好了离家出走的准备。他们选择在木星升起来的时刻动身，因为那颗星是吉祥的象征。在海湾之滨，四兄弟互相拥抱，挥泪告别。

领驼人以亲切动情的语调说，他告别了过去的岁月，迎来了变幻不定的生活。他的大哥好色，坐船出海，去北方的国家，浪迹北国大小都城，从事各种行当，寻觅漂亮的脸蛋、苗条迷人的胴体，尽情享受大地上的美人。

他二哥有着娴熟的建筑技艺。在岛上，他留下不少建筑，如先知墓地的拱顶、显贵住宅和宾馆。他说自己要到不同的国都，在每个国家留下一处不朽的建筑。

四弟最小。他说自己要瞻仰先知的墓地和先人的故居，访遍活着的先人，记下他们的言论、劝诫，以及先人的遗言、智慧和箴言。他自己想出去见见世面，看看外面的世界和国家民族。为此，他要经商，把北方的货物运到南方，把最东边的物产运到最西边。

领驼人说，兄弟生离死别非常不容易。若不是大哥坚持，他们险些走不成。大家从小生活在一起，没有一餐饭是分开吃的，没有一夜不按时回家、在外边过夜的。可是，被居民热爱尊称为“鸟王”的父亲死后，家里没了家长，兄弟各自为政，家也不成家了。

他开始按计划行事，先干小批量的买卖。四年中马不停蹄，小有收获，后来便欲罢不能了。总而言之，他在中国到欧洲的“丝绸之路”上小有名气。他把中国的丝绸带到他不认识的西方各国，然后带回黑人的珍奇异宝。这些珍宝在埃及东部十分受欢迎。他到达的日子像过节一样，被固定下来。他到中国的京城，受到中国皇帝的款待，在他下榻的宾馆挂上了大红灯笼，以示客人的高贵。次日早晨，他被邀请在宴席上就座，并见到了皇上。在印度、波斯、土耳其，他也受到同样的礼遇。他把叙利亚和摩洛哥当成了自己的家。

讲完他的身世和兄弟的情况后，他笑着对我说：

“我预知到你的到来。”

我默默地凝视着他，并不感到意外。

“我猜到了。”

领驼人说：

“你是我这趟旅行的标志之一。”

他说，他经过巴莱赫城时，城里的法官招待了他十天。按照古老的习惯，他寻访了贤人、学者、官员和工匠，瞻仰了留下一个好儿子或做了一件好事的长者的墓，在那里诵读《古兰经》开端章，感受他默默永存的温馨。之后，他又去拜访那些不知名的在上次旅行中未曾见过的人。

在那儿，他见到一个已到了四个月的谢赫。他始终伫立在一棵神奇的古树旁边。那棵古树枝叶繁茂，树干粗大无比，四十个人手拉手才能把它围抱过来。古树结的果子并不相同。每个枝干结出一种果实，有的像芝麻，有的像西瓜，还有的像波斯药豆大小。如果每天早晨放一粒果实在嘴里，两年之后他的一切病痛全消。不孕的妇女贴着树皮跪着，便能生出胖娃娃。过路人向古树行礼致敬，就能顺利回到家乡而不会迷路。

为此，他必须伫立在树下，向神树的枝干、垂挂的果实和看不见的树根致敬。在树下，他遇见这位谢赫。他身材矮小，稳重安详，似一块透明体，让人从外看到里。他的目光敏锐，在他面前，什么也别想隐瞒。谢赫离去时告诉他，在通往西方和南方的路途中，他将遇到三个人。第一个人在开罗湾上；第二个在遥远的小绿洲，那是位不知有多大年纪的长者，那片绿洲住着与时光同等数目的居民，不多也不少；第三个在黑人国度，被冰雪覆盖的山上。第一位要与他同行，他必须毫不犹豫地伸出友爱之手，特别是那人出现在太阳升起之前；第二位将要劝告他，他必须按老人的话去做；第三个人要他带一封信，他必须带到。然后，谢赫交代了征兆，再三嘱咐他，并对他泄露了不少秘密。

领驼人说：

“你是他们中的第一位。”

真的，这汉子的一番话拨开了艾哈迈德心头的乌云，让他感到轻松。进入沙漠后，他变得自在多了。

# 提起哈达拉毛人

艾哈迈德·本·阿卜杜拉说，他们是在夜间启程的。那夜星光灿烂，天空中从未出现过这么多星星。骆驼一个跟着一个排成行，向导走在队伍前面。我忘不了他，他就是那位哈达拉毛人，其足迹踏遍阿拉伯地域和世界其他地方。他谙熟星象和占卜，并据此做出决断。他是艾哈迈德通向日落的旅程里遇到的绝无仅有的一个。他凭感觉辨别方向。不论在什么地方，或走或站，只要抬头望天，即便天空乌云密布，他也能知道所处的方位。他根据建筑物或遗迹影子的移动确定时间，寻得祈祷的时刻和朝向。

他是驼队中最重要的一员。他的地位高于那随时提防意外危险、抵抗强盗袭击的强悍的警卫。一路上，大家离不了哈达拉毛人。没有他，驼队会迷失方向，陷入毁灭之中，他也深知自己所担负的重要使命。他多次见过沙漠中因缺水而死亡的人兽的遗骸。水在石隙中流淌，有时候还能见到硕大无比的古老动物的骨架，它的一根骨头就有二十腕尺[①]长。

哈达拉毛人身体瘦削细长，像一棵挺拔的椰枣树，踝骨腕骨突出。他从小就乘过各式各样的船漂洋过海，停泊在也门、埃塞俄比亚、莫桑

① 阿拉伯国家和地区的度量单位，指自肘至中指尖的长度，1 腕尺等于 0.5885 米。——译者

比克和印度的港口。他熟悉海上的各种现象，了解季风、一般的和风，以及突如其来的风暴；知道海路上的危险地带、暗礁之所在以及星光照射到的地区。后来，他又浪迹于阿拉伯地区，亚洲、西非的沙漠。他说不出在努比亚国待了多长时间，也记不得为什么去那里，当时的情况又是怎样。不过，他对那个地方十分怀恋，常常谈起它，比起谈论哈达拉毛和也门的次数要多。

他登上过尼罗河的大帆船。船上装载着粮食、基那的陶器、那高德的布匹、绿洲上的枣子、艾赫敏的织物。他乘王家的邮船到过努比亚国。邮船每半年由阿斯旺出发，带着埃米尔的信函、货物、动物和犯人，溯流而上。他也遇到过尼罗河常有的涨潮时的泛滥。干涸龟裂的土地等待泛滥已多时了。尼罗河水的泛滥是个痛苦的时刻，大水势不可当，淹没了岛屿和房屋，吞没了载着全家的小舟，席卷了大地上的一切。

在努比亚国，栖息着一只体积小、两腿细细的有着蓝色羽毛的鸟。哈达拉毛人用自己的名字称呼它。这只鸟会说人话。据说，它是鸟类的信使。它来努比亚，为的是向哈达拉毛人传达命令。命令他去关照一位从泰尼斯来的青年，为他指路导航。他必须与这青年日夜相伴，照顾他的一生。因为泰尼斯青年是个好人，他爱他的父亲，并善待了他。

后来，这只鸟飞走了，没有留下痕迹。从此，哈达拉毛人就心神不定，夜不成眠。他不知该去寻找这位青年还是就地等候。有一天，天气奇热。他默默无语，身体慵懒。四周静得两个人隔岸聊天的声音都能听得清楚。一只商船从北方驶向苏丹。他打听到船老板来自那个他不认识的岛屿，他曾从小巧的鸟儿那里听过这个名字。于是，他就跟上这位船老板，按照小鸟的命令，执行他的职责。

一路上，哈达拉毛人偶尔会突然驻足，一脚在前一脚在后，两手叉腰，呆立在那里。这种情况极少出现。若他两眼发直，抬起下巴，凝神不动，驼队全体成员都会把目光转向他，根据他的手势转换方向远离死亡，或全体后退。若是他也犹豫不定，那得救的希望便渺茫了。

他在印度洋上学会观察、审时度势的方法，在阿拉伯沙漠上学会辨别方向，在努比亚国学会星象学，好像他是为学星象才去那里的。他成了星象学家，熟知宇宙现象、行星运行轨迹和星象图，了解每个星座的出现和隐没，以及出现和运行时间上的误差。白天，他根据影子的浓淡和光亮程度判定时间；漆黑的夜晚，他倾听风声，根据风向判断方位。遗憾的是，他没有把掌握到的知识记录下来，而让他的知识随风飘散。

哈达拉毛人酷爱旅行。他在一个地方停留的时间从不超过驼队办事休整的时日。驼队在此期间做买卖、补齐给养、保养牲口。他则忙于打听遥远城市的方位，学习当地的语言或方言，了解他所不知道的各种现象。哈达拉毛人只回答他信任的人或是诚心诚意的求知者的提问。

艾哈迈德·本·阿卜杜拉说，哈达拉毛人总对着他笑，对他十分亲切和蔼，尽管此人常常沉默不语，独来独往。一天夜里，他表示出交朋友的意愿，说他若不是参加了泰尼斯人的驼队，他愿永远陪伴着他。不过，他决定要用有限的生命来保护他，向他提供有益的知识。

哈达拉毛人知识渊博，陆地海洋之上，连苏菲大师也没有人能与之相比。问他一个城市，他能立刻指出城市的所在，说出城市的特征和城里的贤人。当你决定旅行路线后，他会把路上的一切及星象告诉你。

他向艾哈迈德指出荒芜之地与肥沃之地间的区别，寻找地下水和识别有水无水的方法，以及四方果实的种类、生长期、开花结果的时间以及一种果实生长在不同地域的区别等。他还告诉说，也门有一条山脉横在河谷后边，山脚下种着夏季的瓜果，与此同时，山顶上生长着冬季的水果。

哈达拉毛人还给他指出带雨的云和不带雨的云的区别、什么样的雷鸣之后会下雨。他说，陆地上住帐篷的人观察天象后懂得雷鸣七十次后肯定能落雨。他还详细地解释一年中刮起的各种各样的风和风起的方向及走向，还有子午线的度数、黎明与黄昏的关系、日出日落后朝霞晚霞的征兆等。他也教会他识别在人口稠密区和无人区确定礼拜方向的方法。

我是书记官杰马勒·本·阿卜杜拉。我听完艾哈迈德细说这门知识，并把它全部记录下来。但是，我很怕这样做会使记录冗长乏味，所以只摘取了其中一部分。不过，我很想在他说完旅行经历以后，再给我讲讲他精通的计时学。这门学问在摩洛哥十分珍贵，懂得的人不多，只有港务人员和海员才了解。摩洛哥人对日出的了解有限，对日落的认识肯定超过埃及人。他们深知太阳倾斜的角度，日头升起以及落入大洋深处的变化。我在安达卢西亚，特别是格拉纳达城，听过水钟的声音。多少年过去了，那个伊斯兰国家也不复存在，水钟依然在转动。到过非斯城的人和我谈起过盖尔维因清真寺中罕见的日晷仪。类似日晷仪的东西在这里很多，由于我行动不便不能出访，至今没见过那件原始的仪器。



艾哈迈德·本·阿卜杜拉说，他与哈达拉毛人的友情在旅途中日益加深。这人虽然面无表情，抑郁寡欢，但只要坐到他的身边，对他讲起自己周游四方所见到的奇闻逸事，他的心情就会立刻豁然开朗。只有他们两人单独在一起的时候，他才有说有笑，笑声中充满了父爱和同情心。他对艾哈迈德说："我已见过的，你将见到；我已走过的，你将走过；我已经历风霜，你也将亲身经历。"他还说过："我已日近黄昏，你正日出东山。"艾哈迈德答道："安拉保佑你长命百岁。"

他心平气和的时候，会滔滔不绝地讲述他所到过的岛屿、岛上的人形果实、夜间经过的神奇地域、高山和无人烟的海岸、没有烟火的寺庙、椰枣树、茅屋、镶雪花石的建筑、山间蜿蜒的小路等。他从来不提那些知之甚多的各式各样的人。他说，通向中国的道路是世界上最崎岖的山路。

他耐心倾听艾哈迈德提出的问题：路上要经过多少桥？到达哪些国家？在哪个清真寺做礼拜？他有没有机会和陌生人坐在一起谈论他的旅行和经历？艾哈迈德注意到他和哈达拉毛人之间的区别。哈达拉毛人是出于自愿去流浪，满足个人的需求，哪个地方待得舒服就住下来。而他的流浪纯属迫不得已，遵从一个无法联络的声音，也不能确定其性质。是人的声音，是一种爆炸声，还是回声？其表象如何，本质又如何呢？

他没办法说清楚。

他只能服从。走向太阳落山的地方，不知何时到达。他刚刚启程的时候，自己还糊里糊涂不大肯定。现在他问自己，他真的已经历了最初的阶段，还是听别人说的？他真的就是那位年轻人，在一天清晨离开家园，跨过木桥，与泰尼斯汉子相遇，然后又结交了哈达拉毛人？

哈达拉毛人是谁？

他确实听见哈达拉毛人说过让人受益无穷的话，还是自己读到的？他在游牧民粗犷性格的背后，难道没发现他对自己的细腻感情，没有看见他双眸中流露出的哀愁？他习惯倾听哈达拉毛人说话，依恋他，喜欢他的陪伴以及他与自己交谈时的手势。哈达拉毛人听到他要继续走下去，要遇到或将要遇到困境时，掉下了眼泪，这一切是真实的，还是幻觉？他真的和哈达拉毛人在一起，是他的朋友，还是同其他人一样是路人？

我是杰马勒·本·阿卜杜拉，我一边记录，一边思索，手中的笔缓慢地移动着。我从他的表情中看到他没说出来的话。他的双眸说出的超过了他所形容的东西。闪烁流动的目光表达了他心灵深处的感觉，明白无误地道出他内心的眷恋之情。他的惆怅哀伤是我从周围人眼中感觉不到的。他眼光中隐隐约约涌动着的泪花，勾起我莫名的悲哀。他的沉默包容着内心的喧哗和无奈。

哈达拉毛人突然低下头，不再应答，就这么一言不发地坐在我身边。除非他想开口，否则谁也引不出他的话来。他的沉默不是故意的自我封闭，而是在倾听吹过的风儿，分辨这不曾预见的风暴的前兆正酝酿着的带雨的云团，或是倾听大地深处的喧哗。有时，他会突然跪在地上，像是在祈祷，把耳朵贴在地表，然后站起身肯定地说：

“这里有刀剑的铿锵声。”

过不了多会儿，几分钟或一个小时，便发生地震。大地发出哀鸣，起伏不定，或爆发出燃烧已久的大火，抛出地球深处的岩浆。哈达拉毛人停下脚步时，整个驼队都停止前进。他突然的静止意味着看出了什么事情，或是根据他的经验和知识，判断出不久会有意外发生。

谁要是问他的名字，他就笑一笑，说他的名字很多，外号也不少。大家都认识他，每经过一个省，一个村庄，那里的人就给他起个名字。不过，他希望自己喜欢和接近的人叫他哈达拉毛人。哈达拉毛是他的出生地，儿时的游乐场。对那里，他满怀着深情的眷恋。多少寒暑过去了，人生已过大半，他至今仍忘不了哈达拉毛的天空和土地的芳香。

他的小拇指上戴着一枚镶着黄红相间的宝石戒指，可能是玛瑙或印度宝石。宝石中间有只小小的蝎子。只要他戴上这枚戒指，方圆七英里的地段，不会有蝎子出现。这就是说，这枚戒指保护着驼队和其他的人免遭侵害。在令人恐怖的沙漠中，蟒蛇、爬虫都不会造成伤害，只有天气除外。他手里还保存着另外几枚戒指。有能使暴躁的野兽平静，制止狮子、老虎逞凶和镇住鬣狗的戒指，有能防止人被淹死的戒指，还有能治好鸟类创伤的戒指。这些戒指只有戴在手上、接触到人的皮肤，才能发挥功效。

领驼人泰尼斯汉子也说，哈达拉毛人是驼队不可缺少的。他有点儿忌妒这个人。他见识过许多向导，他们或懂得陆地上的知识，或通晓海上的知识。像哈达拉毛人能两者兼顾，甚至还知道一些极难获取或令人难以相信的东西，的确罕见。缺了他，驼队会迷路，从旅途中消亡。

黄昏时分，大家停下来休息。泰尼斯汉子对艾哈迈德说，他最担心的是哈达拉毛人离去或突然走开。他发现艾哈迈德与哈达拉毛人之间的关系越来越亲密。从前，哈达拉毛人和别人从没有这样过。他知道哈达拉毛人决意把知识传授给艾哈迈德。如果真的这样做了，他自己将从中受益。哈达拉毛人会陪伴他一辈子。只要他继续旅行，他都会来陪他，伴他去中国、印度、塞兰迪布岛、黑人国和女人岛。人们把女人岛视为一个世界是错误的，那里有许多不同的世界。人类很愚蠢，总喜欢住在一个地方。可他喜欢到处流浪，表面上为经商或获取知识，事实上是为了见识见识各地方的人。

艾哈迈德·本·阿卜杜拉说，他听完泰尼斯汉子的话后，心里萌生了到世界各地走走的愿望。去东边、南边、北边，寻访中国的事情，或是到世界的尽头，以及世界之初的东方，那个最早见到日出的地方。太阳在那里出生时，开罗还是半夜。说到这儿，泰尼斯汉子沉默片刻，眸子里闪出诡秘戏谑的神情。

关于女人的话题，说来话长。

艾哈迈德羞涩地低下头。在泰尼斯汉子暗示他时和以后很长时间，他都不曾接触过女人。过去，他偶尔与女人有一面之交，目光落在女人身上或触摸过女人。但是，他从没到过朋友们去过的下流地方，也没有机会单独和女人在一起。他问泰尼斯汉子，阿拉伯世界东方和阿拉伯世界西方的女人有什么不同？

泰尼斯汉子说，她们都很独特。住在遥远地域的女人什么样，他说不好。

艾哈迈德听他说话时，心中感到茫然。有关遥远地域的女人话题吸引着他，暗示出一个变幻的世界，勾起他这年龄的人对欢悦的渴求。他浮想联翩：若他不再守身如玉，会成什么样子。

杰马勒·本·阿卜杜拉说，这里他必须指出，艾哈迈德说到此处停顿一下，显得有些异样，露出有别于其他人的神情。我能感觉到，但又说不明白，只能意会不能言传。也许是出于淡淡的忧愁、苦涩、对我不知道的某些事情的哀伤。偶尔，他脸上也会现出似笑非笑的表情，仿佛是一种竭力捕捉的笑意。

哈达拉毛人的朋友，艾哈迈德·本·阿卜杜拉说，一路上他紧跟在哈达拉毛人的后边，休息时能听到他的说话声。到了绿洲，他更是不离他的左右。旅途中，他见到大量流沙，大风把流沙从一个地方刮到另一个地方。他见到最奇特的景观是冷热两股泉水同时在绿洲上流淌，和埃及绿洲上的一模一样。冷泉甘甜清凉，来自地下深处。绿洲居民挖渠引水，以便众人按次序饮用，然后浇灌椰枣树、桑树、油橄榄、无花果和榛子树。来此栖息的鸟类也饮这泉水，那鸟正是泰尼斯人观察、疼爱并为其伤悲的鸟儿。艾哈迈德不敢贸然接近泉眼，只蹲在一边，双手托着下巴，盯着另一眼热泉。热泉与冷泉只隔四步之遥，两股泉水并行流淌，在一百腕尺之外分开。一条渠朝向耕地，另一条流向用石头砌成的贮水池中。下边接着很多分支通向各家各户。

哈达拉毛人告诉他，曾经有一个因复仇而从谷地逃出来的陌生人。他想与绿洲居民为邻，居民接纳了他。他们提出一个条件，他必须住到远离住户家的地方。他是个单身汉，不能在热泉里洗澡，因为热泉的水要流往各家各户，供少女洗浴。陌生人也害怕引起麻烦，便住到偏僻的地方，靠椰枣树叶遮阳，席地而卧，卖力气挣口饭吃。村民的喜宴上，他端盒递碗，洒扫庭院，洗涤杯盘；遇上丧事，他忙着给来宾送咖啡。夜间祈祷，他第一个来，最后一个走。这样，他无声无息地过了三四年。一天清晨，他起得很早。他渴望洗个传统的热水澡，他已很久不沾热水了。四周一片静谧，没有一个人影。他便脱去衣服，偷偷钻进热水池中。身体渐渐适应了水温，热力穿透皮肤，渗入血管和微细血脉之中，驱走内在的疲劳，舒展开了紧绷的肌肉。他伸开双臂，一股股暖流潜入心中。他睁开双眼，又缱绻地闭上了它。眼前出现了新的景象和没见过的色彩，听到悠远的变幻着的呼唤。他昏昏然，慢慢沉至池中。水没过头顶，穿过七窍，进入居民的澡塘。从那天起，他不挣扎，全身松弛，顺着水流，穿过绿洲上少女都不敢下水洗浴，害怕怀孕的水域。那些胆大妄为的女孩，在热水流过十指和双腿时感到了阵阵陶醉，尤其是她们谈到一个陌生强壮的男人曾在水里游来游去最后淹死时，更是兴奋不已。

哈达拉毛人说，那里有一种说法：不孕的女人，在太阳升起前，于温水中沐浴，然后与丈夫同房，并坚持用泉水冲洗身体保持湿润，便可怀孕。不过，再没人提起那个陌生人。

驼队在绿洲中停留的时间不长。这是进入大漠前最后一处有人烟的地方。由此延伸出的两条路，一条是先人在久远的时代开通的，走向南边黑人国的路，另一条是向西的路，由北向西。相传开拓者是亚历山大大帝，在他到达阿蒙绿洲后修筑的。阿蒙绿洲现位于贝斯耶沃沙漠之中。两条主道在许多支路上相交。

离开绿洲后，大家的眼睛都盯着哈达拉毛人，因为任何错误，即便是一个小错,都会导致死亡。我们要走四十天的路程,沿途荒无人烟。二十天白天的路，二十天夜路。所以，我们必须密切注意风向、沙堆的移动和自然景象的变化。哈达拉毛人走在驼队的前面，他抬起手掌四下观望。一旦风暴来临，他要做出停止前进的手势，命令全体骆驼卧倒。他亲自一个一个地检查骆驼，他的手按特殊的节律拍打骆驼的脖子，指示它们头朝下，众人趴在骆驼身边。过不了多久，飞沙走石便席卷大漠。

艾哈迈德·本·阿卜杜拉说，自从他离开开罗后，在四天中饱尝了孤寂之苦，恐惧不时袭上心头，仅仅回想一下他所遇到的困难，便心头发颤。某个时刻或某个地点，大家不得不应和着骆驼有节奏的蹄声高声歌唱。照哈达拉毛人的话说，是让骆驼听到人的声音。其实，最重要的是让每个人听到其他人的声音。一望无际的大沙漠，宇宙间绝对的寂静，夜间星光神秘地闪烁，意想不到的危险——所有这一切都让人胆战心惊。此刻，人也许会迷路，会叹息，会可怜自己，此乃长途旅行之大忌。要是没有太阳，连日出日落的方向也辨别不清，东南西北全被混淆起来。

艾哈迈德越发亲近哈达拉毛人，黏上他，成了他的影子。看来，泰尼斯汉子对此很高兴。艾哈迈德常因哈达拉毛人不时回头看他，在他那毫无表情、似刀刻石雕般的脸上掠过一丝温柔的笑意而激动万分。多少年之后，每当遇到艰难险阻，他就怀念起哈达拉毛人，希望见到他。有多少次，哈达拉毛人乐呵呵地为他服务，从不让他自己动手。他总是最后一个休息，最早醒来。见到他时，他不是步行或骑驼，就是凝视星空，眺望遥远的天际；或低头望着大地，用他那根细细的长棍拨动沙砾或用手去翻动它；要不就哼着不知名的曲子。艾哈迈德听不懂，想问又不敢问，只好把话吞咽下去，待以后再说。每前进一步，他越发感到自己早已是驼队的一员了，驼队的人让他感到亲切。他越发渴望云游四方，经丝绸之路去中国，看看异国奇景。泰尼斯汉子给他讲了许多奇闻逸事，吊起了他的胃口和好奇心。

艾哈迈德·本·阿卜杜拉说，经过几个阶段，特别是那艰难的四十天后，他们停在沙砾粗大的地方。大家都瘫倒在地。考虑到牲口失去的宝贵重量，他们必须休息了。哈达拉毛人抬头仰望着天空说，在沙漠的这块地方，可以观察到其他地方难以见到的星座。这里看到的明亮的星星，在别处看则黯淡无光。他观望了许久，等待那颗星的出现，以便指给大家看;然而，对此他并没有做出详细的解释。自从哈达拉毛人掌握天象以来，一直追踪这颗星。他的老师告诉他，让他观察一个奇怪的天象。他的老师出生并生活在尼罗河东边的艾赫敏镇，从祖辈继承了天文知识。祖父传给父亲，父亲又嘱咐他特别关照出现于西边方位的这颗星。一旦出现，必须立刻跟踪观察。哈达拉毛人说,他的老师把代代相传的嘱托转告给他，他告别了艾赫敏镇后，观察这颗星，确定其方位、时间、运动方向和亮度便成了他最上心的事情之一。祖辈的嘱咐说,如果这颗星发生某些变化，那就预示着宇宙间的重大进步。

哈达拉毛人记住了这一嘱托，但并没有对外人讲过。他在少有出现的软弱消沉的时刻曾说，他好像很害怕寿限到来的时候，不能通知那些信任他的人，把他的知识传授给他们。他没有孩子，是棵不结果的树木。他指着驼队的伙伴和牲口说，他们每个人都在某个地方有个女人和孩子等着，有的人在几个地方安家。这里面包括领驼人。不过，领驼人从不讲与他相好过一段时间的女人，情况不允许他们再见面。

哈达拉毛人从艾哈迈德身上看到了他可能在儿子身上看到的东西。艾哈迈德听到后备受感动，长久沉默不语，心中升起对开罗市中心那条大街转角处的怀念。他记起了拱顶下的先知墓地，以及对面不同风格的三座清真寺的入口，甚至像是看见清真寺墙上的雕刻和装潢的细部，还有那尖尖高耸着的宣礼塔。怀念之中也掺杂着他对漂亮女人的渴望。那影子是孩子眼中的美人，是谁很难说清。那时，他才五六岁。那张让他着迷的脸在他心中留下了深刻的印象，此后神不知鬼不觉地成为他审美的准绳。

他在半醒半睡的状态下又看见了那个女人，他与她面对面坐着，凝视着她，光在变幻。他眼前又渐渐现出哈达拉毛人完整的形象，哈达拉毛人准备向其表露心意，伴他浪迹天涯，把一生的经验传授给他，对他讲他不曾听过的事，表达活着时绝不分开的意向。

这时，艾哈迈德似乎达到了一种难于确定的时间。他的思想转换为互不联系的、又从一开始便互相协调的画面。但是，画面很快扩散开来，越变越模糊，成为一片片或相联系的暗色，中间还掺杂着幻象，随着人意识的清醒而慢慢消失。在他快要超出这一时刻的瞬间，又响起那莫名的声音。

“离开吧！”

他突然醒来，睁开眼睛，待现实由含混变得清晰后，他的心儿颤抖起来。他听见心儿的跳动，好像他听见的是另一只奇怪的心脏在跳动。

杰马勒·本·阿卜杜拉说，当时他发现谈话人声音发生变化，便抬起头来。只见他痛苦万状，仅仅提到那过去的一刻，足以让他郁闷不乐。他浑身颤抖，仿佛我让他念及安拉的名字。他喝了一杯水。我把浸泡鲜花的香水递给他时，他盯着我说，这正是哈达拉毛人在他痛苦得发抖时递上来的东西。

艾哈迈德·本·阿卜杜拉说，他不能对此加以比较。他不知道那是不是第一次听到过、尔后又消失的声音。

哈达拉毛人看着他，眯缝着的眼里闪现出慈祥又略带责备的目光。他正试图将冰冷的悲哀掩饰起来。

“旅途会一切平安！”

他怎么知道的？难道他见到了声音的源头，清楚他出游的动机？艾哈迈德没有对任何人说起过有关呼唤的事，为什么哈达拉毛人像是早已知道发生的事情，他不发问也不表示出好奇。他从不谈领驼人的事，好似这次旅行只和他个人有关。冥冥中的呼唤声从四面八方传过来，像是从体内发出的。哈达拉毛人变得离他很远。他目光凝滞，用手指着太阳运动的方向。他只能用转移注意力的办法平息内心的激动和不安。

哈达拉毛人取出一本用柔软的羚羊皮装订的书，嘱咐艾哈迈德不论发生什么情况，出现什么变化，都要把书放在行囊中妥善保存。他眼窝一热，泪水似断线的珠子扑簌簌地掉了下来。

在沙漠漆黑的夜里，艾哈迈德离开了驼队，脱离驼队一行人的帮助，被动地向前走。

# 陆地上的婴儿



安拉的仆人，奔向太阳落山方向的艾哈迈德·本·阿卜杜拉说，路程一段比一段艰难。艰险在众人一起面对时显得容易克服得多了，如果单枪匹马地应付便可怕得不得了。由此可知，统治者铁石心肠的缘由，明白统治者何以把人单独关押，不准说话，甚至连自言自语都要禁止，因为此时是最容易降伏一个人的。

人一旦发现自己孤身一人，举目无亲，在荒无人烟的大漠上呼天不应、唤地不答时会怎么想？在跋涉了相当长的时间和距离，走过各式各样的地段之后，至今艾哈迈德一想起下个阶段就要脱离泰尼斯汉子的驼队、离开哈达拉毛人便心烦意乱，提不起精神。与朋友打得火热时分手是多么可憎的事。尤其是离开哈达拉毛人，更让人心碎。

艾哈迈德凝视着哈达拉毛人，那目光分明在问：朋友何日再相见？哈达拉毛人说，不要盼着今年或明年能见面。时间会很长，只有安拉知道。

送给他一本书后，哈达拉毛人又递给他一个好似装着椰子条的、摸上去怪怪的容器。他说，这个物件他保存了很久，曾几次救他出险境，现在送给他，或许真能派上用场。

这个物件在他单独穿越沙漠时陪伴了他，帮助了他。干渴时，举起它来吸吮，会有喝到水的感觉，能滋润喉咙，解除干渴；饥饿时，会闻到一股奶香。但是，那水、那奶既看不到也摸不着。旁人谁也不知道他有这么个物件，连他十分亲近的人他也没有告诉过。不过，哈达拉毛人并没要求他保守秘密，只认为那是他私人的事，无须对外人讲。然而，他到达摩洛哥，站在大洋岸边，见到大长老，把那些书交给他，并要书记官笔录他的经历之后，尤其是在清真寺接受大长老的指示后，他讲讲缘由也就没有什么关系了。

艾哈迈德在绿洲告诉驼队的伙伴们，他将单独穿越沙漠，大家的目光中充满了疑惑和警惕，他们怀疑他是官方的探子，最好的猜测也认为他是个尤物,表面是个人。要不是说书人招待他,接近他,没有人会相信他。

单独面对永恒的虚空和无边无际的空旷，艾哈迈德不知道该怎么走法，会遇到什么，或走多少路程才能停下来。他面前只有地域的不确定性。每逢天空接近他，他就显得格外渺小。不过，哈达拉毛人总会出现在他面前，不停地打量着他，同他谈论星象、阴影和风儿。他眼望远方，意外地发现自己的站姿和哈达拉毛人一模一样，说话时的手势和停顿也和他没有两样。

他回顾了从哈达拉毛人那儿学到的一切。所有这些保证了他西行的目标，特别是夜间使他不致迷失方向。呼唤声只命令他，并不引导他。

假若有人告诉他，一位出生成长于开罗的人，在沙漠里度过了漫长的岁月，他肯定会说那人是疯子，或者是说话人信口雌黄，不可相信。他为什么要去大漠，丢下城里的一切，离开他熟悉的街区咖啡馆和广场，自己变成一无所有者，然后跑到沙漠中跋涉，这怎么能让人信服呢?

艾哈迈德·本·阿卜杜拉说，谁要认真思考他走过的路，特别是结局，绝不会在结局与起始之间发现什么联系。然而，两者的确是曲线的两端，如果将两端连在一起，便成为一个封闭的互相对接的圆。

书记官说，看来谈话者对他单独的经历要长话短说。他多次重申不想说长话，要说的事很多，时间有限。

我问他 :“你指什么时间？”

他默默地用有些惊异的眼神望着我。之后，我才明白他的意思。不过……说说也无伤大雅。许多年前，我曾陪同一位勇敢的武士，他是伊斯兰国家的卫士，敢于赴汤蹈火，远近闻名。受国王委托，我在他临终前，记录了他的事迹。他坐在那里十分拘谨，话却挺多，我认真地做着记录。他不停地重复哈立德·本·瓦利德[①]的话 :“我浑身没有一处没有剑伤和枪伤，我会像牲口一样死去。可我宁愿如此，也不愿做个胆小鬼。”武士多次提到他已死了许多回。一次，他与海盗交手，本已必死无疑。他朋友的身体稍稍比他靠前了一点点，他便躲过了矛头的攻击 ；有一天，大炮轰鸣，炮弹满天飞，一颗炮弹击中了一位军官的心脏，几秒钟以前，武士刚好站在那个军官的位置。类似的事情还很多。他说，开始时他也怕死，经过与死亡的较量，怕的感觉渐渐消失，他再也不把死放在心上。对死过几次的人来说，以后的日子都是白来的，是第二次生命。

我是杰马勒·本·阿卜杜拉。我听到的这一说法是艾哈迈德·本·阿卜杜拉转述哈达拉毛人的话。所有的危险对死过一次的人来说都不在话下了。

艾哈迈德说，他对路标、起伏的地势、高地后面可能隐藏的危险或远处可能出现的情况一无所知。脑子里最清楚的东西就是一直朝向西方。

① 哈立德·本·瓦利德（？—642），伊斯兰早期著名军事将领。公元 629 年归信伊斯兰教。因战功获“安拉之剑”的称号。——译者

白天的路容易走，夜晚困难就多了。他必须随时注意观察星象，运用他所积累的一切知识，确定星象指示的方位。假若他没从哈达拉毛人那儿学到有关知识，得其真传，掌握了计算时间的方法，他绝不敢在夜间行走。还有另外一些知识，很难归类或对其学科范畴有个明确的界定。他没有也绝不会忘记哈达拉毛人对人无限潜力的肯定。重要的是，如何将其显示出来，调动起来。有多大的目标，人就能发挥出多大的力量；走多远的路，就需要带多少物品。正如有知识的人所说的那样，意愿是伟大的动力。一个人若决定走一个小时，他可能在不到一小时就累了，要是他决心走几小时的路程，也许走上七八个小时还不觉得疲倦。哈达拉毛人说，人的身体会与意愿、决心相适应，信心和经验决定人的无限潜能。



我，杰马勒·本·阿卜杜拉。我在壮年时期听到过一件事肯定了上述的说法。相传，大山部落中有一对夫妇。不知出于什么原因，他们带着吃奶的孩子，从南边穿越沙漠时迷了路。走了许多天，道路崎岖，女人累死了，丈夫抱着孩子继续向前走了三天。孩子饿得啼哭不止，孩子的父亲按母亲喂奶的方式抱孩子时，孩子才能止住哭声。不过，孩子在父亲的胸膛上闻不到母亲奶头的香味时，又号哭起来，不管父亲怎么哄、怎么晃都无济于事。第三天中午，孩子虚弱得已哭不出声，骨瘦如柴，满面污垢，气息微弱，眼看就不行了。孩子的状况让父亲忘记了自己的饥饿和干渴。他把好不容易保存下来的一点儿水给孩子几滴，又给自己几滴。他不时地环顾四周，好像听到妻子的呼唤，要他救救孩子，为他做点儿什么。可是，他该怎么办呢？他带的口粮已吃光，人也筋疲力尽，完全陷于危难之中。他无力解救自己和孩子，瘫坐在地上，双手托着脑袋，眼巴巴地望着奄奄一息的儿子。突然，他感到胸部脉管在发胀，像有蚁群在行进，他不由自主地打了个寒战。尔后，他又感到有液体在其中流动，他的两个奶头奇迹般地喷出清香的奶水。孩子闻到人奶的清香，大声喊叫。父亲摆出母亲喂奶的姿势，坐在那儿给孩子吃奶。

这是一个众人皆知的传说。现在，这个孩子在艾特莱斯部落有了后人。

一个人走了多长时间？

艾哈迈德·本·阿卜杜拉说，他一个人走了八个星期。若要讲他经历的事，话就长了。当时他相信继续走下去，独自的旅程总会有个完结。所以，只要还有力气，他就要一直走下去，停止意味着死亡。哈达拉毛人曾说，对陆地和海洋上的旅行者来说，最危险的莫过于停止前进。一次，他乘船经阿曼去印度。那时他正值青春年华。旅途中遇到风暴，波涛涌起似座座高山。这情景绝对是事实，而非比喻。船头猛地竖起，然后又跌落下来。哈达拉毛人颤抖地低下身，拼命想抓住船舷。一位印度水手朝他喊道：

“别害怕，只要船在前进就不要紧。”

之后，水手对他说，他最担心的是船不能前进。他一直忘不了水手的话，也忘不了另外的一句话：风暴总有停下来的时候，再难的情况也会缓解。

艾哈迈德望见椰枣树的一刻怎么也不能从脑海中抹去。当他站在被软软细沙包围的广阔地域时，简直不敢相信自己的眼睛。烈日当空，他曾见过多少次波光闪烁的湖面、通向天边的道路、行进的驼队、一群群飞鸟、奔跑的羚羊和熙熙攘攘的人群。

# 乌姆·索依儿绿洲



艾哈迈德说，他迈着蹒跚的脚步，走上小丘。虽然他不知道等待他的是什么，将要遇上什么事情，但是他心态是坦然的。特别是他见到许多男人、女人、孩子站在那里等待着他时，他没有一丝的慌张。那些人是绿洲上的居民，其中有两个人守在瞭望台上，静观远处大帐篷里的动静。这是他以后知道的事。绿洲一共有一百四十个人，不多也不少。居民称这个地方为“乌姆·索依儿”。远近的国家并不知道有这么一个绿洲存在，甚至连沙漠上的老向导也对这儿一无所知。

艾哈迈德越过小丘，椰枣树和无花果的香气扑面而来，满耳是风吹树叶的沙沙声。多少年来，无花果的气味总能勾起他的思乡之情，而椰枣树则在他心中具有特殊地位，是他爱之所在。

绿洲的男人站在一边，女人和孩子站在一边，两边人数相等，站立的姿势相似。这些人身材修长，低垂着头，女人不戴面纱。开始，艾哈迈德的目光朝向男人，偶尔瞟一眼女众，立刻碰上女人大胆好奇的目光。他慢慢地把目光移向她们，只见女人个个标致端庄，但他不敢把目光停在任何一个女人脸上，脑子里却留下了女人秀丽俊美的姣好容貌。最吸引他的是面容的清晰，他的心儿一动，心灵的震颤永世难忘，似生命之水从未知处流过心田，产生了意想不到的活力。期待渴望的不仅仅是女人本身，而是……性！

他呆愣在那儿，不知说些什么。他先向大家问好，众人躬身还礼，齐声致意。听到他们的声音,他心中无比欢畅。他们的阿拉伯话说得挺快，喉音很重，他起初有些不习惯，听着费劲，慢慢也就习惯了。一位四十岁的女人突然走上前来。她额头上有一幅黥墨，尖下巴，手捧一只陶罐，蹲在他面前，显出宽大健壮的臀部。她衣裙合身，要不是衣领开得很高，他能看见高耸于胸间的乳峰。她健壮，充满活力。女人示意艾哈迈德把用骆驼皮做的鞋子脱下来，然后将他的脚放在温水中，她的手指触摸他的皮肤时，他感到自己又回到婴儿时代。此时，他才觉出自己疲劳的程度。难道，他延长了个人的极限？

一位男子走上前来，指了指他装书本及器皿的行囊，他摇了摇头。那人明白他离不开这些东西，便不坚持，只默默地点了三下头。

艾哈迈德·本·阿卜杜拉说：绿洲上的人已经七代没有接待过客人。这么长的时间,没有人从陆路来到过这里。年长的史学家还记得这些事情。他们一代又一代地继承着古老的传统，世代相传，孤立的状况也延续了几个世纪。

远处出现了异乡来的客人。肯定来人并无危险后，全体居民走出来迎接客人，抚慰他。到绿洲来的不是迷路人，就是来自中国的使节，只有中国皇帝知道这块绿洲。艾哈迈德以后得知，从中国来的最后一位使节是在三百年前。此后，绿洲居民就与世隔绝，直到东边出现了大帐篷。

每位到绿洲来的异乡人都会受到款待，尤其是只身前来的客人。第一步是让出身尊贵的妇女为步行的客人洗脚，为他解乏或给骑马的客人提供草料。水在绿洲是珍贵的东西。绿洲唯一的一眼井在这片有人烟的地方是独一无二、无与伦比的。这井水可以医治多种疾病。井水每天变化三次水温，早晨是凉水，中午是温水，然后直到黎明时分一直是热水。真是奇怪！水的分配依照严格的仪式和次序进行。几天过后，艾哈迈德知道了妇女手捧的陶罐的价值，他的脚是用井水洗濯的。

我是摩洛哥的总书记官杰马勒。我也曾经历过艾哈迈德那样的艰辛，不过与他所处的情况有些不同。那是在我年轻时遇到的第一次考验，我被关进苏丹的监狱。第一天，我只能待在古旧监牢的入口处。我看见一位瘦瘦的驼背老者。儿时，我曾在大街上看见他肩扛布卷，叫卖埃及布匹。那时父亲为治好我的病，带我去先知墓地拜谒。去陵墓成了我儿时生活的一个标记。这位老者扯布的手艺既精确又熟练。他从埃及的艾赫敏、叙利亚的阿勒颇、波斯的安塔基亚等地贩来布匹，至于怎么贩来的无从知晓。城里人都成了他的主顾，皇族也来买他的布。很快，他不再扛着布匹沿街叫卖。他有时一连消失几个星期，没人注意到他，即便有人问起，也问不出个所以然来。他常常摇摇晃晃，蓬头垢面，衣衫不整地出现在商店前，他的事传到了道路边的大清真寺。我在监狱里见到他并不感到惊奇。他望着我，居然能叫出我的名字。我很奇怪，心想为什么近几年他在众人面前显得心不在焉、无所事事？他走到我面前，左右瞧了瞧，从怀里掏出一块新鲜的大饼，掰下四分之一掷给我。我翻来覆去地端详手中的大饼，闻着散发出来的诱人香味。他惊慌的神情令我吃惊。他示意我赶快把饼藏起来，然后拖着哗啦哗啦的脚镣走开。所有的犯人都老老实实地待在原地，唯有他例外。在长方形的小院或入口处他可以转来转去。我厌恶地问自己，久违了一块大饼？

此后几天，每天配给犯人的都是又干又硬的陈饼，我这才意识到进门时得到的那块新鲜大饼的意义。这是他对我特别的关照，让我在失去自由又无能无力时能把握自己，不致精神萎靡。

艾哈迈德·本·阿卜杜拉说，黄昏时分，居民给他送来浓汤和肉。这是一天中的主餐。太阳西下，各家炉灶升起炊烟，散发出烤面包和烧肉的香味。晚餐十分丰盛。他们没有询问他的名字，来自何方。两天内，没有人打扰过他，只是无微不至地照顾他，每餐换着花样，并给他端来散发着清香的草药汤。

第三天早晨，绿洲的头人请他过去，向他发问，从哪儿来，到哪儿去。

来到绿洲做客后，他一直在椰枣树林中的小棚里安歇。地上铺着青草。右手处有个三脚架，架上放着书、灭鼠药和防毒虫的药剂。

居民继承了古老的传统，但是已经有七代人没有执行传统了。最后一个来到绿洲的异乡人是骑着一头非驼非马的牲口。他们知道这牲口是只奇兽。他不是一个迷途者，而是摩洛哥国王的使节，去给阿拉伯世界东方的国王送信。他沉稳伤感，非常爱孩子，常逗着他们玩，给他们用金纸包着的硬糖块，还教他们玩一种游戏。他在地上画出很多方格，每格放一块彩色的小石子。从此居民们知道了跳棋。他们用很长时间掌握了这门技艺。但是这位客人没有说明从哪条路来到乌姆·索依儿。他是沿着已有的道路吗？以前是否知道绿洲的存在？

总之，摩洛哥人来到绿洲并不感到突然，似乎是他预料中的事。有人在两百三十年之后问道：他是否就是大帐篷里的先行官？聪明人都回避这个问题。七年前，绿洲不远处出现了大帐篷。可是帐篷里的士兵从不接近绿洲，也不和居民对话。他们只知道士兵驻扎在那里，观察周围的动静。

我查阅了摩洛哥所有的典籍，没有发现有关向东方国家派遣使节的记载。同时，也没有找到有关非驼非马牲口的资料。我大失所望。然后，又翻阅了前人如贾希兹[①]、德米里[②]的书籍，仍是一无所获。

艾哈迈德·本·阿卜杜拉说，第三天早晨，他来到绿洲头人的面前。头人不是一位耄耋老人。他只有五十岁，面色红润，谈吐清晰，头上戴着一顶绿色的帽子，表明他是尊贵先知的后代。他有一张写在羚羊皮上的正式文件，上面写着他的出身。在接受询问后，艾哈迈德对头人说，他希望在此待上一段时间，也许两天，也许一年，他一时还说不好。

他对头人隐瞒了冥冥中的呼唤，也没有说出或暗示出他要去的地方。他只说自己是一个陆地上的行者，随太阳运行的方向前进，目的是到处走走，了解各国的信仰。

众人听了目瞪口呆。

什么！

他们从来未遇到过这等事。很久以来，绿洲的人口一直保持一百四十人，不多也不少。每死一个人立即有一个小生命诞生，时间不迟于一周。一个女人怀孕了，这预示他们中的一个人必须离去。这并不会造成恐慌。每个人都把个人的感情掩藏起来。死亡在这里并不因为病弱或年迈而降临，离去的往往是身强力壮者，年迈体弱的反而得救。

倘若艾哈迈德留下，人口数目就会增加。不过，他是个异乡人。那么，居民会让自己的人离去，亦或让古老的习俗对他不产生效应，那又会怎么样呢？事情十分棘手。居民从小接受了传统教育，一切按老章程办。难道他们会让异乡人离去，只身穿越大沙漠？何况，他只身来到绿洲泉边，并不对他们构成威胁。

① 贾希兹（775—869），中世纪伊斯兰著名学者、文学家。著有《吝人传》《动物书》《方圆书》等。——译者

② 德米里（？—1402），伊斯兰教马立克学派著名学者。一生在开罗度过，著有《教法大全》。——译者

经过全体成年人共同商讨后，他们做出了决定：一致确认艾哈迈德是一个过路的异乡人，尽管他们不能肯定他要过多久才能离开。他们中的长者问艾哈迈德是否懂得伊斯兰教的礼仪和教规，他点了点头。然后又问他是否知道玄石的方向，他肯定自己精通计事法，能够在荒野和居住区确定朝拜的方向。长者对此十分满意。

他表示，艾哈迈德白天可以在泉眼下清真寺旁边的墓地上工作，给大人小孩讲解祈祷的规矩，给他们读《古兰经》中比较简短的章节。首先，艾哈迈德需要确定礼拜的方向，那里人对此并不在行，然后再教居民习惯于遵守各种禁忌。

长者说，这里的人很久以前就信奉伊斯兰教，已有十四代了。以前，他们信奉日月崇拜，认为日月圆缺的运动主宰着人间的死亡、幸福和悲伤，决定着人的寿限。

在他们世代相传的故事中有这么一个故事：一个聪明人决定要放慢宇宙运行的速度，以便使宇宙停止在某个特定的时刻，实现所有造物的永恒。他准备了三角形和四角形的护身符，在沙坑里埋入一个装有动物肢体和女童头发的罐子。然后，念起咒语和避邪吉言。这只是他实践计划的铺垫，之后的大工程他秘而不宣。

在绿洲南部，他选择一个地方住下。当时那里只是一片荒地，还没有出现大帐篷或其他什么东西。他久久凝视着星空，接受别人感觉不到的信息，用其他人不懂的语言念念有词。居民感觉他似乎就在近前，好像发生了什么事情。一些他们不明底细的事让这聪明人缄口不言，他注视着茫茫天宇，停止了它的活动。至此，绿洲居民才发现这里的季节发生混乱，时间也变得怪怪的，没有了规律。

绿洲一年分为冬、夏两季，每一季度没有固定的时间。有时，他们等待温暖和干旱的天气的到来，冬季却意外来临；在寒冷的日子里夏季会不期而至。

黑夜也能突然降临，在明亮的正午降下帷幕，正午天空中还闪烁着星星。原来界限分明的时间，现在交错在一起，没有了过渡阶段。黄昏会在天亮后立刻到来。白天只停留了几分钟。他们的农事再也不能按照宇宙的自然规律进行，连女人怀孕生娃娃的时间也因人而异了。有人九个月临产，有人十个月或十一个月，但绝不会少于四个月。四成了个奇特的数字。每四个月后的第一个月里，季节会变化两次。有时黑夜漫长，让居民感到白天再也不会回来。可是在另外的一些日子里，黑夜又短得出奇，太阳升起和落下的时间几乎连接起来，不能分开，不到喝杯水的工夫。

每个人都必须记住在娘肚子里待的时间。所以，此地有按怀胎月份称呼人的习俗。这位是“七月”，那位叫“五月”或“十月”。传说中也有五月怀胎生下满口白牙的婴儿，或婴儿落地便能行走的奇事。还有一个故事说，一个七岁的女孩死了，她有一双绿色的大眼睛，一头金发，常常沉默不语，占卜者预言她会短命，称她为“死亡姑娘”。为此，她父母对她呵护有加。谁也没想到她会为一个怀胎很久的生命让位。她的父母发现她时，她像睡熟了一样，闭着眼睛，肤色也没有发生任何变化，身体上也没有毒虫咬过的痕迹。奇怪的是“五月”为她的死哭了很久，常常为此不肯喝骆驼奶，好像他早已知道这个结果，因而大惊失色、惶惶不安。

艾哈迈德·本·阿卜杜拉说：摩洛哥派往阿拉伯世界东方的使节没有完成他的使命，他在绿洲住了下来。至于他住得是否舒服，是梦指引他来，还是为了女人的缘故，后来又怎么样了，便不得而知。令人失望的是，人们找不到他改变命运的原因，天边也没有出现一个足以改变他初衷的女人。

重要的是这位使节让绿洲居民笃信伊斯兰教，教会他们祈祷，诵读《古兰经》。从此，伊斯兰信仰就在这块土地上生根，直到使节去世，埋在泉眼附近的一块高地上。站在泉眼的任何方向都能看见墓地那神话般的建筑高耸其间。拱顶的装饰精湛绝伦，难以形容。

那是此地唯一的墓地，居民喜欢到那里去。女人结婚前必须由最亲近的女友陪同前往，先喝口泉水，再在墓地入口处洗浴，穿好衣衫独自进入墓地，背诵两段证词。绿洲人都会背证词。也有人不背证词，而读《古兰经》开端章。不过……每一个人采取的方式各不相同。这里还流传一件奇闻：少女成年后都要到墓地待上一段时间，好让谢赫破了她的童贞，从而得福！众人都肯定说，有些时候，或在特殊的情况下，谢赫会答应呼唤他的人，从高于地面一米左右的土堆下伸出手来，握住求救者。

艾哈迈德·本·阿卜杜拉证实，一次他看到云彩遮住墓地，天上落下类似丝线的东西，一个人拉着丝线爬了上去，到达顶端时，云彩散去，飘向远方。他亲眼目睹了此事。

过了待客的三天之后，一个群体的头人来为艾哈迈德选择住地。绿洲上没有人单独居住，这不是出于道德的原因。那里男人女人的情况比较奇特，他们认为每个独居或因病而避开人群的都是病人，应该用不同的方法医治。

绿洲的头人陪他到绿洲南边，面对平原的地方。那里可以看见大帐篷。他们停在三棵椰枣树前。在中间一棵树下，有个缩成一团的人影。人影缓缓移动，发出不同寻常的声音。

# 说踪迹者



他过去现在从没有见过这么骨瘦如柴的人。岁月的风霜已经改变了他的模样。他的双眼遥望远方，眉毛很浓，牙齿成细小的菱形，一颗挨着一颗，像是毒蛇的牙齿。此人少说也有一百岁了。绿洲的居民说他的牙齿奇特，在人口密集的地方很难找到类似的牙齿。

他开口说话时，发出唧唧咕咕的声响，没有人能听懂，只有他的孙女能解释出来。

他见过老人的孙女。估计这位老太婆也超出了百岁。那么，那老人又有多大年纪已无从考证。传说，他曾在撒哈比、艾布·赖比巴、安萨里麾下向西征战。他生活在先知的时代，亲耳聆听过先知的教导。

尔后，他经历了布哈里、穆斯林、伊本·罕百勒、达尔戈托尼、艾布·宰拉阿、艾布·伊斯哈格·焦兹迦尼、奈萨仪、伊本·赫基麦、迦米、阿托尔[①]等时代。艾布·胡莱赖[②]曾与他关系密切。至于布哈里，他从撒马尔罕到安达卢西亚的麦尔西耶，谁也不知道他住了多长时间。他从阿

① 以上人士均为伊斯兰教史上著名人物，或学者、或教派领袖、或苏菲诗人。生活于公元七世纪至十二世纪之间。——译者

② 艾布·胡莱赖（？—687），穆罕默德的门弟子，圣训背记家和传述家。早期跟随穆罕默德，历任巴林、麦地那和麦加行政长官。——译者

拉伯世界东部来到阿拉伯世界西部，就是为了弄清楚先知两次谈话的真伪。其中有两个词众说纷纭，有人将其提前，有人又将其推后。

布哈里在中亚作过战，领导过一队苏菲教徒，一路齐颂安拉的美名迎战鞑靼人，其中包括著名的谢赫纳吉姆丁·库布拉维[①]，他战死沙场，埋在亚细亚的黄沙之中。他的墓地至今为人所瞻仰。

有些人确认老人是最后一个从格林纳达撤退的人，此后那里就由戈什塔莱国王统治。他在阿勒颇北部的达毕哥绿洲中险些遇难，在赛利姆·奥斯曼或乌利王身边担任过什么职务已无人知晓。直到近期，他才谈到自己几个世纪以来见过的人和事。他与谁同时代、和谁谈过话、出席过谁的宴席。其中包括哈里发、伊斯兰学者、显贵、托钵僧、工匠和清真寺里的艺术家。定居绿洲前，他在各地都留下了足迹。

他是怎么来的？

怎么会留在此地？

没有人向他问起这些事情，也没有人谈论过这事。老人来到这里已是非常久远前的事情。绿洲中的长者是从他母亲的祖父那里听说的。长者小时候见过他，那时就是现在这副模样。

老人是外来户，这里没有亲戚是肯定的。然而，他的根在这儿，他曾是他们中的一员，由于年代太久而被遗忘。若遇上一个孩子出生，他会和此地其他人一样地思考问题。大多数居民害怕他会死去，很久以来已形成一种观念，说他是绿洲上的一块宝，他的存在保证了井水的充盈，保护绿洲不受来自沙漠的沙砾、强盗或各种野兽的侵害。

自从出现了军队，他迁移了住处。是他自己还是别人建议他迁移的，因年代久远已无从考证。不过，他很乐意，欣然前往，像是一个土生土

① 纳吉姆丁·库布拉维（？—1226），波斯苏菲大师，库布林耶派的创始人。抗击蒙古入侵时战死。其《十原理书》为研究十三世纪波斯哲学的重要资料。——译者

长的人，早就居住在两棵椰枣树中间。从这里，地势开始倾斜，直至平原。平原上有大帐篷，士兵轮流监视着绿洲居民的动静。

艾哈迈德·本·阿卜杜拉说，他在两位老人的附近清理出一块地方，与他们遥遥相望。起初他与老人讲话时格外谨慎小心，后来渐渐对那位不知多大年纪的老人产生了好感。

老人动作迟缓，却又执拗地拒绝他人伸出的友爱之手。他拄着橄榄木做的拐杖，站在那里。这根拐杖并不经常亮相，他总是把它藏起来。有的人知道这是一根能根据他的指示变换为长虫的魔杖。

老人只有在满天星斗时才慢慢活动起来，在周围转悠，然后回到两棵孪生的椰枣树间的住处。他只吃枣子，早晚各一颗。隔一段时间，他就要吸吮一次对面的唯一一棵椰枣树的汁液。他走到笔直的树干前，双唇紧紧贴在树皮之上，双手抱着树干。过一会儿，他看起来很像是和大树融为一体。

见过的人说，他吸吮椰枣树的奶汁时，不时发出声响。结束后，唇边带着类似稀释过的乳汁的白色。真是稀罕！

傍晚，老人呆滞不动。艾哈迈德便得以认真地观察他。他身体各部都静止不动，目光朝着一个方向，偶尔露出笑容或笑得浑身颤抖，以至改变他的模样；抑或侧耳倾听，手指着一个不易发觉的方位。

早晨，老人专心纺线，手握纺锤，眼睛盯着羊毛，飞快地转动纺锤。居民有人给他送来纺过的羊毛，另一些人带来各式各样的枣子，其中有长圆的似蜜一样甜的黄枣和吃起来挺香的圆枣。老人把这些枣收起来，统统交给他的孙女。他并不吃这些枣，只吃对面那棵椰枣树的果实和吸吮它的汁液。

居民中传说着他跟随先知征战，攻下摩洛哥的故事。然而，这一荣耀并未落到他的头上，获得荣耀的摩洛哥人失踪了。绿洲居民暗地里相信他和那失踪的摩洛哥人是同一个人。这个不知多大年纪的摩洛哥人就是摩洛哥国王派到阿拉伯世界东方的使节。湖边的墓地是空的，纯粹是个摆设。这事在很久以前经过周密的策划，为的是确保绿洲的安全和稳定。

艾哈迈德·本·阿卜杜拉说，他试图与绿洲上那个群体的成年人接触，但是他一个人也不认识。他肯定与他们中的一些人有过来往，不过人数并不多。绿洲居民人数有限，但是那个群体有能力隐瞒他们的事情，他们的信仰也与大多数居民不同。

绿洲上的女人因老人的健在而得福。她们不孕或希望怀孕或与男人发生麻烦时就去找他。奇怪的是，老人一接触女人浑身就透出一股活力，精神抖擞，与她们谈笑风生，竭力咬准每一个字，让她们听得明白。若来的人是位活泼的妙龄女子，他便显得更加亲热，伸手抚摩姑娘的身体。此时，他的孙女站在一旁默默地观望。

多数居民相信他有生育能力。不过，衰弱令他不能去做。当地讲故事的人提起了六代以前的一件事。一天，天空中飘来一片浮云，地上出现一种小虫子。它爬过的地面上留下了长长细细的凹痕。过去从来没有发生过这种情况。渐渐人们身上出现了溃疡，引起居民的警惕。看来虫子会爬进衣服里，老人的阳物被它咬了，顶端红肿，造成持续五十年的剧烈疼痛。疼痛消失后，肿胀并未消除，迫使老人不得不叉着腿站或坐，从而妨碍了他与女人的好事。这个故事越发引起女人的好奇和欲念。

老人是个异乡人，无须质疑。这足以让世系的宗谱保护者对他不感兴趣。宗谱保护者对绿洲每户人家的系谱了如指掌，对谁生了谁、谁与谁结亲、何时去世，或是生病等无所不知。不过他们的历史并不久远，无法与老人的历史相比。老人简直就是一部活的历史。他陆续地讲起有关自己的各种传说。他的确很老很老，比我们估计的年龄要大得多。他壮年的时候曾在白德尔和吴侯德征战。看来，他也经历过象年之战，在厄姆丹的宫殿里睡过两夜，也目睹了工人为赫沃拉兰戈城的奠基[①]。

居民都称老人为“说踪迹者”。

是老人创建了这门学问和技艺。后人都是跟他学的，模仿他，但都未能为此添加什么内容和方法。老人对此非常痴心。

他能在事发三个月后，从岩石沙地上、从干裂或泥泞的土地上，找到遗留下来的脚印，还可以从狂风搬动的沙堆上找到爬虫的踪迹，分辨出它们的种类和走向。不过，他更关注人类，运用全部的感官（望、闻、触、听）了解过路人的性别、肤色、身材高矮、是否残疾和婚姻状况。他还能指出这位路人走了三天的路程，那位四天；这位疾行那位缓行；这位身体健壮，那位疲劳不堪。他还能从两脚脚趾分开并拢的间距，测出行者的心理状态，高兴或悲哀、兴奋或忧伤。

他的确很特别。自从他不能走动只能坐着之后，他已不能去分辨踪迹了，绿洲上也没发生什么事情需要他的帮助。于是，他用敏锐的听觉不时发布风暴警报、炎热来临或夜间突降的霜冻等天气预报。有时，他让孙女满绿洲地跑，命令大家停止一切活动，保持安静，他要倾听军营里的动静。大人、孩子都不准出声，等待他孙女发出指令后方可恢复正常。然而，老人并不发布他倾听的结果，也许以后他会说出。居民相信他的能力，但是他不肯轻易泄露秘密。

来人与居民及周围的一切保持着一种神秘的距离。也许是因为他经历了居民所不知道的久远年代，并在他身上留下足以改变其面貌的痕迹，使他与众不同。他们彼此间的距离造成居民对他的敬仰。

他孙女讲的故事与这里的传说不大一样。她肯定，老人在阿格巴·本·纳费阿军队中是一位专职的说踪迹家。那时，沙漠中有三个年轻士兵迷路，他朝着士兵失踪的方向去寻找，结果他没有找回士兵，自己也

① 赫沃拉兰戈，位于伊拉克纳杰夫附近，由努尔曼·鲁赫米修筑，阿拔斯王朝时扩建，毁于十四世纪。——译者

没回去。

他遇到了突如其来的风暴？

还是出现了令他不可抗拒的事情？

没有明确的答案。老人没有说出令人满意的理由。重要的是，他到达了目的地。那里什么也没有，只有一块高地，沙漠由此向远方延伸。从沙子的颜色、沙浪的起伏以及他所熟悉的标记上看，他知道此处有水。他从云层后面听到了声音。之后，他开始挖掘。那声音说：

“别害怕，我们和你在一起。”

一小时过去了。他一个人挖掘的深度抵得上一百个男人同时挖掘的进度。他开凿出深井，引来泉水。用希贾兹的椰枣核种下了第一棵椰枣树，为沙漠带来了果腹之粮。他精心照看着那棵椰枣树苗，直到长出两个雌雄的枝杈。现在，那两个枝杈相对而生，由此又长出了遍布绿洲的椰枣林。

居民从何而来，来自哪个方向？没人知道，也无从查起。居民的人数是由某处掩埋着的符咒决定的。老人的孙女也肯定这一说法。他开了灌渠，安排了冷水和热水，并确定了气候和季节失常情况下的播种和收获时间。

居民对他的尊敬中掺杂着对他的畏惧，对他的祝福也没有达到反复诵念的程度。然而，居民对摩洛哥人墓地的情感是深厚的。每人每天必到那儿去一次，念一遍跟他学会的《古兰经》开端章。一部分人相信摩洛哥人和说踪迹者是一个人，默诵开端章完全是为了怀念他，而不是其他人。

艾哈迈德·本·阿卜杜拉说，他请教过老人几件事，发觉老人乐于争论，他通过孙女回答问题。

“我回答你有什么报酬？”

“我听命于你。”

他笑得露出尖尖的牙齿和白白的小舌头。他的神情是戏谑的。老人告诉他有关绿洲先人的情况。绿洲上只有孩子敢于接近他，他也准许孩子们走到近前，与之嬉戏，表现出极大的耐性。居民认为他的存在是安全的保证。所以，这里有一则格言是这样说的：“给我说踪迹者的寿数，把我扔进沙漠不留痕迹。”

他的孙女伺候他的起居，她知道老人叹息和独处的分量。她随时按照他的要求去做，不需要召唤。一旦老人表现出烦躁不安时，她就俯身在他耳旁说：

“你过上了伊斯哈格的生活。”

如此，他的情况便有好转，烦躁渐渐缓和，并反问道：

“谁是伊斯哈格？”

不知道。不过，只要他听到这个名字就会变得温顺。伊斯哈格生活在什么地方，他死去多长时间，他是否是绿洲居民，死在城里还是遥远的地方？他孙女透出的情况非常简单。伊斯哈格是个香料专家。他收集奇花异草，取其精华。他从部分提取物中得到好处。他身上的香味在一个小时路程之外便可闻到。他在三百年前提取的一种香料，至今香味犹存。有时，老人累了，会抬起头大声喊叫：

“伊斯哈格，你的时代在哪儿？”

若有人问他此话是什么意思，他便闭上嘴，一言不发。不过，呼唤伊斯哈格的名字时，他的模样和声音所带来的变化是无法掩饰的。

艾哈迈德·本·阿卜杜拉说，他常陪伴在老人的左右，从早到晚在他身边。奇怪的是，老人并不感到他的唐突，对待他如同自幼就生活在一起的伙伴。他熟悉老人的习惯，甚至解开他符咒般的言语和重叠字母的含义。他从早到晚在他身边。他的孙女有时不再到绿洲中转悠，帮助居民烤饼、打牛粪饼，帮这家或那家提水，把泉水灌进水罐或者在冬日突然降临时帮他们贮藏椰枣。回来时，她带来了应得的报酬，包括大饼、亚麻布等。亚麻是绿洲中唯一适用于衣装的植物，栽种在泉眼周围。她坐在老人面前，详细地诉说带回来的各样东西，老人仔细地摆弄这些东西，还不时抬起头，眯缝着双眼瞧瞧孙女。

几天过去了，没有人来看望老人。老人的身躯存在于居民中间，但是它是超时空的。没有人能与之相比。时间、发生的稀罕事儿、出生的婴儿及死去的亲人，这一切都不能与他的精力和寿数相提并论。大家都懂得老人的存在抵御了绿洲上的三种危险：泉眼的干枯断流；隐蔽符咒被发现；流沙吞没绿洲。有多少坚固的堡垒和驼队，被无法固定的大面积的流沙所掩埋。老人保卫了绿洲不受突然的侵害。尤其是近几十年来还抵御了来自大帐篷的危险。只要老人在，军营的人就按兵不动，不敢跨过平川，危害绿洲。预言家如此告诫他们。老人的确不是大帐篷与绿洲之间的连接点，与大帐篷毫无关系。军营驻扎在平川，双方对峙了三代之久，相互小心地注视观察着对方。每方都积累了大量的资料，已说不清情报的来源或哪个时期彼此的面目变得清晰起来。军营的事很离奇，过去没有耳闻，值得他认真研究一下。

# 提起大帐篷

书记官杰马勒·本·阿卜杜拉说，摩洛哥是伊斯兰世界最西边的国度，大西洋是它的边界。所以，摩洛哥既与外界有联系又默默无闻。危险来自大海。那些以穆罕默德民族宗教自诩的圣战者和隐忍者，在某些地段和容易发生意外的关口切断了与外界的联系。他们来自遥远的东方，来自巴来黑、撒马尔罕、木鹿、内沙布尔、开罗、拉希德、高斯、泰阿兹、哈达拉毛、阿曼海岸、阿勒颇、古尼亚、库法以及埃及的一些地区。他们切断了装备和补给的来源，离开了时间的享受和过眼烟云般的欢乐，不怕面对危险，立誓修行。不论平静的生活要过多久，他们一刻也不敢疏忽懈怠。

我曾在拉巴特度过了不少岁月，掌管地方事务。我曾是素丹王和这个地区的联络官。当艾哈迈德谈到大帐篷的事时，我以为这和拉巴特的情况有些类似。可是，听完了他那前所未闻的故事后，我知道我错了。

艾哈迈德·本·阿卜杜拉说，尽管大帐篷就在眼前，但每一个绿洲人都避开这一话题不谈，谁也不愿意接近它。从那里走过去的人全都没回来，也没有新生儿替代他们的数。这事发生在最近两代的某一天。至今，大家还记得那两位曾让居民引以为豪的青年。他们两个睡了一觉醒来后，大白天鬼使神差地朝大帐篷走去。没听到有人召唤他们或者希望他们前往。每次向说踪迹者询问他俩的下落，他都指向大帐篷。绿洲长者召集六位智者开会讨论此事。他们耐心细致地分析来自十四个观察哨所提供的资料，比较观察者在椰枣树遮掩的前沿哨位的报告。由此得出大帐篷内部活动的情况、队列的聚散和帐篷支起落下的不同时间。积累下来的材料非常丰富，都集中在他们手里。但是，以前来不及研究，也不能像现在这样记录在案，只能保存在记忆中，和出生、称谓、天地间的奇闻逸事一样，一代一代地口头流传。

起初，他在夜间听到巡夜人的喊叫声，总感到心情紧张，胆战心惊地等待什么大事发生。那声音像攻击前的警告，回声中掺杂着刀剑的叮当声。恰巧那夜与第二夜相连，中间隔着的白天只有刹那间的十秒钟。他心情沉重，有种不祥的预感，越发感到背井离乡的孤寂！

开始，他以为那不是人的声音，而是来自广袤的寰宇或他所朝向的远方。以后又觉得声音发自近处，强劲鲜明、尖利快捷，好似发自身体内部。然而，这声音很快变得清晰，来源于可以确定的犬吠，不同于冥冥中的呼唤。随着他长时间的倾诉，发现了声音的变化和音量的大小。那声音既包含着警告又包含着警惕的意思，仿佛发声者正板着面孔，胆怯地传播着恐惧。

在很远的地方又传来了几声。第一夜，响起了十七声，从强到弱，直至变为微弱的回声。第二夜，他又听到了三十三声，前一声消失，后一声紧紧跟上，最后一声一带而过。

艾哈迈德听了很久，以后又听见过许多次，正如观望时总能发现新东西一样。每当他凝视良久，就会从几何图形般时断时续的道路以及帐篷的排列上发现未曾发现的东西。有时，光影晃动，他可借助不大刺眼的光亮瞥见军营呈现在他脑海里的东西。他感觉是水渠时，便见波光粼粼；想到树木时，总能看见树木，并听到树叶的沙沙声。风儿吹过，那影像即刻出现，意念将树木栽种到三角、四角或圆形的帐篷边，为其遮荫。

连续的两夜即将过去时，晨曦陡然而至。艾哈迈德寻求不到解释，感到无比惆怅。他听到的声音模糊不清，周围的大地似乎离他很远。这是他在开罗时绝对想不到的事。

老人的孙女说，那些人是军营中的卫士，他们相互打招呼，不是为了寻求慰藉，就是为了散布恐惧，也许是清点人数，担心有人失踪。

此后的长夜里，艾哈迈德听得更加认真。重复的喊声短促、集中，不过很是遥远。那里存在着什么？沙漠并非没有生命。不知从多久远的年代绿洲人对此就保持了警觉。

过了一阵子，艾哈迈德分辨出，召唤声不是无意的，它有明显的规律。声音由高渐低，因为士兵沿着垂直于绿洲的方向等距离地排开。他长时间注意倾听那声音，甚至期待它的到来。开始他有点儿害怕，转而专心仔细分辨。那声音又很年轻，有几次声音沉郁，大部分时间是壮年男子浑厚的声音。

声音不时地变化，今夜不同于昨夜，黄昏时分不同于破晓前，这意味着人员的更替。但是语句重叠，字母的含混难于分辨，只能猜测，偶尔捕捉到几个字，如“立正”“第一……到，第二……到”等。前一半声音干脆，后一半声音拖长，有变化，带着腔调。几夜之后，艾哈迈德又捕捉到一种金属的声响，重复了三四次。可能是铃铛或铁锤敲在铜制的铠甲上发出的响动。声音的方位没有变化。不知道为什么他曾认定声音从一个圆形的地方发出来的。

白天不能透过太阳光寻找那声音的源头。那边经常笼罩着的雾霭，挡住了视线。绿洲并不禁止人们观看军营，只是除了委派的观察哨外大家都厌恶干这种事。观察者的人数不多不少，彼此都有亲戚关系。他们耳聪目明，能向绿洲长者报告所见所闻，同时他们也随时准备对突然袭击发出警报：绿洲居民知道军营不可能永远保持现状，必定哪天他们会拔营埋灶，展开卷起的旗帜，列队向绿洲进发。那时，一切将发生变化。

说踪迹者没有向艾哈迈德透露令他满意的消息。居民肯定老人有分辨回声的能力，能回答声音来自何方、卫士的年龄、他们说话呼唤的状态等问题，甚至他也能判定与呼唤者有关的事情，诸如他们是南方人还是北方人，出生在沙漠还是城乡。老人还有本事追踪声音直至消失。两代人之前，他还肯讲出见到的事情。现在，尽管他眼明耳聪鼻子灵，却始终保持沉默。

艾哈迈德·本·阿卜杜拉说，军营的话题让老人费了不少心思。寂静的时刻，白天黑夜混淆。他站在老人身边，以伊斯哈格的名义，请求他讲讲他所知道的大帐篷的情况。

老人眨了眨眼，面部抽搐着，尽管他目睹了大帐篷的出现和扩展，但他一句话都不肯说。居民庆幸摩洛哥人墓地的存在，相信老人与他们有着某种联系。

他们的确怀疑过，摩洛哥人和这位超越时间的老人是一个人。不过，大部分居民不肯说出来，害怕他也属于这个巨人的行列。

# 描述大帐篷



大帐篷从平原一直延伸至目力不可及的地方。它的正面有围墙，圈出地界。那些世代坚持观察的人并不知道帐篷是用什么材料制成的。帐篷上有两个开口，一个朝东，一个朝西。没见里边有人。在这后面三十多步远，搭了锥形帐篷，然后是四边形的，中间有一个呈八角形的大帐篷，再往后的帐篷排列成近似圆形，其周围还排列着小型的帐篷，有时是七个，有时是八个，令人迷惑不解。

东边密密麻麻排列着数不清的队伍；西边，在同等距离内又聚集着一大群人。靠近围墙有一座长方形建筑，用与大帐篷不同的材料建成，在沙漠气流和风暴面前不会摆动。走进长方形建筑的人都蒙着眼睛，反绑着双手，由卫士推搡而来。这阵势绿洲人没见过。谁也不知道这座建筑派什么用场。老人的孙女把这一情况告诉绿洲上的妇女，消息很快传开，大家对此惊诧不已。

经常有两个人站在这座建筑物的周围，不停地绕着房子转。有时靠近墙壁弯下身，像在进行什么试验。有些时候又有许多人列队于房前，三个人站在队列前方，身后有两个人，再后面是那密密麻麻的人群。一个人运动，其他人模仿。他抬起右手，用手指摸摸前额，或用力多次踏地。

居民说，这个人不是他们的头儿，头儿在大帐篷里，从不离开。那边有人代替头儿，和他的模样身材很相像，只是衣着不一样。当然，用眼很难在这么远的距离看清楚，所以这事纯属猜测和想象，值得怀疑。

令艾哈迈德不安的是大帐篷与绿洲从不发生联系。只要不朝着对面走去，他可以到分界线附近，只是不许接近观察点。如此，艾哈迈德便可以在任何时间像普通居民一样自由观瞧，一旦他向前跨出一步，全绿洲的人都会赶走他。

没有人到过大帐篷，也没有人从大帐篷走到这里。好像发生过越界的现象，但他不知道详情。看来越界令人讨厌，谁也不喜欢提它。

在这片大漠上对峙是奇特的，不容易做到的，如同两个单独跋涉很久的人在沙漠上相遇，双方默默地擦肩而过，连个招呼也不打，这能让人理解吗?

居民都说，这里有一块地方的沙子非常细软，面积不小，很难穿行。散落在那儿的小树丛便是大帐篷那边的人栽种的。

用什么方法种上的? 没有明确令人信服的答案。

他们从哪里补充给养?

据说是从一个离他们有数月路程的一眼甜水井那边运来的。但是，绿洲上的人不相信世界上存在着处女泉以外的泉眼。这已是一种成见，但在出现大帐篷后有所改变。绿洲长者肯定他们在特殊的帐篷里保存着水、食品和物资，并派专人把守。给养源源不断地从他们来的地方用不同的方式运送来。什么地方，没人知道。

双方存在着一条分界线，禁止相互交往。不过，造成的影响不能忽视。第一次冲突后建立了观察哨。那些突发事件出乎预料，是绿洲人难以想象的。他们手中没有武器，只有用椰枣树的粗茎做成的棍子。那是用来驱赶突然从沙漠上出现的猛兽，或用于杀死潜藏于沙砾中的双角小蛇。这种小蛇会在突袭中向猎物施放毒液，受伤者需要立即绑紧伤口，防止毒液扩散，必须让伤口的肌肉立即萎缩脱落或割掉。这种疗法对没有利器的绿洲人来说不大可能，那里只有古旧的石刀，用以宰杀衰弱的骆驼和向摩洛哥人和处女泉献祭的山羊。只有在这两种场合，居民才吃得上肉，他们从不沾人肉。

即便绿洲有打制的武器，他们少得可怜的人口也不能与庞大的军队对阵。对方只须集中远处帐篷的几个队列就足够了。

绿洲人不记得他们中间发生过激烈的争斗或不和。这里任何问题都能迎刃而解，不留下麻烦。绿洲人有一种隐蔽微妙的心理，外人能感到住在泉眼西边和东边的差别。西边的人说，他们是与先知共同作过战的说踪迹者的直系后代，血统纯正，东边的人血统不纯。许多年前，年代已难确定，有位来自南方的人，他皮肤黝黑，身体又高又瘦，颧骨突出，双唇厚厚的。他说自己来自濒临大西洋的国度，那里为森林所覆盖，一条大河穿流其间，河水甘甜。他独自离开家乡，只身前往麦加朝觐，走了四个年头，也不知怎么会走到绿洲来的。他以前不知道绿洲的存在，来此的确出乎意料。由于多种原因，他的旅行没有达到目的地，在此住了下来。他爱上一位美丽的宽臀的姑娘，姑娘对他也满意。

他们相爱，并生下孩子。第一个孩子诞生时，当地一青年突然死去。于是外乡人变成了自己人。他定居在东边，并留下了子子孙孙。

这是否意味着东边的人地位低一等呢?

是的。西边的人住房宽敞，拥有的椰枣树多，椰枣的收获量大，品种也优良。其他的情况彼此不相上下。只是西边的人屋顶用树干，东边的人用树茎。两边的人一般可以通婚，但婚姻不受欢迎。也许这是因为绿洲上的女人享受特殊的地位。她们有选择夫婿的权利，并从事和男人一样的劳动。遇事，女人有说话的自由，意见也能被采纳。她们都不戴面纱，一个个姿色娇媚，自然天成，在开罗或其他地方绝对看不到这么漂亮的女人。这里只有七十二个女人，不多也不少。其中三分之一是孩子，三分之一是青年，余下是老太婆。老太婆专管生育、治病、制作草药汤、调解夫妻纠纷和照看孩子。奇怪的是，这里的女人九十岁还能怀孕生孩子。不过，一个女人一生最多生两个。

男人惧怕女人，崇敬女人，因为女人的子宫孕育了生命。人出生后就走上死亡的路程，所以男人在交欢前都亲吻阴户。

艾哈迈德·本·阿卜杜拉又接着谈大帐篷的话题。他说，随着时间的推移，大帐篷成了绿洲人生活的一部分。那边发生的任何变化都能引起恐惧、期待、惊奇或焦躁的情绪。两代人之前曾发生了一件事。当时对面每个帐篷上都升起黄旗，大帐篷上升起一面红旗，一整天鼓声不断。这边以为会有什么危险出现，因为根据长期的观察，双方从不违反常规。有的人猜测是某位大人物去世或出生，或发生了了不起的大事或喜事。没有人做出肯定的答复。

对方开饭的时间是固定的，并据此安排活动，晚餐在银河出现的时刻立即开始。过去，他们只吃早、晚两餐，好像忙于饮食会妨碍他们抵御危险。他们坚信不会发生突然袭击，因为那不是一天内能完成的事。策划所需的时间不可估算或预测，正如他们之所以远道而来，面对绿洲驻扎又不犯界的隐蔽目的一样。绿洲人了解对方的生活，能区别各种场合，详细描述不同的差异，甚至能以非直接的方式参与。除了说踪迹者，绿洲上的男女老少倾巢出动，在观察哨后面列队，有时还沉浸于欢乐之中，好像在与对方同乐。其实，那是做给外人看的，为打破常规，改变单调的生活节奏，好像对立孕育了统一。真是奇怪！

我是杰马勒·本·阿卜杜拉。我说，艾哈迈德讲述了大帐篷的事情并未引起我的好奇。看起来艾哈迈德在绿洲并没有待得太久，所以并不知道双方对峙的实质。我的国家也曾遇到过战争的危险。大海国国王带来的消息说，危险来自北边的隘口。八年中，我密切观察动静，交火是经常的，大的战斗死伤严重，谈判总是谈谈停停。不过，为了争取时间补充弹药，进一步搜集情报，研究对方的习惯、禀性、防御进攻的方式、在此地埋伏的时间、防御阶段、对话的语言、观察的方式以及发布命令和执行命令的过程等。每一方都保持平静，但脑子里都在想对方的事，回忆经过的事件，设想可能发生的情况。日久天长，这一次次的设想就是参谋人员将争论和习惯从这一方带到那一方，在没有采取任何行动前便将双方的地盘交换。

用权威人士的话说，两个人群的对立只会导致双方的融合。有的时候，战败者会屈从于战胜者，对战胜者的习惯发生兴趣，竭尽模仿之能事。在这方面，可以找到许多例子加以证实和说明。不过，我恐怕再说下去会喧宾夺主，影响我所担当的重任——笔录艾哈迈德·本·阿卜杜拉的见闻，旅行中遇到的闻所未闻的怪事以及促使他出游的不能回答、不能与之对话的神秘呼唤。这一声音至今已经消失多时了。从他到达我们从未听说过的乌姆·索依儿的绿洲后，那里的人没再提起向东走上朝觐路的人。的确，艾哈迈德讲的故事非常感人，他眼中闪烁的光芒和面部流露出的激动神情更令人感动。而这一切还伴随着出现一个女人的结局。

# 开始她的时代

艾哈迈德·本·阿卜杜拉说，他的时间有一半用来陪伴老人。老人已开始在东方放光时向他诉说起精通得令居民眼花缭乱的学问和技能，并传授给他，使之也具有独立辨别踪迹的能力，让目睹者叹为观止。另一半时间，他用来观察大帐篷的动静。可是，当她出现以后，一切都发生了变化，与他的经历全然不同，好像是对新生活的一种理解。

她的出现并非偶然。之后他也常见到她，只是没有意识到彼此曾见过面。在绿洲有二十四位年龄相仿的姑娘。他到达的那日，她们统统站在他的面前。那是他第一次见到她。她是那么美艳，出类拔萃，与众不同，当时的情况不允许他多看几眼。

艾哈迈德肯定他们后来相遇在处女泉边。没错。

在炎热的白天，尔后接着另一个白天，间隔也非常短，太阳在落山的一刹那又升了起来。他正站在清澈见底如同明净的思想一般的泉水旁，观看唯一的一条鱼儿戏水。鱼儿蓝色的鳞片变换着水的灰颜色，使之变成如光圈般的橙黄。艾哈迈德看得出神。鱼儿悠然自得地游着，游到某个无法确定的地点，然后优雅地一甩尾巴返了回来。鱼儿为何转了回来？艾哈迈德没有料到会在沙漠的泉水中看到鱼儿。鱼从哪里来，又去何方？

鱼儿消失时，他怀疑自己的眼睛，探身向下仔细观瞧，险些跌进水里。

她还未进入他视线以前，一种不易听清和捕捉到的嗡嗡声吸引了他的注意。他转过头来。

一个姑娘，不是画儿。

一个真人，不是影儿。

就这样，她又一次站在他面前。

她机灵活泼，高傲沉稳。她迈着稳健的步伐在绿洲上从东到西，从北到南，飘向四面八方。她瞬间便来到面前，给人可望而不可即的感觉。她忽而在这儿，忽而在那儿，飘忽不定。她有一副俊俏匀称的外表，一双大眼睛俯视着两个变化的世界：一个外在的可感可视的世界；一个内在的可领悟可识别的隐蔽存在的世界。

她是永不停顿、永无止境地展示，呈现出了女性的魅力。她衣带轻系，袒露的酥胸透着活力，双眸波光流溢，变幻不定。

她是喷涌的生活之泉。难道她要在这无人知晓的荒漠上开拓?

是的。多么伟大的公正和爱!

她的魅力不断扩散，传达出无须说明的语言。

她接近艾哈迈德时已经深入到他的肌体，从不同方向与之融合，停泊在他心灵的最深处。艾哈迈德抬起头望她时，心中一震! 一件深色透明的衣衫遮住她的身体，似明若暗，似有若无。在此之后，艾哈迈德才懂得这儿的女人并不经常如此打扮，她们只在准备和选中的男人幽会时才这样穿着。他望见女人窈窕的身躯、腰胯优美的曲线和双腿分开连接的交点。肚腹柔滑得令人欢畅，双乳峰谷分明，促其目光沿颈项而上。

她走过艾哈迈德身边，又回头顾盼。此时艾哈迈德已欲火难耐。不过，他好似跋涉了许多路程，稍显困倦。他转过身追上她，望着她的后背，喘着粗气，见她平卧在地，欢喜万分。他们颠龙倒凤，直到全身心的融合。

她走的时候已在他心中牢牢扎下了根。夜晚，老人的孙女来到他身旁，对他眨眨眼神秘地笑了笑。他心有余悸，忐忑不安地望着她。她好像一直在跟踪他们，这是他始料不及的。说实话，没有老人的孙女，有些事他还真弄不明白，如女人穿透明衣服是表露芳心的一种方式。姑娘不止一次地看过他。这次相见是经过深思熟虑的最后决定。她选择了他，然后将此心意告诉女友。但由于他是外来人而引起了麻烦。一种担心搅扰了绿洲稳定的生活秩序，造成了不安。智者会讨论了这件事，在她坚持下,他们被迫接受。女人的选择不可抗拒。于是她开始行动了。一旦完成，她便无权再与其他男人接近，除非离异。

在处女泉边，开始总是与结束连在一起，生活的一切都在水渠两岸展现出来。火星迸发，欲火燃烧，我中有你，你中有我，泉水接触到每条脉络的本原，生发出绿洲的存在。

绿洲上的女儿习惯和羊群为伴。若羊群单独回家，父母兄弟统统走出家门，面朝处女泉跪下，因为那里正经历着生命的合欢，为新人的诞生和另一位青年的消失做好准备。

可是，我们这位姑娘是只身前往的，没有带羊群，实属少见。在她身上集合了温顺与野蛮的特征。

居民何以知晓生命合和的完成?

事实上，绿洲人在那一瞬间都知道了。有些人说，姑娘的喊叫声能传到大帐篷，否则如何能解释那阵阵的鼓声，好似一种看不见的参与。

那天早上，艾哈迈德很早就走出来。他满怀希望憧憬着未来，心里想着老人的孙女对他说的话。她向他解释了当地的传统与习俗，谈到要紧处，她直爽得惊人，他却腼腆得不敢正视她。她的声音颤抖，好像老太婆谈起此事时也萌生欲念。她强调喝三口母驼的新鲜乳汁，便可任意摘取禁果。

但是，他亲身经历的一切与听说的和个人的想象截然不同。

我是杰马勒·本·阿卜杜拉，我来说。艾哈迈德说到此，对其亲身经历的不可见和不可说的部分吞吞吐吐。他浑身颤抖，哆嗦得说不成话。他停下来，闭上嘴。然后，开口说出的第一句话是：

“请给我纸和笔，让我自己写吧！”

我照他的要求办了。下面便是他的笔迹。虽然由于他的无力和手指颤抖，字母有些跳动，不过他的字写得仍然不失为一门艺术。那是我用了一辈子的时间努力模仿、背记其种类和形状的艺术。

# 记下私事

我是艾哈迈德·本·阿卜杜拉，我来说。

这是我首次接触女人，是初次性觉醒，涉足我不曾知道的领域。尽管我早就意识到女性世界及其存在的价值，现并顺其远行之前，我对此知之甚少，并渴望之，但在冥冥中的呼唤突然既可怜又令人失望。对此，我不想详细叙述，以免离题太远。我要说，在绿洲的经历不仅是一个开始，而且变成了我日后衡量各种事物的尺度和参照。下面我将做出说明。

至于她，则是另一回事!

记得，那日清晨的凉爽还未退去，黎明的霞光即将消失。晨曦中处女泉水泛着银光，椰枣树飘出浓郁的芳香。我朝她经常出现的地方张望，心中唯有渴望。她总是从东边走来，这次却从西边迈着轻盈的步伐，超过我有三步之遥。她的身影似有若无，让我产生一种奇怪的感觉。她的身材修长挺拔，一副从高处眺望寰宇的姿态。黑缎子般柔美的头发像瀑布似的倾泻至大腿处，两股隐藏着欲火，迸发出活力。我必须把那个时刻完全描绘出来，不然我会发疯。

真是主的馈赠!

她好像听到我的话，慢慢转过身来。双手捧着盛得满满的一碗奶汁，奶还保留着母驼的体温。我小心捧着碗，一饮而尽，正如老人的孙女嘱咐的那样。

这一刻，她的目光十分专注，带着挑逗和热望。我把空碗递给她。她迈开双腿，我紧紧跟上。她扭动腰肢，暴露出其隐蔽的部分。她知道该去何处，她停在两棵椰枣树和两棵甘甜的无花果树环抱着的茂密的灌木丛中，从那里可以望见处女泉。

她为这热血沸腾的一刻准备了多年。若情急如焚地召唤我，只能匆匆了事，无法满足她所渴望的精神提升。她会分裂为两个对立的部分，想象伴随着她，而身体离她而去。

我不记得她怎么走到我身旁。她用小拳头推搡着我的胸口，然后，转身用余光望着我，那目光分明是挑衅和召唤，像是战斗与合欢的指示。

她又用拳头猛击我的胸膛，完全出乎我的意料。我很快摆脱老人的孙女的忠告，自发地做出应答，并迅速排除了惶恐和谨慎，下意识地行事。她第三次捶打我时，我抓住她的手腕，扭住她的臂膀，迫使她弯下身子原地转圈。她背对着我，我们十分接近。她弯下身时，我的身体贴近她的臀部，她身体一抖。她的身体发烫。我扭着她的手臂，把她抓得更紧，她痛得叫出了声。她疼痛的叫声与我兴奋的喘气声交融在一起。我抱紧她，她极力推搡。她咬我的胸膛，把指甲掐进我的肉里，我仍然不放手。此刻，她不再反抗，动作也趋向轻柔，一双眼睛充满了渴望。直到现在我还摸不清她何以变为温柔的海洋。我还记得那一声惊天动地的叫喊，一声发自内心的呼唤。我们扑倒在地，忘却了一切！

炎热的太阳散发着热量。我们渐渐意识到自己的存在，但身体并未分开。解除她的封锁并不容易，她似一座喷发的火山、欲望的实体。她抱着我朝向四方，一会儿头朝泉水，朝向大帐篷；一会儿又面对着我，不时用目光向我挑衅，使我更接近她。她把身体挪开一会儿，然后又贴了上来，接着便是更为紧密的结合，一直达到在我的存在和她物质实体之间没有任何肉眼可见的缝隙。

达到顶点后，我不知道她怎么离开我的。她发出一声声得意的叹息和叫喊。她与大地、泥土、植物的气息、泉水的香味以及摩洛哥人墓地完全连在一起。她过于兴奋激动，显得有些疲惫沉重，我也有些烦躁，我亲吻她，以观其反应，在她挑逗之后，我已知道她的敏感区了。

她张开眼皮。我怎么能忘记她清澈目光中的满足？她欣喜满足地望着我，沉默中我们心意相通。从此，她属于我，我也属于她。

# 圆　满



艾哈迈德·本·阿卜杜拉写完这些至今还保留在我手里的文字后，便默默无言，不再开口，仍然沉浸在对过去的回忆之中。我理解他此时的心情，也低下头，不说什么。这样过了近一个时辰，我险些睡着，已经介于清醒与瞌睡之间了。我察觉他在看我，脸上露出平静的微笑，产生继续谈下去的愿望。于是，他又谈了起来。

他说，他从说踪迹者那里搬到姑娘家，住在泉水东边。她血管里流淌的是阿拉伯世界东部人的血液。她的父亲精力旺盛，和蔼可亲，会治病、赋诗、作曲。他治疗创伤，用的是筛过的土和蜘蛛网，然后用生长在绿洲及附近沙漠中的植物叶片来覆盖。他也治疗牙痛、瘫痪和精神萎靡。他用红笔写下符咒，贴在病人额头上以减轻疼痛，或贴在肚子上止泻或消除便秘。他身材高大，女儿继承了他的身材。姑娘的姐姐是养蜂专家。她已记不得母亲的模样，母亲死时她还小。她母亲无病无灾，在整理储备的干枣时突然去世。

她父亲有一件外形很奇特的乐器，音箱成长方形，上面有根弦，用两根细棍弹拨，那根细棍上有一个圆头。这个乐器是祖父传给他的父亲。据说是摩洛哥人用过的物件，尔后将其送给陪伴他、精心照顾他的人。

这件乐器就这样落到绿洲，不时发出悲凉的声音。她父亲弹奏它时表情丰富，大家都喜欢听他的演奏，观看他激动的样子和弹奏的方式。

日子过得很快。艾哈迈德和他的新娘彼此更加了解，心神交融，以至现在艾哈迈德的某些动作仍受她的影响，如边说边做手势、突然回头、边听边不住地点头，等等。这些动作都源于爱妻，肯定如此……她受丈夫的什么影响不得而知。他来不及去分辨研究。

第一个知道新娘怀孕的是老人的孙女。她经常来看望他们，带来饼和奶，或是她亲手做的早点。老太婆待他如亲人一样，她从艾哈迈德身上体会到做母亲的感觉。她的孩子都在同一年龄夭折，五个儿子都没有活过十四岁。然后丈夫也跟着去了。很久以来，她一直是大家惧怕的寡妇。她专心照料老祖父的起居，老祖父至今只要愿意，仍有精神和她辩论，怀念他那生活在不知哪个年代的朋友伊斯哈格。是老太婆要求老祖父把说踪迹者的绝活传授给艾哈迈德的。

艾哈迈德在绿洲生活得很开心，日子很容易打发，闲暇时他常怀念故乡和在开罗的日子，企盼有朝一日能携带妻子和女儿一同回乡。不过，妻子突然精神恍惚、若有所思的样子令他不安。她突然格外关心大帐篷那边的动静，常常一个人朝那边观望，默默地说：

"那边发生了什么事让人不安宁？"

她是不是观察到什么？

也许。

她是否了解到什么不便说出来的事情，这事情关乎全体绿洲人，而她只是在与他结婚后朝夕相伴时才发觉？她确认怀孕后，情绪有所好转，常常躺下休息，吃得也多了。现在她吃多吃少关系到一个小生命，她需要对他负责。她怀孕的消息传到贤人会，然后传向绿洲。她的父亲高兴极了，频频接受乡亲的祝福，音乐声响了一夜，连小孩子也跟着熬夜庆祝。乐曲声传向大帐篷。当夜，呼喊声不绝于耳，清晨还能听见鼓声。

岳父大人高兴，邻里的妇女便跑过来对孕妇表示关心。不知不觉中绿洲为一片阴影所笼罩。孩子将要出世，这意味着一位居民的离去，或男或女或小孩。千古不变的规矩不能抗拒。一个来了，另一个要走，不在出生前几天，就在出生后。如此，绿洲才能保持人口的不增不减。乡亲怀着矛盾的心理，既有欢乐又有担心，既希望，又害怕。病人变得提心吊胆，格外当心；那些习惯于疑神疑鬼的人更加神经兮兮。贤人站出来断言减员会很安全。不过，智者再精明，也难免失言，有不少沉稳的先人遇上过突发事件。怀孕的消息带给人警觉和担心。随着时间的推移，不安由强变弱，临产前又加剧起来。全绿洲的人都做好了准备，谁也不知减员会发生在哪个人身上。一旦发生，绿洲会恢复内在的平静，离去者的家属也不例外。它意味着生死的转换业已完成，不会再次发生。

居民认为艾哈迈德是他们中的一员。他已了解居民的所思所想，也能按他们的思维方式想事。他和二十四位女人中的一位结合，与大家住在一起，干同样的活计；陪伴说踪迹者比任何人都尽心，听他说话，向他学习；拜谒摩洛哥人的墓地，仰慕地站在墓前；定期俯视处女泉；观望大帐篷的动静等，哪件事他也没有落下。

艾哈迈德·本·阿卜杜拉说，他曾多次问自己，哪个阶段是他最喜欢的旅程，令他恋恋不舍？他会毫不犹疑地回答：

“在绿洲的时光……”

那阵子日子过得安宁舒适。他和妻子相敬如宾，相处得十分融洽。每夜，他枕着妻子的臂膀，嗅着她的体香，心中无比欢畅。做爱时彼此分享着对方的琼浆，次次花样翻新，他总意外地发觉妻子的新鲜反应、新奇的目光、异样的叹息，这些都是他所不知道的，没有见识过的。

怀胎七月。乡亲们的心思沉重起来，他们默默无言。观察大帐篷的活动在加紧进行，不仅是那些重任在身的观察员忙碌起来，许多闲人也自动聚集到观察点。警觉地注视着是否有异常现象、是否支起了新的帐篷、是否升起新的旗帜、士兵的队列是否出现变化、鼓与乐器的型号是否有改变、传来的声音是否令人沮丧烦躁等。

他女人说，自从某一天大帐篷消失在绿洲人的视线之外，女人便不再感到烦躁，好像从未听到过他们的呼喊。这大约发生在整整一代人之前。恐惧使男人先于女人去求助摩洛哥人墓地的保护，并去借助说踪迹者的超凡力量。

还有两个月女人就要临产了。艾哈迈德忘不掉那些警告和潜隐在周围人群中的恐惧。大家内心害怕新生命的诞生和与之相伴的减员，也担心大帐篷内的新动向和说踪迹者的沉默不语。艾哈迈德一直听不见任何呼唤，也没碰上让他激动的事情，耳边连伊斯哈格的呼唤声都听不到。他显得有些神经质，自我封闭，心里越发惊悸不安。老人的孙女也默默无语，不再到处跑动。她的目光呆滞，不再为新生儿忙乎，她曾发誓要亲自为她接生，在地上铺满无花果的嫩叶。

那夜，艾哈迈德躺在女人身边，用手摸到胎儿的小脚在子宫里踢来踢去。女人睡着了，他久久望着她娇嫩的瓜子脸。女人的呼吸十分平稳。他想，有一段时间大帐篷不再敲鼓。假若他们夫妻在开罗，或者现在在埃及，肯定他们会一块儿去先知或先贤的墓地。

啊，我的主，按安拉的意旨，顺从他的意愿吧！伊玛目栽因·阿比丁[①]！他闭上双眼，赞美先知先贤的墓地，赞美他们流芳百世的内在美，赞美并怀念他们的欢悦。是的，他没有忘记祖国，也没有抹去家乡在他心中留下的种种印象。多少次，他感到埃及离他那么遥远。如果现在开始返回，多少时间能到达呢？若他儿子出生在那儿多好，多太平，多安全！

此时，夜漆黑静谧。艾哈迈德猛地坐起身来：

“起来，走吧！”

---

① 栽因·阿比丁（1420—1470），克什米尔第八代穆斯林国王，以宽容和平等对待印度教徒和穆斯林而著称。

# 泄露隐私

杰马勒·本·阿卜杜拉说，我们的朋友艾哈迈德关于女人的谈话引起我的兴致，令我陶醉。我不由自主地告诉他，我对一个女子曾有的痴情。有一天，她来到了我们的国家，她的地位是不亚于我们的。然而，她在我与她情笃意深难舍难分时离开了我。此后，只有我脑子里浮现出她的形象时，才能与其他女人干那种事。

同时，我也告诉艾哈迈德有关我私生活的详细情况，排除他因我长期瘫痪而丧失性能力的猜想。我曾得过一种怪病，结果使我失去行动能力，造成瘫痪。过去，我和他一样健康，腿脚灵便，能跑跳骑马，能履行一个男人的义务。三十岁以后，我才开始衰弱。这里应该说明，我和艾哈迈德的年龄差不多。我们谈久了、关系密切之后我才知道，他无法确定自己准确的出生年代。据他父母说，他出生于开罗大地震的前一年。地震震塌了许多宣礼塔，传说许多摩洛哥人丧生。纳绥里在他的《探究》一书中提到了摩洛哥人到埃及后的情况。

我就根据这些情况推算出他的年龄和出生年代。我和艾哈迈德是同年，也许是同月同日生的人。这是我的推测和猜想。确定我的生辰很容易，这里每个新生儿都要将姓名记录在册，与绿洲上的规矩差不多。绿洲居民向头人禀明家人生死的时间，也就是谁出生，谁在谁出生后死去。此外，个人的成长和外出的经历、婚姻状况也要据实报告，因此头人还有“监理人”的称号。

艾哈迈德告诉我，开罗也遵循类似的规定。人们过去称赞开罗为“世界的心脏”“宇宙的田园”。然而，现在它已经陷于混乱和无序的状态。开罗掌握在缺乏经验和魅力的统治者手中。他腐败无能，只会在尼罗河上的彩船里吸大麻、玩鸽子，把精力花在营造鸽窝、寻找良种、培育幼鸽上。迷恋鸽子甚至到了禁止宣礼员大声宣礼、以免惊扰它们练习飞行的地步。他在位时，埃及本土一片荒凉，海上一片混乱，人心涣散，百业凋零。其中也包括由书记官和街区长老掌管生死记录这样的事。

艾哈迈德说，我的祖国历史悠久，国家稳定，秩序井然。不过，他的国家是以权威人士为核心而运转的，岁月以他的名字载入史册。假若统治者强大坚定、不屈不挠，国家就生机勃勃，远近驰名，邻国为其强大而不敢冒犯。若由一个外国人统治，情况会迅速恶化，变得混乱复杂，一个错误的决定就毁了国家。国君英明，国家昌盛；国君昏庸，岁月无光，灾难频仍。艾哈迈德对我说的这些题外话还有很多，我都不做记录。只要有机会，我便岔开话题，向他倾诉我和那位印度姑娘的故事。

那时，印度经常派遣使节到摩洛哥来。有一位国王不知出于什么样的目的派人来了。有人说是为了互利，有人说是为了观测大洋，寻找新的航路。那些客人频繁光顾海边，在几个地方停留，观察岩石、山洞以及大洋上太阳落山和潮汐的种类。至今，我们的贤人仍然心存余悸，担心未来会发生什么意外。

印度使节的言谈被记录下来，离去后居民还在议论他们赠送的礼物。这些礼物在王宫广场展览了三个月。其中的四头大象不算在内。我们的国民第一次见到这种动物，在花园中为它准备了宽敞的住处，每一头象都配备了沙哈尼绸做的披风和散发奇香的檀香木遮阳伞，礼品中还有几件牙雕礼盒、上面雕刻着树木河流和饮宴的场面，以及钟表、马鞍、香水等。赠送的七位少女和我们住在一起，已为王家子弟生儿育女。

印度使节来到后，我是国王委派招待他们的官员之一。每日向陛下报告他们的情况，因为我懂得波斯语、乌尔都语和僧伽罗语。陛下嘱咐我要经常与他们对话，以便熟练掌握这些语言。的确，我了解到许多自己所不知道的事情，并将其记录下来。

礼物接受以后，包括那七位少女，都送至宫内，只有一位体态轻盈的姑娘除外。她的模样令我想起这里秋冬季出现的一种非常灵巧的麻雀，体积不过巴掌大，但是它的羽毛集合了草原上五彩缤纷的颜色，仪态万千！

姑娘是印度使团专管诵读文件和记录的诗人和作家的女儿。她不戴面纱，裸露着一张孩子般的脸，年龄在十三四岁。她发育成熟的身体，让人以为她二十来岁。她身着紧身的印度衣裙，露出半截腰身，双乳和臀部突出匀称。她漫步市井街头，招花引蝶，让人很不习惯。

开始，我与她接触不多，渐渐对她有所了解。她离去后，我慢慢回忆，品味她在时未曾发现和察觉到的事情。

她常常伴随父亲左右。父亲去会见大人物或有威望的长老，她便和我待在一起。离开她时，她的影子总萦绕在我的脑际。夜晚，我总想起她，弄得我有些神魂颠倒。其实，在她以前我与女人已有过交往，了解她们。

然而，她的确与所有的女人不同。她来自远方，更增加了她与众不同之处。她离开印度时只有十二岁，经过一年的旅程来到我们的国度。在此期间，她成熟于从陆地到陆地、从海洋到海洋之间。

使团参加宴会、会议或举行仪式等集体活动时，她饥渴的目光总在四下搜寻，有时目光盯在一点，专注于特殊的对象。她坐在我身旁，我会不由自主地把目光转向她，真让我惊奇疑惑。我的目光由她的颈部向下，溜向她的胸腹，停在她的臀部和那最完美的地方。她让我看得有些坐不住了。

对她的流言蜚语传入我的耳中。不过，只要她在我面前，我便会面红耳赤，有时生怕别人看出我内心的活动。真弄不明白，我是渴望这个女人，还是想通过她了解我所不知道的东西?

一天清晨，她在御花园陪她的父亲散步。半路上，她父亲会见大臣的时间到了。她与父亲分开，独自一人待在石砖铺就的路上，路中间有个大理石喷泉的花园。喷泉不分昼夜每隔一定时间，将水喷到两人的高度。宁静的园子,远远就可以听见水珠落地的哗啦声。姑娘对王家的仪式礼节不感兴趣。此时，她放慢脚步，继续向前，准备走到花园的尽头。

她小心谨慎，用余光窥望，带着女性的羞涩，半遮半掩她内心的激动和渴望。她目光停在一只石凳上。石凳驮在两只黑色的石狮上，狮子的一双环眼凝视着花园天边的尽头，人需要走下台阶才能到达那里。

当时，我正路过花园，心里想着印度客人今天可以依靠自己的阿拉伯文译员，他已经初步掌握了本地土语，我可以不参加今天的会见，日后再表示歉意。

经过彩色马赛克地砖铺就的广场时，印度姑娘恰好转过身来，面对广场。广场两边排列着身材高大粗犷的黑人卫队，他们不会与任何一个走进这块尊贵府第的人谈话，肩扛闪闪发光的长枪，一动不动地站在那里。

我没有注意到她，我的目光朝向花园中浓密的树丛。这片地上长着摩洛哥和非洲的树木，如核桃、埃及的无花果、奥斯曼橡树、沙姆雪松和欧洲杉树等，此外还有一些奇花异草，部分只生长在寒带，掩映在长着柔软青草的小径之中。这条小径时宽时窄，走进去几米远，人便消失其间，好像排列整齐的树木就是为了遮掩他人视线而生的。

我和她面对面，能闻见她身上沁人心脾的幽香。一股女人的清香来自她的头发，是头油的香味？可能。或许是她的体香？没准儿。不过，她真真切切地站在我的面前。

她显得很和气，微笑着走过我的身边。出于礼节，我闪身，做出请的手势，摊开的手正好指着树木和花丛。我丝毫没有什么其他的意思。我的目光充满真诚，毫无邪念。我比她大二十岁，作为一个王室的翻译官，我的地位并不卑下。

她亭亭玉立，比我想象得更挺拔。我装作漫不经心的样子，她外表也显得十分平静，我竭力掩饰内心的慌乱。难道我不该迈步向前，单独与她相会，喷发出我青春的火焰？

我意识到，此刻我已走出人们的视线之外。鉴于我的精力和对花园的熟悉，我开始了清醒的行动。我伸手搭在她的腰间，她不抗拒，反而缓缓地心甘情愿地靠了过来。我们之间的距离立即缩短。

她纹丝不动地靠在我身上。

我们转到一处更为隐蔽的地方停了下来。她睁大眼睛，怀着羞怯和渴望，大胆地注视着我，并上下左右前后地打量着，确认周围一切安全。

她走上前来。

我推着她，把她推到树前。我呼吸急促，欲火中烧。她离我那么近，我凑上去，感受到她的温柔，那滋味犹如饮下醇香的美酒，流芳至今不消不散。我紧紧地拥抱着她，想把她永远地融入我的身体之中。一股幽香四溢而散，令我径直奔向源头。我没有吻她，而是尽情呼吸着她的芳香。她也专注于我，显得格外光彩照人。我深入到她光艳秀美身体的每个部位之中，竭力发现它所包容着的一切快乐。她的双唇似露珠般清纯。我们这儿的人都说，初吻令姑娘分泌出不可多得的甘露。我轻轻将唇印在她的小口之上，慢慢褪去她双唇的童贞，舌头肆意地在她香口中遨游。

她完全靠在我的肩头。

我清醒过来，见她手指着周围，又推了推我。我明白刚才已沉醉在她的香雾之中。她摇了摇头。

“不，不在这儿。”

她知道在哪儿?

她带着我穿过弯弯曲曲的小路。我很想问她以前是否来过，又怕破坏了气氛。我们一直朝浓密的树丛走去，穿过印度麻和波斯桃金娘，来到一块为白头翁所覆盖的平川。白头翁是一种罕见的奇特的植物，生长在高高的难于走过的山路上。这种植物指向了姑娘预期的地点，那里有倾斜的瀑布和溪流，青草生在岩石之间，瀑布边有个小池塘。这里鲜花怒放，空气中弥漫着阵阵芳香。这正是姑娘的预言家所预示的地方。

“你将在接近黄昏的时分，在白头翁的床榻上破身。”

就这样。她以本来的面目对我。透明的衣衫从肩头滑落，完全裸露的双肩令我浑身颤抖，激情燃起烈火，我按捺不住立即与之合欢的强烈愿望。此后的一切仿佛是寻求潜在的原初力量。

我们紧紧地抱在一起，分不出我的还是她的，也感觉不到身体的存在。我的气味与她的气味混合在一起，两个影子变成了一个，难以分开。一切都是那么协调一致。她那女性的幽香、鲜花的芬芳和大地的清香汇合在一起。我担心，哼叫翻滚会让她过于劳累。她亲吻了我，重又与我抱在一起。突然，她紧缩身体，掉头就跑，我紧追其后，直至压在她的身上，进入她感觉世界的边缘，进入她所有的门户，体味其中的全部内容。她的头转向我，看到我的兴奋。我再次弯下身，好像立刻又要开始。

我吸吮着她的精华，精神振奋，在她的世界里驰骋。我远至东方，近至西方，跋涉了遥远的路程，穿过了高山和大海来到附近的一隅。

妙哉！好一个印度女子，好一个印度女子！

她从遥远的国度来到摩洛哥，为了在白头翁的床榻上破身。而我恰恰证实了她的到来完全如预言所说。

我们做爱七次。她把头埋在我的怀里，发出阵阵的叹息。叹息揭示了我的的确确是在她的近旁，她在我的怀里。我感到她的离去和亲近。当我把她压向土地，紧紧贴着她，听她呻吟，我拼命要留下不可抹去的记忆或让它播下种子，与这位姑娘一样地成长。也许吧，但愿如此。

我试图从她身上获取日后在凄凉日子里所需要的温情。我为此等待了许多年，想象了许多年。尤其是她离开摩洛哥返回故乡之后，我得了相思病，常常一个人跑到这鲜花覆盖，点缀着宝石的紫红、晚霞的殷红和阳光的金黄色的七彩天地。独自等待着谁能帮我安排幽会与合一。他们一走，我就将全部身心朝向星空，也许星星来自她的国度，尽管路途遥远，但我好像闻到了她的气息。就这样，那段短短的时光便延续下来，成了我一生重要的标志。这变成了我的祈求和归宿。我苦苦地追求与她的合一，为此殚精竭虑，心情沉重。有时，我渴望得不得了，虽然事情已经过去很久，我饱尝痛苦，但是我激情依旧。

我向陛下的计时官询问了印度位于何方。他指向了接近太阳初升的某一点。那一点正与我朝拜的是同一个方向。计时官说太阳在印度升起比我们这里早十个小时。我算准时间便走向旷野。时间在我们这儿已是漆黑的夜晚，我见到太阳在某处发光。

我对自己说，她现在一定已经醒来。可我毫无睡意，待在那里继续观察。我好像走在她身旁，亦步亦趋，见她打着哈欠伸展腰身，我似乎也有些困倦，虽然已过了几年，她仍然是原来的模样，没有变化。我走近她，凝视她，似乎闻到她的幽香。当我意识到由于路途遥远，我不可能让她活生生地站在我的面前，自己也不能去找她时，我便像一个妇人那样哀号起来！

这便是我和印度姑娘的一段往事。说出来另一段爱情故事，不过是想减轻朋友的痛苦，也为宽慰自己。我从未泄露过这段隐私，这是我第一次与另一个男人分享痛苦。

艾哈迈德·本·阿卜杜拉听得十分入神，不时询问细节，对比他的经历，并追问谁迫使姑娘返回故里。他根据自己从哈达拉毛人那里学到的知识进行运算，测量影子和距离，得出此地计时官测出的方位有半度的误差。我又仔细琢磨，认真思考，半天没有说话，生怕他会有所不快。他表示理解。我请求他继续讲他的故事。我不知猜过多少次他在驼队和绿洲上的离奇生活，然而我的想象怎么也无法与记录下来的故事相比！

# 意料之外



艾哈迈德·本·阿卜杜拉说，任何事情都有前因后果。凡事都由前因引起，顺此演进，能否成事便要看运气了。

他不能再久留或赖着不走。若决定出行，会遇到什么事，碰到什么人的挑战，又将与谁交锋呢？看来，他的事情无从考虑，也不能限定和揣度。

摆在他面前的只有顺从，别无选择。就这样，在怀孕女人醒来之前，他从绿洲走出来，到了旷野。他随身带着三本书、一个皮囊和一个小容器。第一本书是他从开罗带出来的；第二本书是哈达拉毛人送给他的，类似一个本子，是本无字书，哈达拉毛人祝福他，总有一天他会全神贯注地读这本书，从中会读到他想知道的事；第三本书是从说踪迹者那里拿的。那天大帐篷完全从眼前消失，但仍可听到哨声、鼓声和卫士的喊叫声。这本书有皮封面，用红丝带系着，以一种他不认识的文字书写。老人的孙女说，总有一天他会读懂的，凡事都有它的时间。

他在皮囊里装满处女泉的清水。小容器自有它的功能，哈达拉毛人早已给他讲明了。

艾哈迈德不知其目的地，也不知他独自要走多远的路，心中唯一知道的是顺从呼唤声的命令，加快步伐朝太阳落山的那个方向走。

他从大帐篷所在的东边离开绿洲，走上一条通向对面沙漠的弯弯的土路。站在道路中间某一点，可以看见大帐篷，帐篷左边有一队人排列着不大熟悉的队形，队伍前边站着一个士兵，头戴闪光的金属头盔。他看不清他们在干什么。他必须在太阳出山前离开这里。下一站在哪儿，他心中没数。

生离死别是人生最难的事。艾哈迈德走着走着，意识到自己的心头已为无形的阴影所笼罩。他见不到儿子的出生，今后他们父子有重逢的机会吗？

他能得到失去的东西吗？眼下，他只能向前走，去迎接变幻的未知事物。倘若今后又把他带回到绿洲，他该如何面对妻子和儿子，还会认识他们吗？今后他们父子会偶然相遇吗？他会落叶归根吗？那是不是难上加难？儿子是父亲生命的延续，若能与时光为伴，他总能……那又会怎样？

呼唤声清晰明白，事情不容置疑，命运已经决定。独身旅行对他来说是平常事。为此，他在告别绿洲不平凡的生活经历时，竭力想记住路上的所有标记以及那些与太阳升起的地方的不同之处。他回想天空星座的位置、椰枣树、房屋、摩洛哥长老的墓地、说踪迹者的茅屋、处女泉、大帐篷和前沿的观察哨，以及回忆起所经历的各个时刻、跟哈达拉毛人学到的计时法的详细内容。他试图记住所有的一切，企盼有朝一日能与爱妻和儿子相见。

这一愿望何日能实现？

一旦实现，相见的情景会怎么样，妻子能理解并原谅他的不辞而别吗？在今后几年里，他的出走都会是绿洲居民议论的话题，也许还会成为一个流传后世的故事，添枝加叶得令人难以想象。

他想着妻子一觉醒来会是什么样子：她慌慌张张地跑去寻找，搜遍了整个绿洲，跑到摩洛哥人的墓地，去找说踪迹者，祈求他的帮助，尽管两个人一个死去、一个还活着，但都已不存在了。

她如何面对乡亲们，他们会说些什么？有的人会松一口气，孩子的出生不会伴随他们中任何一个人的死去。父亲走了，给孩子留下地方。也许，他的离去实现了原初的平衡。生总是伴随着生前或生后的死亡，如此才能保持人数的不变。

绿洲居民将谈起他，会想起他的模样，解释他曾说过的话，或许有的人会把他和大帐篷联系起来，为他在当地看到的一切而心神不安。若遭遇不测，还会把他视为大帐篷的奸细。

艾哈迈德说，他不知自己走了多少路，不过天色还未到正午。他见太阳离他很远，要比在绿洲时远些。沙漠平缓柔和，一望无际。他奋力前行，像是在不断地爬坡。他感到腿脚有些沉重，但仍不停地向前迈步。这样，人好像不觉得那么累。

他走了多远？

无法计算。夜还未降临，他感觉过了很久很久。白天是否延长了？此时他也没觉出夜短了，两个白天几乎连接起来。时间对他来说变得有些不可思议、无法计算，即便是哈达拉毛人的计时法也难揭开时间之谜。

艾哈迈德只好盯着远方。疲劳迫使他停下来，他觉得周围有些变化，一时还确定不了。光线黯淡，空气清新，他渴望能达到一个分界线，有一个标志，哪怕是一个高地、一丛灌木、一株沙漠上的植物也好。他清醒地知道，停顿下来危险很大，于是内心生发出一股力量推动他向前。

哈达拉毛人曾说，一天他乘船从巴士拉往印度运货。阿拉伯海上刮起大风，掀起了巨浪。三个年轻人走出船舱，望着眼前的景象吓得目瞪口呆，害怕得很。一位水手在甲板上遇到他们。巨浪卷起的水珠飞溅在他四周。水手向三个年轻人喊道：

“只要船在行进，就不必担心。一旦船在风暴中停止前进，那才是最危险的。”

哈达拉毛人说：

“不过，在沙漠上情况就不大相同。风暴来临时人必须停下来，安顿好骆驼，骆驼自然而然地把头贴近地面，人躲在骆驼身边。”

然而，他现在独自一人行进在沙漠中，他往哪儿躲？大漠的沉寂和漫漫无际显示出它的不朽。此时他似乎有身处海上的强烈感觉，这里是一片寂静，那里是茫茫无尽头！

艾哈迈德周围的一切都抹上了一丝亮光。脚下的黄沙泛着红光，头顶上的蓝天似玻璃般透明。他在沙漠上的足迹能保留多久，绿洲的居民能否追踪而来？他知道自从大帐篷出现以后，绿洲人不再走出去，不再离开那片土地。他从远处重新审视那两棵椰枣树时，看到了以前在绿洲上看不到的东西。椰枣树的枝干都朝处女泉倾斜。这一现象只有从远处才能发现。至此，他承认，他已经过惯了的日子早已成为过去，只剩下头脑中的回忆了。他的妻子肯定非常失望，失魂落魄地坐在她喜欢长时间坐着的处女泉右岸，或许她去请求说踪迹者，老人是唯一有能力找到他的人，可是他已经几个世纪没有挪动了，他会为自己站起来吗？

他敢肯定光线在变幻，好似一挂巨大透明的帘子垂落下来，将他与太阳隔开。

艾哈迈德·本·阿卜杜拉说，白天已经运行到不可精确判定的某一点上。不知是早晨还是黄昏，是傍晚还是午间，他看见了一群人！

与过去经历的时光相比，从离开绿洲到见到这群人好似弹指一挥间。然而，他本人却感到如度过了几个世纪一般。起初，他面对前面的这些人心里十分害怕。他不认识他们，也许这些人会伤害他。绿洲居民会不会从一条他不知道的路尾随着他，绕到他前面拦截他？可是，这些人站立的姿势、戴的头盔又说明他是第一次见他们。因为不认识，他脑子里闪现出各种猜测，生出恐惧，也许他会从此消失！

他不可能隐蔽起来。这些人从几方面将他包围。即便他们心怀叵测，他也来不及动隐蔽起来的念头。无论如何，面前的是人。他可以向他们讲明个人的情况。在一望无际的大漠上，他不担心会有突发事件。他们站在那里像是一直在等待着他的到来，从他走出绿洲就静观他的每一个动作。艾哈迈德说，虽然他有一种直觉，有能力猜测，但是他没办法预测或想象未来的事!

# 鸟王国



那么……

这些人一直等待的不一定是他。他们对来人一无所知。他们预测过，一直期待着，巴望着一个从东方阿拉伯世界来的人，但不一定就是他。虽然从东方阿拉伯世界到这里没有一条驼队走的路，也没有一条大路或旅游爱好者的歇息地，当时更没有发明火车，他们却在等待东边来的人。谈论这些需要费些口舌，他将尽力解释清楚。

眼前站着七个人，年龄介于四十至五十岁，气宇轩昂。他们右边站着七个六十到七十岁的老人，中等身材，蓄着浓密的银白色的胡须，身着红色衣袍，腰间系着黄绸子编织的细腰带，里面穿着绿色的刺绣衬衣，下身为蓝色长裤。在他们左边有七位女子，三个身材高大，四个身材不等，中间的一个中等身材，妩媚动人。艾哈迈德身处异地，周围情况不明，但瞥见女人姣好的身段、高耸的乳峰时，依然感到一阵轻松和舒畅。

艾哈迈德紧紧盯着与之相隔十步之遥的人群。他们停在该停的位置。他脑子里不知为什么浮现出处女泉中戏水的鱼儿。他不知该说什么，做什么。那些人恭恭敬敬地站在那儿，默默地望着他的样子让他安下心来。于是他平静地开口说话。

"大家好！"

众人一起把目光转向穿长袍的老人。隔了一会儿，众人以清晰的声音、美好的言辞回答了他的问候。不过，他们的口音让人感到咬字费力，语调也怪怪的。

穿长袍的老人跨上前来，右边跟上三人，左边也跟上三人。他双手捧着一块红缎子做的垫子，上面放着一块黄手帕，手帕上有一只镶着祖母绿宝石和红珊瑚的金冠。艾哈迈德不知他在什么时候捧上的这块垫子，捧王冠的人又是谁。脑子里只想着他该如何行动。老人一人向前，距他有六步之遥。然后，年纪更大的七位老人与那位光彩照人的姑娘一块儿走上前来。姑娘手执一支黑木的手杖，杖柄由纯白象牙制成。老者撩起黄色衣袍，中间一位双腿跪下。此情此景令艾哈迈德想起埃及素丹的登基仪式。老者颤巍巍地拿起王冠戴到艾哈迈德的头上。

众人显出十分高兴的样子。大家围着他，一位老婆婆帮他穿上袍子，姑娘把权杖递了过来，跪下致礼。

金色的衣袍披在他的身上，众人齐刷刷地跪下，把他吓了一跳。见老者腿脚不便，还哆里哆嗦弯腿跪下，他很过意不去，险些上前阻止。但是见到众人皆如此，也就作罢。他瞥见那姑娘跪下后，丰满的双乳垂下，透着青春的健美，心里很高兴。他注意到众人鸦雀无声，等待着什么。他便提高嗓门说：

"请起！"

像是邀请大家分享食物或一同进屋一样，众人戴上帽子站起身来，双手交叉放在胸前。艾哈迈德有些手足无措，不知该如何面对这些人，如何举止，他们又如何看他。他好似被剥光了衣服，尴尬万分。他不习惯高高在上、颐指气使的地位，或像个教师、清真寺的演讲者，或是调解纠纷的法官。转眼间发生了天翻地覆的变化，这究竟是怎么回事？在旷野，他们给他戴上王冠，让他手执权杖。这些东西他从未见过。他努力将眼前的时刻推远，以便能远距离地观察它、分析它。

不过，最终什么在等待他呢?

不知道。

这块土地是陌生的，簇拥着他的人们更为陌生，每个人都等待他有所动作，一个手势或一个暗示。可是他并不知道该说点儿什么，表达什么意思，用什么样的言辞。

然而，他必须有所表示，不能总愣在那里。大家把目光集中在他身上，凝视着他。如果他想咨询或解释，会不会与他们突然之间赋予他的尊严和地位相悖?

不，他很难保持客观。

他将继续接受冥冥中的呼唤的命令。他抬起头观望太阳，太阳是不是比在绿洲的时候离他更远了? 他的目光注视着太阳。此时日近中天，光色和阴影、静止和移动的本质就凝聚在这一刻之中。

朝着日落的方向已无须谁来指点。

艾哈迈德举起权杖，朝向太阳永恒的、但又不时移动着的光环。众人退后准备同行。他一手握着权杖，一手提着从开罗出来后从不离身的、装着书和容器的行囊。

他走出四步后，众人才开始前行。身着红袍的老者走在前面，女人跟随其后。艾哈迈德真想看一看那位标致的姑娘。不过，那只是他个人的期盼，流露出任何渴望的神情或动作都是不合时宜的，也不知道会引起什么反响。

艾哈迈德不会再在沙漠上留下足迹。若说踪迹者跟随着他，便能追踪到他经过的地方。此刻，他想到了那位老人，想象着他刚刚踏上这块土地时的情景和印象。老人看出他的足迹和其他人的足迹混在一起，然后他的足迹又出现在其他足迹的前边，他会做何感想? 艾哈迈德坚信，老人能够明白这里发生的一切。他仔细辨认足迹后，会手捋胡须，笑眯眯地点两下头。

他耳边又想起老人的话。他说，每一寸土地各有其味，每个城市散发着自己的味道，显现各自的色彩，太阳下的阴影角度浓淡各不相同。他能从人留下的痕迹中了解人的气质，哪怕已经过了很长时间。他能指着岩石或沙粒上不大清晰的足迹，说出这个人所处的窘境、那个人性格的开朗。

艾哈迈德记起了父亲死前的事情。父亲曾说，他会在后世见到儿子。

艾哈迈德悲伤地请求他说："爸爸，不要让我等得太久。"

父亲说："好吧，那就在我死后的第三天夜里，与你在梦中相见。"

可是，父亲没有按时来，直到他永恒的旅行开始了三个月之后才相见。三个月呀！

他问父亲，为什么迟到？

父亲说，他在照顾那只落在窗户上干渴的小鸟，没有人给那小鸟喂水。

艾哈迈德不知道父亲为什么提起鸟儿的事情，难道这与他的迟到有关？

他不知在哪儿读到或听到过这样的话：目标远大，道路曲折，死亡隐藏在最初的拼搏之中。

有人说，敌人就是自己。他怎能与当强盗的朋友同行？

无论怎样调动多年的生活经验，他也无法理解和领悟已经发生的事情。他好似一个看客，一个袖手旁观的人，发生的一切隐没在一个永恒的后世中。

突然，艾哈迈德头顶上出现了四只鸽子，鸽子绕着他转了三圈。他被凭空而至的鸽子吓了一跳。谁放的鸽子，谁教会鸽子熟练地转圈？他小心翼翼地望着众人，大家都低着头。他们发觉他吃惊得退了一步吗？他迈着坚定有力的步伐继续前进。偶尔回首，瞥见老者吃力地迈动双腿。他温和地摆了摆手，老者跪下谢恩。事实上，他的目光早已越过老者，扫视起女人中那位低着头羞涩矜持的漂亮姑娘。

艾哈迈德·本·阿卜杜拉说，面对突如其来的局面，他竭力应对。他越来越不知所措，渴望独处，哪怕是一小会儿，以摆脱权贵的地位！

他是埃米尔还是国王，是素丹还是长老？现在，他成了统治者。统治谁？什么性质的统治？他感到莫名的恐惧，不知今后会怎么样。怎么会是这个样子呢？根源在哪里，是什么力量把他推到这种地位？也许会遭到伤害，不过会是什么样的伤害呢？程度如何？哈达拉毛人曾对他说，在东海的一个岛上居住着一个崇拜长者的群体。当他们上岛时，这群人向他们中的长者顶礼膜拜。过后，又扑向他，将其杀死，争先恐后地喝他的血，以求获得智慧。

艾哈迈德想对此做出回答，隐去警觉，克服一时的张皇失措。鸽子突然飞起又令他心跳不已，顿生疑惧。他继续缓慢地向前走，不知经过了多长时间，眼前出现了城郭，好像与他从绿洲到突然见到这些人经过的时间差不多。他感到时间改变了以前经历的一切，而时间正是他用以估算距离的尺度。

首先映入眼帘的是城墙。起初，城墙似一条细线，若有若无。每前进一步，细节就清晰一分。他看见了塔、石坛、门、高高飘扬的旗帜和一个个错落有致的拱顶。

人工栽种的树木繁茂。人影渐渐可以分辨出男女和孩子，这些人排列成行，行行有间隔。男人全是中等身材虎背熊腰，模样十分相似。鼻子扁平，没有一个人像穿红袍的老者那样挺拔，一会儿他发现老者有着一双蓝色的大眼睛。他们的衣着式样雷同，前开襟的服装颜色各异；袖长超过了手指，垂下来；下身着长裤，遮住头平而翘的鞋子。女人的衣装有些像大袍，腰间系着镶金银的宽腰带，头戴四角小帽。孩子们的服饰与大人的没有区别，只是尺寸小一些。

男人胸前佩戴着用金链系着的圆形、六角形和八角形的装饰品。这部分人比其他人靠前，大多数人有了些年纪，有的已拄上拐杖。女人中没有一个能与那个让他心动的姑娘相媲美。

他走过的那一刻，众人一齐弯腰向他致意，并垂下目光，望着他们的脚尖。他们好像等了许久。在此之后,他才知道了他们等待的准确时间，真是不短！人群中洋溢着兴奋和欢乐的情绪。

前方出现了士兵。他们身着红色的上衣和黄色的裤子，脚上是高筒皮靴。个个手握长矛。矛头又长又尖，有双矛头和单矛头之分，站在第一排的士兵手执利刃板斧。期待好结果的艾哈迈德 · 本 · 阿卜杜拉说，他周围的一切显得滑稽可笑，与昔日相比，仿佛置身于两个不同的时空，一个时空令他留恋，另一个显得那么遥远，像是看别人经历的故事。

绿洲居民怎么也想不到，在半天或不到半天的距离之外还存在着这么壮观的人群。若他的妻子现在来到他跟前，会吓得跑开，认不出曾一块儿躺在硬床上的丈夫。他已笼罩在光环之中，众人不敢正眼望他，对他毕恭毕敬。

骤然响起的鼓声再次使艾哈迈德惊慌不已。一个士兵牵过一匹白马，黑色的皮质笼头和缰绳上点缀着闪亮的金属环扣。他在此后才知道，只有这个地方才出产这种介于金与银之间的金属。

穿红袍的老者走上前来，站在他身后，握住缰绳，望着艾哈迈德。艾哈迈德明白他是用目光鼓励他。于是，他变得沉着镇静，很自信地接受了领导权和埃米尔的地位。

有生以来，他第一回骑马，没有经验。他的父亲生性古板，不允许他恣意妄为。乡里人习惯带着要交配的母马到某一地点，让母马与另外两匹野马过上一夜，回来后精心喂养，母马会生下一匹无与伦比的良种马，供国王贵胄享用。但是父亲从不许他去骑马。

艾哈迈德骑上马背。马儿识途，自动转弯，迈着稳健的步伐朝正门而去。他高高在上，俨然是民众的领袖。

发生了什么事?

我是书记官，让我来说。事情已不再扑朔迷离。我的朋友成了一个幅员辽阔的地区首领。他向我详细地介绍了他所管辖的疆域。虽然我们还不知道这个地方，但根据已知的有人烟地区的情况分析，艾哈迈德进入的是一个边关城市。那个地区自北向海岸延伸至一个有七个人居住的岛屿，地区南端是努哈斯山，西部是石林。石林原有的居民在某个时代被点化为石鸟、石人和石兽，保持着原来的模样姿势等待着复活。那是哪个时代?怎么发生的?没有人知道，只能让当事人自己来说明了。东边是无际的大沙漠。

等级是如何出现的?

这就需要详细地解释了。事情很清楚。艾哈迈德告诉我说，这个地区的居民自古就遵循一个古老的戒律，世代相传，绝不因时代的变化而更改。此地不存在一个统治的家族或集团。监理人负责主持信仰、礼仪、习俗、教育、保卫关口、检查监督和外界的交往等活动。当地最高首领须在前一任故去或者意外消失之后，择机迎候下一位。穿红袍的老者是最受尊敬的监理人。由三组人陪同他去完成这项迎候新首领的任务，其中两组是男性，一组是女性。他们代表着地区的根苗和方向。朝着太阳升起的方向，也就是沙漠的方向，站在一定的位置上不得超越，从日出等到日落，列队迎接第一位从沙漠中走来的人。这儿的人从不离开自己的土地，来人即可成为他们的首领，众人都要听命于他，接受他的知识，或上或下，或取或予。等待的时间很长，他们已经等了五个世纪又九十个年头了。监理人也因逝世换了六个。从东方来的人非常稀罕，那边没有驼队行走的路，也不通邮，几乎是一片未开垦的处女地。绿洲的事以后再谈。曾经有一个从苏丹来的黑人到过这里，掌管国事达三十年。一些流传下来的故事讲述了他的梦想、公正和智慧。在第三个省区住着皮肤黝黑、嘴唇突出的人，据说是他的后裔。他留下了很多子孙，因为他贪恋女色，每天要七八个女子陪伴他，真是不可思议。

三个世纪以来，他们等到第四十个年头的时候，从沙漠中来了一个长发大眼的瘦瘦的年轻女人。谁也不问她来自何方，为什么穿越荒凉的土地。这里的传统礼节不允许这么做。他们把自己的国家交给了这个来自遥远东方的女性。她说自己的国家是乌兹别克，隶属于波斯。但是，她从不对任何人讲起促使她离家出走的缘由，或来到这荒凉土地的原因。奇怪的是，姑娘精于战场上的技艺。她命令士兵沿城墙挖掘壕沟，筑起关隘上的塔楼。像突然到来一样，后来她又不辞而别。

传说，有一支地方军队威胁着西部边境，她亲自统领大军去迎敌。士兵装备上她发明的武器，有些沿用至今，如燃烧的石油弹、点火镜、毒蛇弹和毒箭发射器等。两军在西巴依谷地对阵。在两军交火前，双方在某个时刻达成将领进行单独会谈的协议。会谈的帐篷搭在缓冲地带，会谈时看谁能说服对方放下武器。据此地居民传说，敌方将领在帐篷里施放了春药，令女首领面对男人时变得软弱，所以才发生了后来的事情。双方严阵以待的部队听到从帐篷里传来的撒娇调情的声音。之后，两人走出帐篷，朝着对方的营地走去。清晨，对方军队向西开拔，再也没回来。

此地居民认为她是个叛徒，为了一时的欢悦，置责任于不顾。另外一些人认为她很了不起。她以女性的智慧说服了对方将领，在她的陪同下撤军，许诺从此不再侵扰这块土地。

以后他们又等了三年。对这位来人他们不愿多谈。奇怪的是，他们记录了每位先人的事迹，唯独对后三位不予理睬，好像他们并不存在，没有统治过或没有给此地带来变化。他们不给新来者介绍或讲起其中的细节，不褒也不贬，完全不予评论。他们只提及那些备受崇敬的先人，为此他们从不回答任何提问，拒绝盘问和打探。这已形成不成文的规定，渗透到每个人的血液里，遗传给后代。以上便是艾哈迈德了解到的情况。他曾试图了解他前任的业绩以便有所借鉴，但是一无所获。

艾哈迈德·本·阿卜杜拉说，监理人最先告诉他的是等待的时间。等待他从沙漠深处走出来所需的时间是很久以来最短的，只有四十七天。然后，他们就给他意想不到的荣誉，委任他做了天之骄子。

若等待时间过久，像曾经发生的那样，又该怎么办?

监理人解释说，事情按其本来的面目发展。他与本地区各方代表组成的委员会共同治理国家。不过，这期间国家不会有新鲜的事发生，不修桥不筑路，生死默默地进行，不欢庆也不举丧。

监理人强调说,他按时到达没有耽搁是全地区的福分,是一个好兆头。他请求在国王一百四十个美名中加进太阳之子、争霸四方者和陆地上的埃米尔。

艾哈迈德听得目瞪口呆。在最初的日子里,他心里总有一种莫名的恐惧。每当监理人走来，他就担心会出什么事情。监理人每次走来都向他躬身施礼，难得陪他闲坐。他两手总是放在大腿上或交叉在胸前。

难道一百多个名字都是称呼他的?

他最喜欢“陆地上的埃米尔”一称，同意他们以此来称呼他，并用此名签发命令和文件。此刻，监理人放低嗓音说，地区统治者和主宰自古至今名号不变。他是首领，为尊重并满足他的愿望，他建议“陆地上的埃米尔”为最佳称谓。

艾哈迈德从不与监理人讨论协商，也不反对他的任何建议。他需要这位监理人，以便了解情况，帮他拿主意。

# 鸟王国的来历

完美的造物艾哈迈德·本·阿卜杜拉在谈话中说，接下来的事是向首都进发。向首都转移颇费些时日。通向首都的道路崎岖不平，无法与绿洲或故乡开罗相提并论，艰难程度难以想象，经过困难的跋涉，他曾为在神圣边界的住处所倾倒，身体能倒在床上简直舒服透了。三天以后，他便走在通向首都的队伍之中，一周后到达首都。首都十分壮观，宽阔的街道望不到头，两边的树木叫不出名字来，根深叶茂。宫殿的建筑宏伟辉煌，宫殿的大门又高又大，木门上镶着铜饰、金银浮雕和蓝色宝石，屋顶上装着透明的玻璃。

在开罗时，艾哈迈德听说过许多供埃米尔和国家元首享用的著名宫殿，如大理石宫、达希萨宫、山中城堡里的后宫、劳德岛宫、阿比丁宫、汉尼拔·塞尔雅古斯宫、古拜宫以及亚历山大濒临大海的亚历山大宫等。

幼年时候，他常和小伙伴在街头谈论素丹王和埃米尔，提到他们健壮的体魄、不可战胜的力量、美味的烤鸽和每天清晨饮用由百只山羊阳物制成的饮料。他们不知问过多少次，素丹王和正常人一样排泄吗?

王宫围墙内的世界那么不可捉摸，它属于想象世界而非现实的世界。

现在，他眼前出现了类似家乡的景象：儿时见到的胡同和街道，它显得那样遥远不可企及。说踪迹者曾说，一个城市有其味道和幽香，如同每一个活人一样。故乡开罗在他心里留下不可磨灭的记忆，令其忧伤，给其慰藉，也让他不胜怀念。他听从冥冥中的呼唤，接受它的命令时，想到过呼唤会把他抛到此地来吗？无论他如何扇动想象的翅膀驰骋其间，也绝对想不到目前所置身的情景。

艾哈迈德望着国王卧室宽阔的空间，不安地打量着，搜寻着，思忖着，渴望能小睡一会儿。大门关上了。两个相貌身材相似、宛如双胞胎的士兵站在眼前。他们一言不发，按命令行事。对周围发生的一切充耳不闻，即便出现一个裸体的人，他们也不会眨一下眼，金钱对他们更不起作用。唯一能使他们活动的是保护对象遇到了危险，他们会拼死抵抗。他们属于王宫卫队，国王贴身的卫士，保护他高枕无忧，身心得到休息。卫队成员是从遥远的地方挑选来的，他们的亲人都是骁勇善战的武士，能被选入卫队是家族的荣耀。

国王的寝宫宽大敞亮，地面铺着丝绸般的地毯。艾哈迈德仔细端详之后，发现那是用一种北方鸟的羽毛编织成的。墙壁上覆盖着另一种羽毛织物，泰尼斯人知道鸟儿的名称。他的衣服看来也是用麻雀绒毛织成的。这件事需要费些口舌才能说得清楚，等有机会再说。

屋顶的装潢让人感到那就是天穹，上面绘有日月星辰和银河图，卧室里包含着宇宙的因素、花园的气息和天穹的无限。

艾哈迈德没有立即躺到高出地面很多的宽敞的大床上。他坐在床沿，清楚地感觉到有人在观察他，但不知准确的方位。至此，他仍觉得处于虚无缥缈之中，觉不出自己的四肢，不知口里咕哝些什么，字句如何从喉间脱口而出。空气中弥漫着的一股幽香令其陶醉，四肢酸懒怠倦。

墙壁那里传来轻微的响动，一扇隐而不见的门被推开，露出一只带着透明手套的纤手和右脚。一位姑娘，身后跟着另一位。艾哈迈德警觉地站起来。两位姑娘踮着脚尖朝他走来。

两朵怒放的鲜花纤细妖娆，好似他少年时代的梦中仙女。两位长得相似。他望望这个，看看那个，区分不开。与卧室卫士相比，一边是男士的粗犷，一边是女性的娇媚，相距天上地下。

两位姑娘活泼且富于青春活力。身着罕见的薄如蝉翼的透明衣衫与肤色相合。腰身的曲线、双乳的轮廓、臀部的滚圆、大腿的开合一目了然。艾哈迈德不知如何应对。监理人还没来得及解释此地的规矩和习俗，唯一反复叮嘱他的是，绝不能发布从城墙、房屋建筑物和公园里取下鸟类图画的命令。他已见到了各式各样的鸟类,有些他叫不出名来。他很奇怪，为什么画上的鸟具有人的脸形，似乎还在点头示意。

监理人亲吻地面后，躬身询问他有什么事情希望别人不要过问或打听的。艾哈迈德立即指了指他的行囊。在他统治这个国家后，行囊不能和他分开,要常常伴在他身边,马鞍上要有个稳妥的地方挂它。不论他骑马，端坐在宝座上或开会议事，行囊不能离开他。为此，引发出一些故事、诗歌和谚语，行囊被染上一层神秘的色彩。艾哈迈德惆怅失落时，想到了泰尼斯的领驼人、他的兄弟及他那位鸟类专家的父亲。难道他与这个地方有某种联系？泰尼斯的领驼人现在何处，到达丝绸之路的哪一方？哈达拉毛人向导那慈祥的面容也多次浮现在他脑际！

两个姑娘靠近他。她们的来临预示着什么？她们让他想起了正午咕咕叫的小鸽子，它给烦闷的中午带来了欢乐，象征着一段美好的时光。两个姑娘一边一个亲吻他的肩头，然后动作协调一致地脱下他的外袍，进而解开他的衬衣，弄得艾哈迈德很不好意思，从来没有人帮他脱过衣服。在绿洲，他的妻子也没解开过他的衣衫。还是在孩提时代，妈妈脱下他的衣服，把他放在铜盆里，撩起水用肥皂和丝瓜筋为他擦身，帮他穿好内衣。在他懂事之后，外袍就一直是自己穿的，他的手常伸错地方。此外，自走出绿洲后，他一直未换过衣衫，尤其是贴身的衬衣过于破旧，让他有些尴尬。他想阻止她们，两位侍女并不停手。他的目光很难避开侍女娇美的腰身和苗条的体形。四溢的幽香撩拨着他的欲望，尽管他已体倦身乏。侍女把他的衣服脱光，他发觉侍女正用余光瞧着他，与他观看小鸽子时的眼神一样。渐渐地，他浑身燥热，欲火中烧，他按捺不住，冲了上去！

他试图赶走一位侍女，和两个侍女睡觉让他难以想象。然而，两位侍女相依为伴，一旦明白他的暗示，两人像跳双人舞似的，同时有节奏地脱下透明的衣衫。他即刻按倒手边的一个，而另一个则用手抚摩着他，激起一种新鲜的快意，让他失魂落魄。他完全沉浸于无比的欢悦之中。

他有一种全新的感觉，直至销魂。他想起与绿洲妻子的合欢。此时一种境界，彼时一种境界。此时，的确有一种负罪感苦苦逼迫着他。不过，此时的体验的确离奇，简直是置身于另一个宇宙之中。

他不知道自己何时堕入梦乡，又如何醒来。时光匆匆流过，什么时辰了，是黑夜还是白昼？

轻轻的敲门声，不知来自何方。

另一扇门打开，出现两个来自不同地域的姑娘。眼睛细长，像是来自中国或鞑靼人地区。他在开罗市场里见过这模样。在朝觐的月份，来自各大城市不同国籍的人在那里川流不息。

一位侍女走上前来，捧着一只水晶碗，碗里盛着类似牛奶的饮品。那是专门为他准备的，由生长在北部地区、很像香蕉的植物制成，作用是醒脑活血。艾哈迈德想起领驼人谈到的接骨木树及其花油。花油的神奇功能令王孙贵族争先恐后地设法弄到一滴。

他没有尝过接骨木花油，不了解它，所以不能说出这饮品与花油有没有关系。两个长相相似的侍女站在不远处，显得比先前那两个稳重安详。然而，他仍然可以看到透明衣衫所不能遮掩的东西。他以为这些是纱衣，后来才知道，宫廷里所有服饰都是用特定的羽毛，或者极难获得的动物皮革制成的。

两位侍女帮他穿好孔雀毛制成的衣袍。然后退后两步，注视着他。响起三声敲门声。从正门走进一位女子，身着很规矩的深色衣服，头上戴着小帽，年纪在四十岁左右，短小精干，五官紧凑。她深深一鞠躬，头几乎触到大腿。她一指门外，便引着艾哈迈德走向与卧室相接的大厅。艾哈迈德不能说什么，只能按安排好的步骤行事。大厅中摆着沙发、靠垫、圆凳子、金色的圆形或长方形的柜子，鸟形的灯架上有两支蜡烛，从屋顶垂下来的宫灯上点缀着许多小巧的麻雀和各种罕见的鸽子。每一种鸟的画都是根据真鸟绘制的，颜色与鹞鸟、麻雀和鹦鹉差不多。

几种与他有关的颜色来自水鸟的色彩。他的衣服有皮鸥鹈的颜色。他本来知道这种水禽在埃及叫“宰胡特”，飞行时聚在一起，然后潜入水中。奎袍的黑色与它有关。背心和长裤则与冠鸭有关。这鸟的脚和喙是红色的，羽毛是白色，颈毛的黑色中泛着一层亮绿色，十分惹眼。它美丽端庄，水路两栖，冬天出现在摩洛哥，有时也栖息在大洋岸边、沙漠或山洞之中。每年有三个月时间在埃及度过，遍布于包括泰尼斯在内的海岛以及绿洲和南边的瀑布附近。

艾哈迈德的内衣由鸵鸟毛和冠鹤毛制成，颜色白中透红。冠鹤分布在埃及贝尔达维勒、曼古勒、法尤姆、麦尔尤特等湖泊和西部绿洲的泉井边。宫中的家具都使用一种绿中带红的鸭毛织成的台布。这种鸭子在这儿称作“哈兹夫”，在埃及叫“舍尔希尔”，在阿拉伯世界东方各国称为“哈扎夫”。他若想知道鸟的类别，需要向王宫鸟苑中的专家咨询。鸟苑是全地区最重要的鸟类研究中心。学者们观察鸟的迁徙、分类、习惯，试验羽毛抽丝的最好方法，以便制成各种衣料或用来制皮包、皮鞋、背心以及缰绳马鞍等。他们甚至用羽毛制造各种武器。各种羽毛制作的食品、饮料也不计其数，样品都陈列在鸟苑之中。

国家要人、各部门和各地长官，他们的服装和用品的颜色只有两种，一种与鹦鹉有关，一种与金丝雀有关。鹦鹉在阿拉伯世界的东方和西方都很普遍，种类很多。一种有鸽子大小，红嘴红腿。内志地区的鹦鹉羽毛呈绿色，而红海西岸帖哈麦的鹦鹉则是白绿相间的。这种鸟飞起来冲力很大，人们把它比作一块石头，扔出去不达目的绝不罢休。小巧的金丝雀的羽毛用来制作女人的衣料。羽毛有红、黄、绿、蓝等多种颜色。在摩洛哥，人称“艾布·哈桑”，在东部称为“艾布·宰高耶”。

普通人的服装用鸽子的羽毛制作，家鸽野鸽都行。每一种又有不同的品种，如野鸽、雉鸠等。这些鸽子都有自己的巢穴，不论飞出多远，最终都要回到自己的巢穴中。

礼服和头面人物的礼品采用金莺的黄色和黑色的羽毛织成。雌鸟羽毛泛着绿色，啼声婉转动听，十分迷人。金莺栖息在桑树成林的地带。人们常在桑树下倾听它悦耳的歌声。这里金莺的种类不可计数，一年四季都可见到它们的身影。传说古人有一种引诱各类鸟儿的咒语，那是他们在实践中逐渐了解并总结出来的其他民族并不知晓的信息。一些有名的鸟儿都有各自飞行的路线，循此路线便可捕捉到它。鸟儿的尸体也有专门的地方精心保存，制成标本供展览。这些标本制作精良，栩栩如生，可以乱真。金莺的住处并不固定，住一阵子就要迁移，有的金莺会啄死同类。

艾哈迈德·本·阿卜杜拉说，他若再继续谈论鸟的住处、用途和知识就不招人喜欢了。其实，他最关心的莫过于泰尼斯爱鸟人与这个地区的关系，以后他将逐渐提到！

他说，他走进与卧室相连的大厅时，监理人已身着用鹦鹉嘴边绒毛经过特殊加工制成的红袍，在那里恭候多时了。他的胡须显得比那天早晨长了许多。现在是什么时辰？他睡了多久？卧室里和厅里的光线不强，光源也不清楚，好像厅里没有灯盏，没有吊灯或蜡烛之类。

现在是白天的什么时间，早晨还是临近黄昏？他只小睡了一会儿，还是睡着了多时？他怎么没有感觉呢？记得醒来时，他对周围的一切全然不知，甚至连自己是谁也闹不清了。这种情况发生过多次。不过，瞬间神情恍惚重复多次，每一次对他来说都有一种新鲜的感觉。监理人深深鞠了一躬，开始说话。眼前的景象好像离得很远，监理人坐在他对面的矮椅上，再次致意。他提到自从他到达之后各地区百姓喜悦兴奋之情。他说，他已向各地区发出通报，报告他到来的喜讯。各地的百姓都祝福他的时代光辉灿烂，国家繁荣富强。

监理人说话时很少抬头，语调平稳单调。他口齿清晰，措辞严谨。当表达某些微妙的事时，右眼有些偏斜。

这是他们第一次的例行公事。此后四十天，天天如此。艾哈迈德不公开露面。这期间，他需要熟悉此地的过去和现在，适应当地的习俗和礼仪，等等。

# 站稳脚跟



安拉减轻了艾哈迈德·本·阿卜杜拉的陌生感。艾哈迈德说：

自从首次会晤后我明白了监理人的职责。监理人负责开导我，我须听从他，否则我就无从了解掌管的这片土地。监理人讲解了我作为国王的神圣性以及流淌在我血液中的高贵性。尽管如此，我仍然认为自己是个异乡人，迫不得已流落到这里。

以前，我从来没有支配过别人或者按什么人的命令行事。在绿洲与一女子联姻也不是我个人安排的。我遵从绿洲的习俗和规定，期待能回到那里，陪伴孩子的母亲，与妻儿共度一生。

当上一国之君掌握大权之后，我决定返回绿洲去陪伴妻儿。然而某种陌生感让我对眼前的事思忖再三。当监理人禀明我需要独处四十天时，我向监理人说明了自己的意向。他很吃惊。他说，方圆一个月的路程内的情况他都了如指掌。那里没有人迹、野兽和精灵。这就是说，位于几小时路程内的绿洲根本就不存在。

我面带愠色。监理人怎么能怀疑我说过的话？！绿洲确实存在。我在那里度过了一段时光，那儿有我的妻子和未出生的孩子，还有日夜观察它的动静和发展的大帐篷。我怎么能相信此人一口咬定的话。难道我过去的生活和经历反倒成了谎言？

监理人不住地鞠躬表示歉意。他的言不由衷没有逃过我的眼睛。监理人希望我能等到四十天结束，待到他把本地区所有情况介绍完毕之后。此间，我可以随意在花园里散步，挑选我喜欢的女人或处女。

监理人把话讲得非常清楚。他说，伟大的国王、陆地上的埃米尔和首领，他拥有陆地走的、天上飞的、水里游的一切造物。处于首位的是女人，所有的女人都归属于他。女人高不可攀的禁区对他开放，隐蔽的秘密向他敞开，温柔的世界归他管辖。她们始终有求必应，一个眼神万事俱备，一句话，各色女子任他挑选。这个地区有一个专门出美女的地方，那里的姑娘个个都有倾国倾城之貌，洁白的胴体似白玉般透明。此地的各方人士也会竞相进贡，其中包括处女。他喜欢哪个，哪个便去侍奉他，并把这种侍奉视为个人和家族的福分。他若不喜欢，她便在近旁侍候。监理人说，他的高贵气质是一种福分，只有王后才能享受。

尽管监理人东拉西扯说了很多话，但是他言下之意暗示了我刚到时与两个侍女的欢情。两个侍女打动了我。然而，以后的经历让我后悔不迭，悔不该急于行事，耗费精力。监理人反复强调的高贵气质让我认真审视自己。我长久地站在镜子前面端详自己的外貌，不过我还是再次重申返回绿洲的决心。监理人点头哈腰，保证按我的意思去做。

岁月流逝，冲淡了我对绿洲的思念，可是我又因此生出了罪恶感。于是我心里冒火，便向监理人再次表示返回的决心。对妻儿的思念与日俱增。我不时自言自语，难道我就这样离开埃及，隔断了与家乡的一切联系？我感到如芒刺在背，浑身不自在，内心涌动着渴望，想回到已知的地方。我想感受一下熟悉的声音与气味，重见通向伊玛目侯赛因墓地的道路或祖维莱门附近的广阔地带、喷水泉、卖水者及他的牲口和铜水壶、穆阿伊德清真寺内的花园以及宣礼塔上传出的回声等。难道我只满足于自己出生或成长在开罗，然后就远远离开它，不情愿地向日落的方向行进？起初，我以为自己夸大了冥冥中的呼唤，迟早自己会回心转意返回家园。现在我越走越远，从一个陌生的地方走向另一个陌生的地方。一路走下去，并不回头。

我必须返回绿洲，那里有我的生活。他们说绿洲不存在。但是我到过绿洲，不管什么力量也不能让我改变主意！

我不断重复自己的决心。与此同时，我又得认真地面对从不了解的新世界。

我很难确切地描述所经历的一切。我一辈子都生活在默默无闻、对权势心怀惶恐的人们之中。早在开罗时我就听说过，一个贫苦的农夫拦住国王的车队，向国王陈述自己的不幸和土地的贫瘠，希望国王能在村长那里为他说话，打消村长对他的不满和迫害。国王对农夫来说是位过路的大官，村长则是掌握生杀大权的现管。

我过去和愚蠢的农夫一样，心目中最高的统治者便是杰马耶勒区的更夫长。城堡里的人与他何干？然而，一夜之间他成了一方之主，他的名字上附加了许多称号，将军、学者都对他俯首帖耳，众多美人簇拥在他身旁。

听罢监理人的介绍，我对自己掌管的地区有了大概的了解。他说，这片辽阔的土地，一半是农垦区，一半是荒漠。其中有一片湖泊，远离海岸。沙漠和山里蕴藏着黄金、钻石以及各种宝石矿，如红宝石、黑宝石、祖母绿、碧玉、孔雀石、天青石、玛瑙、绿松石和红硫石等。

至于大理石，宫殿里比比皆是，令人难以计数。我想这些品种在其他地区并不出产。有一种大理石，绿中带着褐色水纹，认真观察会发现它能变幻色彩；另一种墨色的大理石，黑得发亮，像是泼上一层水；还有一种碧蓝色的大理石中掺着一点儿乳白色，我最喜欢这种，将其定为我的其他宫殿内部地面的石料。很快，王孙贵胄便竞相效仿。

这个国家边境上设有七十个关口、四个边关重镇，其中两个重镇朝向首都的方向。大洋离西部边界有六个月的路程。我和随行人员现在停留的地方离大洋很近。大洋岸边的哪个地方正对着首都，我不知道。虽然大洋远在天边，但是古代人已经穿越大洋，并遇到了危险。

军队的人数众多，实力雄厚。一半是步兵，一半是骑兵。他们的武器都是我以前或此生没见过的。而我能见到的不过是其中的一小部分，是那些士兵在旷野训练时所持有的武器。我身着这辈子还没穿过的戎装，身披坚硬羽毛制成的大氅。我对军事一窍不通，也没有经历过战争。但是，我签署了备战令，动员军队攻击近处的目标。这是他们要求我做的，还对我解释了可能发生的危险，以及在某个星座出现的时候发动进攻的必要。当然我不会轻易签字，而是在提出问题、做出认真研究的姿态后，才在备战令上用那枚战争戒指盖章，并批准“立即付诸实施”。

骑马观看模拟战争的演习真叫人开心。我骑在马上挺起胸膛，神情严肃，但是我不忘记脸上带着永恒的微笑和显示出完美的高贵气质。威严不能掩盖永恒的微笑。我不时招手指指点点，提出问题。大将军站在我的面前，躬身亲吻我脚下的土地，参谋们竞相用尖尖细细的小棒，指着文件和地图上的红蓝标记进行解释。最后，由我做简短的总结。其实，在多数情况下他们对我的话一点儿也不明白。但是，将军们频频点头，举手以示服从。我不时会想起那个令人神采飞扬的时刻，怀念那个时刻。我到达演练场时，还见到了用于打仗的大象，那不是骑上去玩玩的大象，而是威风凛凛的战象！

第三次例行公事中，监理人说，每个城池和居民区在夏宫里都有它的模型，制作得十分精巧，城内的街道房屋和室内的窗户一应俱全。

按照古老的规矩，我可以在每月初去各城市巡游，每两周去一个居民点，每三个月去一处绿洲，按此时间表逐步了解我的国家和臣民。监理人说，这个国家非常古老，国家富强，根底深厚，没有哪个国家能与之争雄，除了金字塔的建造者法老。他说，埃及法老对此地的今昔有所了解。建筑师曾按照埃及金字塔的式样在南方造了一个类似的建筑，让人好似置身于开罗吉萨山之上。但是两者在建筑材料上不同，只是外表相像。他说，这里也有巴比伦空中花园的模型，喷水池置放其间。此外还有伊拉克萨姆拉伊的宣礼塔、佛教寺院、波斯式的清真寺、古波斯库思老的宫殿、石拱顶复活教堂、犹太人教堂以及其他古今著名的建筑的模型，确实让人有身临其境的感觉。

我问他此地有什么独特的建筑，他亲切地笑着说，那是一位埃及建筑师创作的奇迹。

埃及人。

是的。他游历了许多国家后来到这里，声称他是位建筑师，将为太阳落山的地方建造一座金牛宫。这是座里外层次分明的吉祥塔。

建筑师到此地后，让居民大开眼界。大批沙鸡、罕见的海翠鸟、戴胜鸟、凸胸鸽及其他鸟类包围着他。这么多鸟同时聚在一起十分难得。你会做何感想？鸟儿纷纷落在他的肩上，贴着他的脸颊，凑在他耳边窃窃私语，衔出他头发里的草芥污物。建筑师到来的消息早在他进入本地区边界时就传开了。鸟苑吹起了号角。这号角只有出现重大事件时才能吹响，如发现没有记录在案的鸟种、找到等待已久的鸟儿、出现瘟疫或在其他地区发现珍奇鸟类的死亡等事情。

这次吹响号角不是为了鸟儿的事，而是为建筑师的到来，但又不完全为他本人，是出于对其父亲的尊敬。监理人听说他来到的消息时，建筑师还未踏上本地区土地，或者还未离开他所经过的岛屿。这其中是有缘故的。他的父亲是鸟类专家，对鸟的认识比先知苏莱曼还多。他的事情早已传遍世界各地。他去世时，鸟儿传播了他的噩耗。大批的鸟儿腾空而起，在天空中聚集起来，好似大片乌云遮住了太阳。互相争斗的鸟儿在这位建筑师到来之后都联合起来，这件事在此地从没发生过。

居民热情款待了埃及来的客人，陪同他到他父亲的象征性墓地吊唁。

当地人都知道他的称号是“埃及人——鸟类的保护者”。建筑师居住其间，白鸽、沙鸡、燕子不离他的左右。他走路时为他遮阳，睡觉时为他站岗，进入内室时在外面守候，热得发昏时为其扇凉。

人们谈起他父亲死后，他离家出走浪迹天涯时建造的码头。那座码头成了从任何方向驶来的船只在暴风雨中无望到达陆地时可以停靠的港湾。房屋可以随着太阳的转动而转动，屋顶由一根肉眼看不见的立柱支撑。建筑师最终的目的和心愿是在大洋中建造一座宏伟的灯塔，从陆地和海洋的任何一点都可以看见灯塔的光亮。

他给推崇其父亲的地方做了什么？看来，监理人很乐意回答这个问题。

他说，埃及建筑师——鸟类保护者的儿子在此地建造的是空前绝后的艺术品，一座悬在虚空中的小巧美丽的城市，它坐落在大地和海洋之上，从世界任何角落，不论有人烟的地方、旷野荒漠，还是江河湖海上，从哪个方向或角度都能看见并进入其中居住的奇特城市。然而，这个城市并非为每一个人所准备。能进去的人必须对鸟类有一定的了解和研究，不只限于书本之上，而且对鸟类有感情，能深入到鸟儿的心灵中去。完工后，每个人都能看见这座悬空的城市，从中寻找到所期望和喜欢的东西。有的人能跨过围墙进入屋内，探知离奇古怪闻所未闻、见所未见的事物。不过，最让人不可理喻的是建筑师完工之后就离开此地，又去流浪，至今鸟儿也打探不到他的下落。

安拉恩赐艾哈迈德·本·阿卜杜拉所到的地方，并减轻他的焦虑。艾哈迈德说：

监理人介绍情况时，我始终打量着他，观察他是否了解我和这位建筑师之间的关系。我的确并不认识这位奇迹的创造者，从未谋面。但是，我与他的亲哥哥——丝绸之路的常客领驼人在一起时，从他哥哥那里了解了他。领驼人是他出走之后遇到的第一人，在他的陪伴下度过了最初的行程。监理人介绍的情况让我感到惊诧。原因有三：首先是那座从未听说过的悬城；其次是我没有观看悬城的愿望，并希望监理人不要说出我预想不到或不符合我地位和身份的回答；第三是进入或属于那城市的人的条件。

我低头沉思，心里想着总有一天我会找到答案。眼前出现了领驼人的身影。他正朝着哪个方向？他确实走在丝绸之路上吗？他是向南还是向北？哈达拉毛人，那位驼队的向导显得离我非常遥远。好像不是我，而是另外一个人，从哈达拉毛人那里学会了计时法和观察星象的能力。我会不会与领驼人的两个兄弟碰面？老大好色，谁认识他，他又和多少女人玩过？老小是否实现了他拜谒所有先知墓的愿望？眼前不断出现幻象和人物。当我清醒地意识到我已很久没有想起绿洲上的妻子时，愧疚之情油然而生。我不再想探寻什么答案，只一心想着妻子以及与她彻夜交谈、在一起生活的那些岁月。

我发觉监理人正朝着我看。出于礼貌，监理人不吭一声，默默地盯着我。我也没作声，脑子里的事情还没理出个头绪，只好点了三下头。然后思想又回到……怀孕的妻子身上。我决意过一段时间就返回绿洲去。

监理人也点点头，躬身三次，然后才开口说话。

# 永恒的微笑



太阳之子、尊贵的陆地之首有着非凡的相貌和仪表，世人无比。他以此相貌面对接近他的群臣和站在边境几天等待他光临的百姓，从此书写了他的历史。

监理人说，从容是陆地之首的第一品质。从他神圣的双唇间吐出的话必须是缓慢而平稳的，语调要抑扬顿挫，字字珠玑。这是一门艺术，会在群臣和公众觐见时造成威慑的力量。

谨慎从事是伟大尊贵的首脑始终遵循的信条，只有在宣战或抵御进犯时才可背离这一原则。军队阵容强大，此等情况难得出现。传统不允许破坏古老的规矩。也许偶尔会出现别有用心的人提出挑战，但很快就成过眼烟云，瞬息消散。我表示，向陆地之首介绍古老的规矩无伤大雅，譬如讲讲主上声音的大小、语调的种类和快慢节奏、什么情况上扬、什么情况低沉、什么时间发出警告、如何应付、什么场合运用手势以加强效果等。

监理人点头表示同意。我想尽快掌握监理人所说的规矩。他说除了事情的实质，要绝对忠实于传统。监理人还说，本地区的埃米尔习惯于带着永恒的微笑巡视他的臣民和所有的鸟类及动物。永恒的微笑坦然迷人，甚至在睡觉时也挂在脸上，保持微笑的持续、坚定和崇高。

我询问可否瞻仰一下尊贵的先人的遗像，想在很久以前掌管此地的人身上寻找共同点。

我在提出这建议时语调极为客气。不过，我的话是不能拒绝或反驳的，尤其是经过第一阶段，我已大致了解了一些情况并产生疑惑之后。我低沉的声音带着必须遵守的命令。强烈的好奇心引导我急于去看先辈的画像。

监理人站起身鞠了一躬，他带着我来到了一个神圣的大厅。那里只有经过我的特许或有身份的人才能进入，监理人请求恩准他来陪同，我答应了。

我们经过昏暗的走廊，两旁的门紧闭着，用金孔雀毛织成的门帘低垂着。金孔雀是从外地引进，经古代首领批准在北部安家。从大厅至屋内的深处，光线明暗度一致，光源隐蔽。我不便对所有的事提问，只好略过。监理人站在一扇低矮的门旁。通过这扇门，人是无法直立身体昂首进入的。多矮的人也得弯腰，设计者好像执意如此。

我明白，自己必须抬起头挺着胸地走进去。我想起开罗人讲述他们喜爱的素丹王的故事。暴民推翻了他的统治，把他流放到叙利亚，关在卡尔克城堡。为了迫使他低头，将所有的门窗都做得低低的，使他不得不低下头。可是素丹王从不低头。他每次靠近门口时都把腿向前弯曲，降低身高而不低头，双手交叉放在胸前通过。

我也采取了素丹王的姿势，直着身子进了屋。监理人的表情令我大吃一惊。他惊讶得目瞪口呆，恐惧万分，一再鞠躬不肯抬起身子。我不得不恩准他平身。之后，他说这是他第一次见人能直着身子进屋，过去从未出现过。此后我发现监理人与我说话时的语调有所变化，显出一种警觉和畏惧。

大厅是长方形的，也不知空了多久。屋顶上是浮雕，万花丛中露出麻雀的头影，用深浅不同的白色绘出。屋里可以嗅到陈油和香木的混合气味，让人感到此地已封闭多时了，没有新鲜空气流通。

墙壁上挂着许多画框，灰蒙蒙的，仿佛上面什么也没有，仔细观察便现出人形来，不知这是出于幻觉还是果真如此。

一共有十四个画框。一眼望去，画像的风格十分相似。从容欣赏便能找出差异和不同。

首先，画的基色都是红的，上方两个角用曲线绘出交错繁茂的枝叶和绿荫，然后渐渐显出人脸，两只安详的眼睛望着什么。再往下有一个缠着白色头巾的脑袋，头巾缠成玫瑰花瓣状，顶端似花蕊。人半蹲半坐，一只手平放，另一只手放在膝头。画上有一些手势令他疑惑：有一只手拿着一条呈金字塔状的手帕，另一只手抬到胸前手指收拢，中间突现一支树杈；还有只手伸展开，像一支黄玫瑰，叶片带着一抹深紫色，有喧宾夺主之势，余下的部分就模糊不清了。

每位先辈生活的年代，监理人并没有做出交代，也没有明白地回答我。后来我时常想起这些手臂的形状和潜在的活力。每一只手在观者眼睛通过虚无凝视它时，感受各不相同。画框上方左右两角大同小异，脑袋周围的空间被装饰填满，一张画一个样子。装饰的圆形不外乎枝叶和不知名的花朵，夹杂着奇怪的鸟儿。其中贯穿画面的一成不变并令人日后很难回忆起先人容貌的东西便是微笑。那笑极其明显，不论从什么角度都能看见，我仿佛看见了自己。这些人都来自太阳升起的地方：一个皮肤黝黑，一个眼睛细长像个中国人。但是，他们脸上带着的微笑并没有什么差别。他们来自东方的国度，肯定获得了他所获得的地位，遇到过我想象不到的事情。

监理人说，微笑是后天的，逐渐变为内在的，经过简单的手术后会不断洋溢出来。这手术需要由当地祖传的医学专家亲自主持。经过养息恢复，在可以公开露面的时候，去接见各机构的长官、工匠、诗人、史官、商人、手工业者和平民。

奇特的微笑将陆地之首、太阳之子与其他造物区分开来。经常显露的微笑能医治眼病，平复激动的心情，解决复杂的问题，给人以慰藉和温馨。我公开露面后，来自各地擅长绘画的工匠便开始工作，大抵有七百多人，每人为我画一幅像，然后呈给我看。我从中挑选一幅正式的画像，能悬挂在街道广场、所有建筑物的正面以及室内，甚至在家庭的内室。按照古老的规矩，百姓要在任何地方都能见到国王的画像。那张永恒的画像，完成它需要些时日和特殊的步骤。担当此项光荣任务的画师需要经过背对背的选择，选中者开始作画，他的名字不予公开。

我问及永恒的微笑所进行的手术的详情。监理人说，需要一个来小时，喝下麻药后，不觉痛苦。

我竖起食指表示拒绝。此后，这手势成了我的特征，甚至形成了谚语："像主公指头一样有力。""像指头显示的那样分明。"其实，我并非有意。我知道今后自己每一个动作或话语都具有了意义，它已超出了我本人的存在。我坚决拒绝做手术。

我时刻提防着，担心睡着了会被施予手术。这让我疲惫不堪，难以为继。暂时的小憩又令我担心会醒不过来。我不吸食大麻。在驼队里，我尝过中国酒，后来饮过绿洲的椰枣酒，从没醉得不省人事，只体会过微微的醉意。我更接近于普通平民，然而目前的地位使我意识到我与其他人的鸿沟已难以逾越。

我厌恶在片刻中失去感觉，尤其在我身处异乡、远离亲人和朋友之时。我承认，我享受到的荣华富贵是别人难以想象的。然而，我是外国人，作为一国之君，我至今还不了解自己的臣民。我统辖的是我不了解的人，许多事情找不到答案。所以，我竭力拖延着时间。

监理人不知所措地朝我这边瞧着。他没有正对着我，可能他也从没有碰到过类似的场面，或者是没想到。那么，怎么完成永恒微笑的画像工作呢？

我打破了沉默。

“我将承受痛苦。”

“可是……非常疼。”

我默默地看着监理人，监理人低下了头。我耳边响起了哈达拉毛人的声音。我们在一起亲密无间，我向他学习并感受到他对我的那份情谊。他曾说，任何痛苦都有止境，即便最强烈的痛苦隔一段时间也会消失。他是在不得不使用火烫疗法时说这番话的。人的感觉有相当大的承受力，超出极限就会失去感觉。而人的意志力是无限的，没有什么能阻止它的发挥。难道他没告诉我那个面对死亡的男人如何生出乳汁挽救儿子性命的故事？回想起他的话，我仔细琢磨着，似有所悟！



躺在手术床上，我不让自己像哈达拉毛人那样用绳子捆住。平躺在床上，身体放松，把思想集中到一些遥远的、包围着我让我不敢动弹的事情上。我看见了手术器械如瓶子、钳子、布条、软膏等，我回顾了某个时间和地点，想起在埃及的时光、现在的处境及今后的日子。奇怪的是，我想象到一些曾经目睹却不曾注意的事。经过慢慢的回忆，我蓦然回想，懂得了不少声音、颜色、味道和话语的底细。对此，我需慢慢解释！

我被一些戴着面具凝视着我的人包围。一位年长者靠近我，我的皮肤感受到自己的呼吸。开始，脸上有多处极痛的针刺感，然后，痛点转移到鼻内和眼皮底下。我惊恐万分，极力躲闪。我咬紧双唇，抑制住痛上加痛的感觉，直到我无法确认的某一时刻。我可感知身体的存在，意识却已腾云驾雾，不可知晓。我适应了疼痛，能够忍受一切，好像他们在给另外的、与我分离的人做手术。我看见手术刀停在自己的眼睛上，同时也瞥见下方的前牙被一个个拔掉。牙齿在人造的牙床上排列整齐，重新植入口腔。整个手术耗费了我全部精力。按照要求，他们重塑了我的外形。我熬到了最后一刻。

我永远不会忘记自己面对镜子的那一刻。镜子里的人看着我，那个人有点儿像过去的我，眼睛变大了，闪着我能见到的微弱光芒，微笑充溢于脸上的各个部位，笑得有些奇怪，使额头和两颊的皱纹增多。此后，我的大脑活动放慢，人也很少回头、向上或向下观瞧，目光始终向前，朝着一个固定点。以致有人说，心肠再硬的汉子也不敢多看我的眼睛，几秒钟后会自然低下头去。

一切都要从容不迫。我不再转头去看娇媚的侍女。清晨，她们进入屋内，轻轻地叫醒我，帮我穿衣脱衣。这些侍女每天轮换，早晨见到的，晚上就看不到了，只有一次例外。每天早晨，我都要在生长在东部的山薄荷的汁液中沐浴。浴前，一位亚洲侍女为我按摩，按摩用去不少时间，我挺欣赏她的。此后我发现,其他人不再出现,亚洲侍女包揽了我的吃喝、起居和衣着。

从前，我不懂得什么是按摩。这里，我享受了各种按摩的方式，浴前浴后的、睡前的、捕猎以及骑马或饮宴长时间取坐姿之后等。起初，我很腼腆。出现永恒的微笑后，我已无所顾忌。至今我还不知道其中的奥妙。反正我的胆子越来越大，对眼前的事极少惊诧。

有位侍女不知来自哪个地方。她温柔、鲜亮、娇小玲珑，身体的每一部分都令人垂涎欲滴，每次躬身都撩拨我的心。她那纤纤玉指触摸我身体时，令我战栗不已。我按捺不住，撕破她用金丝雀羽毛织成的薄如蝉翼的衣衫。

尔后，我才明白自己的行为让监理人和负责我起居安乐的人难堪了。因为，他们试图观察我喜爱什么样的女人，还没得出结论。监理人不得不在谈论前人的爱好时做出暗示。他说，前一位国王尊重苏丹姑娘，偶尔也喜欢高个子的女人，经常与她混在一起。姑娘的微笑迷惑了他。我懂得此话的意思。心想那些傻瓜只看见表面现象，没有抓住实质。我需要异性，喜欢小巧玲珑的女孩，她们具有举世无双的美色，但愿自己能够了解她们的共性和独特之处。

监理人很欣赏我的这番话。其实，我说这话并非因为我渴望异性，而是源于我在绿洲的经历有感而发。事情完全超乎我的预料。我不顾一切地寻求满足，把监理人的提示撇在脑后。他说，不可将神圣的礼物赠给不相称的人。当然，过了一段时间我渐渐平静下来。在疯狂与侍女做爱之后，才知道这些侍女都是监理人安排来接受我的馈赠的。我认真研究了造成这一状况的原因，一般来说与感觉无关，也许我原本无意的眼神手势，下意识地消除了我的忧伤。

四十天的独处以后，我不再去琢磨这些事。大批的礼物来自各地和各类人，其中包括无人触碰过的少女。一夜之间，我亲近了两个，使她们重生。一个来自北部，一个来自有十二天路程的南部。从伶俐和身体成熟的状况看，第一位有二十五岁，另一位还是个顽皮的少女，不过各有其楚楚动人之处。

尽管我纵欲无度，花样不断翻新，但当出现在公众当中时，我又想起那位皮肤黝黑、亭亭玉立、躬下身露出浑圆结实大腿的姑娘，她的模样令我难忘。我没有下令去找她，很难确定她在何处，拥抱她还很难实现。我想得到她的决心不变，相信总有机会相见。她是否在等候的人群中，或在宴会上，或在公众集会上，或在骑马走过的街道广场之中。我许愿，一旦见到她，不论在何处，处于何种情况，都不放过她。

奇怪的是，我不想立即采取一切可能的办法去找她。内心没有这种欲求，既不是出于冷淡也不是出于可望而不可求。

那么，是怎么回事呢？

说出来，大家会大吃一惊的。因为我内心希望得到那难以得到的东西。我想要的都已得到，还没有人竞相模仿。伶俐俊美的女人我已经厌倦，致使无论多么完美的女人在我面前跳舞，做出男人料想不到的调情动作，我也无动于衷。为了让我提起精神，女人像莲花般后翻，将女性的妩媚暴露无遗，香飘四溢。我想象着自己的感觉所未企及的境地，做出自己都难以想象的事，真是离奇！

我不想再嚼舌和解释，事情已经很明白，一切都是命中注定，个人无法把握。我要告诉大家关于鸟人姑娘的故事。

我呼唤着摩洛哥兄弟，并说：你知道在我见识了各类美女，欲望得到满足之后，我又想尝试更坚强、更神秘莫测的庄重女人，了解她们对我是一种补偿。钻进女人堆里，探索女性的隐秘世界，连我最亲近的监理人都帮不上忙。

我向监理人提出要看鸟类的系谱。他掩饰不住内心的不安，躬鞠得更深。我单刀直入地问他看谱系是否需要逐步实现，正像我刚到时他说的那样。他没有回答，低着头，老于世故地一言不发。我不理他，坚持要看。

许多错综复杂的理由推动我这么做，其中包括我日益增长的好奇心，渴望了解鸟人姑娘如何来到世上。听说她的父亲是人类，母亲是鸟类。但是双方并未谋面，两地相思，因相互的声音而相爱，靠候鸟传递消息。他们的结合是奇特的。男方的精液由一群沙鸟用特殊的方法轮流载着，跨越千山万水送至女方。精液是经懂鸟语的男方念咒语加持过的。雌鸟取来精液，拥在怀里，躲到一个其他雌鸟不去的、极为封闭的角落。

鸟人姑娘是怎么出生的？

这一点我没有研究，至今也不清楚。我还不能确定姑娘的母亲生活在哪里？这里的人向我肯定地说，有人烟的地方生活着两个而不是三个被称为“鸟类保护人”的人。一个住在岛上，另一个住在更远的岛。无须进一步证明，其中之一就是泰尼斯人。假使不错，我会与他的儿子领驼人再次见面，可他本人再也见不到这姑娘了。

我的兄弟，说实话，当把姑娘从遥远的地方带到昏暗的、处处泛着红光、中间摆放着一棵红珊瑚的大厅时，我吃惊不小。她被四十四层面纱遮盖。监理人说，他们把她从一个山洞中原封不动地掳来，运到这里。

除去层层面纱，我的好奇心很快变为惊愕和恐惧，过去我没见到，今后也绝不会见这种怪物。

是人吗?

是的。但她不像我们熟悉的人类，她介于人与动物之间。身材瘦高，颈长，鼻子呈鸟嘴状，呈红宝石色，有裂纹，头发似瀑布般倾泻下来，两只手颀长，交叉在圆圆的突胸之上。

我十分后悔和不安。我不能再想自已。此刻，我才明白永恒微笑的意义。无论怎样惩罚我，都不为过。我没有命令立即结束会见。她是神圣的，是这个地区的秘密。我离开御座，朝她走去。我只在与自己平身或高于自己的人来到时才会离开座位。我请她坐下，她似一只湿淋淋的小鸡，一下子坐在了沙发上。我坐在她对面，低于她的位置。我只对大学问家才如此谦恭。我不致歉，也不说明召她来的原因，只询问我能做些什么使她舒适安宁。但是，她没回答。我望着她，期望从她身上找到与泰尼斯领驼人相像的地方。眼前半人半鸟的造物让我不知所措。反复端详也不能说出大致相像的地方，甚至找不到与我见过的人有什么相像的地方。我多想从记忆中抹去她的形象。每当回忆此事，我就浑身发抖，惊恐万分。但愿，我从此不再莽撞行事。

# 恼人的转变



由安拉为其指明方向的艾哈迈德·本·阿卜杜拉说：

临近四十天时，我有些烦躁不安。我想象着将面临的局面，思考着什么在等待着我。我坐卧不宁，在宫中分辨不出白天和黑夜。也许因为每个窗子都挂着窗帘，屋顶只使用人工隐蔽光源，墙上有一扇俯视大花园的窗子。要不是监理人提醒,我一定以为窗外是一片开阔地。树木花草，小型的大理石或花岗石的塑像多么逼真，我为制作这幅画的画师的技艺惊叹不已。

时间的节奏混乱了吗?

也许，我不能提问。需要时，或者发生什么意外事情时再问也不迟。我也不想凭借经验去想象，心中早已产生了一个疑问。

假若突然听到冥冥之中的呼唤该怎么办?

冥冥之声会说什么?

这一疑问打破我内心的平静安宁，一石激起层层涟漪，生平第一次想放弃一切愿望，以换取现在的地位。转变似跨越黑暗与光明的分界线一般，引起切肤之痛。

我担心那突然出现的声音会降低自己的身份。一旦出现，我必须服从，按指令从事，离开我拥有的一切。我深知冥冥之声会在我猝不及防的时刻降临，带走我的思考和恐惧，抵抗于事无补。我会自然而然地想到这个声音。不过，这太难为我了。不论我走到哪里，都会记起它，它永远不会离开我，我能不铭刻在心吗?！

在睡眠和清醒之间的那个短暂的时刻是什么? 我为什么注意起个人在民众中的地位，致力于弄清那些模糊的事物，揭开遮蔽我的屏障? 重要的是，我心怀欲望，企盼延续经过艰苦跋涉所得到的地位，保护它不受到威胁和具体的危险。然而，那又是不可理喻、不可企及的。



我是书记官杰马勒·本·阿卜杜拉。我的朋友讲到这里，有些伤感和心不在焉。永恒的微笑也不足以掩饰他所经历并显现于外表的东西。他表示想出去转转，看一看大清真寺、宾馆和道路以外的景象。

他说，了解一个地方必须从时间和人的身上着手，愿望方可实现。我们暂缓记录一段时间。尽管我急切地想知道后来的情况，尤其是这段奇特的经历。然而，我什么也没说，只想让他自然而然地讲出来，想怎么说就怎么说，我不过在一旁不时提醒他或用低低的声音提问而已。我一贯坚持这么做。我虽受命来陪伴他，但我并不想了解那个国家的首都和要塞，而是想接近他、观察他的一切。

次日凌晨，我们出城。我命令我的人跟上他的步伐，不要太快超过他，也不要太慢而落在他的后面。艾哈迈德十分执着，他不时转过头，看我是否舒适，令我感动。

我和他谈起坚固的城墙，四扇门朝着四个方向，朝西的大门对着大洋。他很注意城墙的长度、坚固性和四角的哨塔。其余几扇门都面对陆地。不过，他没有提到面对大洋的西门，这一点我已发觉。

我说，大洋是危险的源头。从那里闯进了拜火教徒和海盗，在不同时期都有所发生。他们试图从高高的码头闯入首都，码头与你在南部省区看到的一样。两个世纪前，他们偷袭成功，在城里进行了巷战，烧杀抢掠。但是他们好景不长，武力进犯遭到了武力的抵抗。若需要二十年时间，居民也会战斗到把他们赶出去为止。

这事须多费些口舌才能解释清楚，也需要洋洋洒洒写上几大篇或几本历史书。经过那次战争，城墙重修并加固，同时也修筑了先贤墓地。在城的每一个角落都建了一座先贤墓，除了面对大洋的一面。那里有三位先贤躺在绿色的屋顶下。海员肯定说，从很远处都可以看见墓地。

我们站在东门边，望着高高的城墙、入口和两扇笨重的大门。门上包着铁片和铜质的浮雕。我们穿行于来自阿拉伯世界东部的阿卜杜·卡迪尔的墓地。满月之时，可以听到他发自墓内的声音，他在向过往行人问好。

我们登上高高的石阶，周围一片寂静。光线、虚空和人脸都显得十分柔和。我信步来到经常来的地方，右边是我祈祷和宣布修行的地方。在那里，我沉思着自己的过去和未来。

我的朋友径直朝墓地走去，好像他已习惯到此。他没有到处转悠，观看绿色的拜垫和垂下的帐幔，而是跪在墓前祈祷，然后盘腿坐下。他显得很快活，渐渐安静下来。他好像要隐遁起来或保持一种低姿态，头部前倾，眼望地下，从晌礼坐到晡礼。

我们离开后，他问起睡在墓地北边的人。我说，那些人来自远近的山谷，他们在那里已睡了三天，希望在梦中见到久违的亲人。

他的精神渐渐平静下来。这一变化没有逃过我的眼睛。他坚持要回城。我们晚间见面时，我不停地说，他只是听。我告诉他摩洛哥首都的欢乐时刻：观看斋月的满月、节日第一天和伊斯兰教历八月十五的月夜，以及各种节日的喜庆仪式。我还告诉他睡在各个墓地里的长老的生日，其中年纪最大的是居民都喜欢去拜谒的那位，他的墓地位于最近的岛屿上。他被称为“海洋长老穆哈伊丁”。他墓地的拱顶最大最高，每年民众集聚在那里为其生日举行庆祝活动。

我也和艾哈迈德谈到素丹的坐骑、两个节日里的祈祷、降雨时的庆典、外国使节的来访、为阿拉伯世界东部使节到来的欢庆，以及姑娘的割礼仪式等。每一种活动都有说法和成规。不过，此地居民每日的交往始于黄昏时分。首都居民不分男女老幼统统走出家门。除了有病、短期拘禁或身有公务，大家都到城墙西边，坐在高高的露台上。最大的露台是靠近长老穆哈伊丁墓地的那一个。那里聚集着来自陆地和海洋的居民。穆哈伊丁的父亲结婚时，曾与住在海洋里的海姑娘相逢。一天夜里，海姑娘在浸入海水里的岩石附近生下了他。不知出于什么原因，海姑娘将儿子放在一个一半浸入水里、上半部似一个拱形屋顶的山洞里。

有人说，海姑娘的亲人不肯收留那个与他们不一样的孩子。另一些人说，海姑娘没有带孩子去深海，因为父亲的遗传基因胜过她的，孩子的特征更接近陆地上的人。一位南部山区来的长老说，海姑娘深深爱着陆地上的丈夫，希望他能靠近孩子，孩子能时时记住母亲。有关的传说还很多，流传很广。

孩子跟着父亲长大，是个好儿子。在大清真寺里受教育，到过阿拉伯世界东部的麦加和叙利亚。返回时，在爱资哈尔清真寺逗留许久，回到故乡时已成为饱学之士。不少故事都详细记载了他这段生活。从东方返回时，他取道海路，在小船上颠簸很久，心潮澎湃，想入非非，耽搁了很多时日。家乡人以为他被波涛吞没一命呜呼。尔后，谁也没想到他出其不意地从海上回来，像被风暴裹挟，穿过浓浓迷雾骤然来到。

都城的居民确信他去看望了母亲。在海底，母子俩生活了一段时间。儿子向母亲述说了分别后的情况和他的愿望。他希望母亲保护国人，尤其是首都的居民。为此，渔民称他为“保护者”“他们的福祉”。出海前，他们一定要到他的墓地去；升帆前定要摊开双手诵读《古兰经》开端章；谁若丢失什么东西，他也会保佑他们下海寻找。

这些事情已是路人皆知、被反复证实了的。

重要的是，妇女也从他那里获得了福气。患有不孕症的女人想要怀胎，都在太阳升起前来到岩石边，站在他出生的洞穴前，脱去下衣，撩起衣襟，让身体面对海水，但不要浸在水中。采取的适当姿势，让水珠溅到她的阴户。一般重复七次，每次多淋些时间，肯定能怀孕，多数人还能生下男孩。

在我们去穆哈伊丁墓地之前，他认真地倾听了我的谈话，问道：

“为此，他葬在海上？”

“是的。”

他又进一步问道：

“你认为他面对大洋还是太阳落山的方向？”

我感到有些意外。我说，他既面对大洋，也面对太阳落山的方向。有些渔民在不能出海的闲谈中说，长老有两个墓地和住处：一处在陆地城墙边；一处在大洋深处。他每隔一周轮换一次住处。渔民在风暴中心能听到长老为他们的安全所做的祈祷和祝福。

真的，艾哈迈德倾听时表情极为认真，仔细到无以复加的地步，以至他的微笑暂时消失，尽管睡觉时他脸上也挂着微笑。

我们路经关闭着的倾斜的大门和为防蛇类而堵住的窗户，穿过广场集市，走向宽阔大道边素丹王雄伟的宫殿。我的朋友边走边看，偶尔驻足停留片刻。他一定记起什么，回忆起过去的时光。我这么猜想。路这一侧的景观与走到西边尽头的另一侧不同。那边是一堵高墙，阻隔在首都与大洋之间，但又不是截然分开。城墙的宽度足以让两个人并肩行走。隔一段有一根支柱，间距不大。士兵可以从空隙中望见来犯者，发现他们并提前防范。每隔相同的距离，筑有一个圆形塔。在暴风雨漆黑的夜晚，点燃高处的火把，能给迟归的渔船指明方向。与城墙平行的海岸边上，大块的岩石也能阻止船只靠近，使之停留在那儿。渔船的停泊处在城外西北边。圆塔有向外突出的阳台，支撑在岩石上。任何精灵无论怎么在这个宝地上折腾，岩石都岿然不动。



靠近穆哈伊丁墓地的那个阳台最大，也最长。出现危险时，只有素丹王和军队将领可以接近这个阳台。每到夜晚，阳台上不乏一些喜好清静的人。黄昏时，全体居民外出观看落日时，阳台上人满为患。

我和艾哈迈德谈起了民众的沉默。他们默默地面对落日，那副神情似乎在与太阳对话，怀着小心谨慎、不安和希冀的心情盼望太阳再次出山。我费了不少口舌给他解释这一习俗，以及这里引以为豪的八兄弟的事情。他对其他墓地不大关心，曾在最早的女圣徒墓地诵读了《古兰经》开端章，但未表示出好奇。他在哈菲兹墓地停留了一会儿，询问他来自安达卢西亚王朝哪个地方。

斋月，此地人在城墙上观看满月的情景极为壮观。我和艾哈迈德谈起有关的故事。满月升起的那一刻，发出第一声欢乐的颤音。那颤音从城墙传到地面，再传遍全城。非常奇怪的是，每当这欢乐的古老颤音响遍四方时，在心中激起的既有欢乐又有悲伤。

这个城市有其独特的音响。它是由波涛拍岸声、城墙的回声、秋风刮起发出类似持续不断的哨声、冬日时断时续的冷空气的喧嚣，以及雨点落下淅淅沥沥时断时续的滴答声组成。

有的声音亘古不变。其中某些声音是由建筑物间的空隙和楼角转弯处或高墙造成的。我亲耳听见过这些声音，能仔细分辨出它的不同。我记下了这些意见，使之成为认识各种风，以及风与时间的关系的参考，同时也记下了所有发现的旋转风的稳定性及相似性。

艾哈迈德表示，他想听听观看满月时妇女欢乐的颤音，以及声音穿过谷地飘向大洋的景观。

我说，斋月临近，四个月会比想象的过得快多了。到那时，他会看到西部国家首府最美好的时光。

他默默地凝视着我。脸上的笑容掩饰了目光中嘲讽的神情和内心的疑虑。此后，我常常回忆这一幕，明白了当时所不懂得的许多事。

次日，艾哈迈德不再要求外出，他显得渴望独自转转。

我陪伴他，好像只起到启发他说话的作用，我对他介绍的、我笔录下的事情一清二楚。

与上次一样，他要求自己笔录一段经历。我是他馈赠的受益者，一切都要按他的意愿办。在我们外出后的次日早晨，他要求继续工作。下面便是他的笔录。

# 外表引发的教训



散步、转头、说话、安排政务时，我都表现得从容不迫。在四十天独处的日子里，我曾见过一个中年人，他模仿人、动物、风、树叶、水和爬虫声音的技艺十分高强。他能同时模仿五个人不同的口音，好似五个人活生生地站在面前激烈地辩论。他的嗓音洪亮，能唱各种歌曲，弹唱麦卡姆故事，令人又哭又笑。我欣赏他的熟练技艺，要他常来宫中陪我，让我开心。

我在监理人的陪同下步行穿过街道，演练如何挥手致意，目视代表团和使节。

监理人说，我的任何一种手势都会印在来访者或会见者的脑海中，哪怕是一瞬间，尤其是在各省区的节日庆典上。最重要的两个纪念日，一个称为“小节日”，有具体的时间，即我从东方地平线出现的那一天；另一个称为“大节日”，没有确定时间，指我永远消失的那一天。民众将永远在心中怀念我，即使我消失之后名字被淡忘。

说实话，一听到我的离去和消失，我就掩饰不住心里的烦闷和懊丧。然而，我至今对他们的信仰还不完全懂得。为了能走得正，我必须不断外出，观察我所生活的土地。

我以从容为特点、严肃为外表，平易近人只在与百姓在一起时显露。我形成了自己独特的致意方式。我不把整个手臂伸出抬高，只是将手臂弯曲出角度，从容地左右晃动。

监理人说，这种手势没有先例，典籍中也没有记载。它与永恒的微笑结合在一起使我更加威严，令人肃然起敬。

我对监理人说，我要与民众交往，访问他们的家，感受儿童的情感，与他们玩耍，吃他们的食物和饮料。其实，我这是在模仿监理人所讲的先人的举动，尊重他们的业绩，使我在死后能够面对先贤，无愧于他们的功绩。

监理人的保留态度和最初的警觉没有逃过我的眼睛。我身体前倾，眯缝着眼睛，让那永恒的微笑暴露无遗。不过，这微笑似乎又渗透着不满，从而现出恼怒或警告的迹象。这无形中又给我的威严平添了几分神秘色彩，让面对我的人浑身发毛。事后，我又将此动作重复多遍，以欣赏在意见分歧时臣仆的反应，就像我和侍女睡觉时欣赏她们达到情欲高潮那一刻的满足一样。

我不紧不慢地命令道：

“我想做一件事情……”

他一反常态，把目光投向我。我命令他把全国的说踪迹者都召来，接受我的测试。我对此有一定的知识。这是我独处四十天后干的第一件事，我要找到绿洲。

“在我之后还有人来这儿吗？”

他用力摇了摇头。我发现他把身子躬得很低，几乎贴到地面。他用颤抖的声音回答，再次否认那个方向存在任何绿洲的踪迹。他双手交叉在胸前，伫立不动。

绿洲在哪儿？泉井在哪儿？人数不多不少的居民在哪儿？监理人希望我不要向任何人谈起这桩事，不论对专家还是普通人都不要说。

“那边有绿洲，我的妻子在那里，孩子在那里。如果没有，我又从哪里来的呢？”

监理人无奈而惶恐地摇了摇头。

“陆地的埃米尔、地区的首领和民众的君主啊，你来这里不是走了三个小时的路程，而是走了很久很久。难道你不是你父亲、你祖父、祖父的祖父背上的一粒种子？难道你不是出现于东方，带着太阳神圣光辉的人？你是忍受剧烈手术痛苦又没有昏过去的人啊，你来自太阳，来自日出的东方。谁离开了东方便不会返回，不会再回头，因为他永远朝着日落的方向。造物中有谁见过太阳的光轮回到它出发的地方，回到它出发的地方？”



监理人的话听得我稀里糊涂，尤其是对日落方向的解释含糊得很。他知道让我不得安宁的呼唤声。冥冥之声让我离开了埃及，我的本源和故乡。我到达了冥冥之声规定我到达的地点了吗？也许，我期望如此。这意味着我将居住在这儿，生活在这儿。

我不愿在他的恳求和警告面前退让。不过，我已经心平气和了，清醒地控制自己不再提出诸如想回绿洲、绿洲在哪儿的问题。我把问题咽到肚里。表面上，我继续和他辩论，肯定我在绿洲上住过，并从绿洲离开。

监理人说，我提到的方圆三小时的路程内没有居民点。众所周知，那个方向根本没有泉眼或耕种过的痕迹。他说，我走过的路程是不能用人类已知的时间来计算的。看起来走了三个或四个小时，可能等于人类度过的四十或八十个年头。

他说，这片土地的宽处骆驼要走十八天，骑马走二十四天，长宽差不多。七个省、七十个市、七百个居民点和八个绿洲之间有特殊的联系方式，信件从一端传递到另一端的尽头只需一起一落的瞬间！

特殊的方式属于本地的秘密。我若想了解，他随时恭候。

他再三重申日出的方向没有绿洲。此地有人通晓世界上所有的沙漠，背得出每粒沙砾的名称。

这话让我吃惊。他说，每棵树都有名称。天上飘着的乌云、眼前一闪的雷电，事实上也都各不相同。此地的学问家对这些自然现象都进行过研究。监理人走近我，面带微笑地说：

“陆地的埃米尔，你的财产无与伦比，它的奇妙尚未揭开，它为远近国家所垂涎。各类鸟儿飞到这里来不是无目的的。每天同一时间，各种鸟儿的叫声都传递出信息。光芒之王，怜惜你的国民，了解他们吧。”

他深深地鞠了一个躬，之后又说：

“太阳每天从东边升起。但是，人的太阳一生只升起一次，落下后再不回来！”

# 说法儿



我头一次骑马外出。这一天深深印在我的脑子里。我不再想那消失的时刻，而是遨游于永恒的境界，思索着哪种情景会出现在我的面前。

当然，我并不知道从何处去思考，大概不外乎三种情况：

童年生活的街景，清真寺的后墙边，冬日被一夜大雨打湿的窄长的窗户。

另一种是我离开驼队，独立面对广袤的大漠，初次领略了什么是虚无的景象。

再就是我走进城郭震撼心灵的一刹那。城中老小聚集在那里庄严地等候着。当他们一齐拜倒在地时，我听到齐声赞颂的声音似排山倒海的波涛。身处其中，我的坐骑显得瘦弱、温顺，悄不作声，小心地向前移动。这匹马从出生后，只有登上王位的我靠近过它。那时，它独自站在一边，没人牵它的缰绳或照看它。马儿好像认识我，它低下头，让我骑上去，然后昂起头左右摆动，自豪得很。

走出六七步远，民众的呼声渐渐沉寂。然后，又爆发出排山倒海的呼喊，开始，我没有弄清楚是怎么回事，后来知道是在三呼万岁：

我们的主公领袖万岁！

望着我们，赐予福祉！

以鲜血和生命效忠领袖！

说实话，我惊魂安定下来后，有一种奇怪的感觉，总想放声大笑，狂笑不止。这就是说我已登上太阳之子的神圣宝座，光芒四射。所有的标语、频频的敬礼和欢迎活动统统是为我而设。我强忍着即将爆发出来的大笑，这种情况在埃及也曾发生过。一次，我和家人一起参加吊唁，在场的人个个神情肃穆。我突然忍不住地大笑起来，笑得浑身颤抖。一位来宾走过来，伸手就扇了我一记耳光，打得我眼冒金星。

我亮出永恒的微笑。走出宫门外，我抬手举起太阳之子的权杖。仅仅一个手势，百人的乐队立即奏起欢快的乐曲。鼓声号声响彻云霄；各色彩旗迎风飘扬；一群群鸟儿掠空飞过，盘旋在头顶上，紧接着是一群排列整齐的各式各样的鸟儿。这些鸟儿与盘旋在头顶上的群鸟在形体、习性和栖息地方面各不相同，它们居然同时聚集在这里，简直令人难以置信。其中有一种珍贵的金孔雀，它展开双翅能遮住五十人。

我再次举起手，大家一齐站起来，好像是一个人。我脑海里闪现出刚刚来到时那位躬身欢迎我的少女身影，两条健壮的大腿格外诱人，顿时一股热流穿过全身。我凝视着面前的人群，盼望她能在人群中！

管乐队演奏完毕后，民众可以面对我的容貌和微笑。木管乐演奏开始预示着我要观看民众的眼睛。大家自然争先恐后地朝我这边观瞧，以期得到我的恩泽。

我承认，像这样望着大家真是一件让人高兴的事儿，它令我陶醉。然而，偌大的人群中若有个把居心叵测的人就太可怕了。我不觉得这事有多伟大，倒是它引起的震荡在心里滞留许久，令我茅塞顿开。

我竭力想把握住作为地区中心的首都的面貌。首都临近荒野，建筑古老而高大，到处可见到石拱和不知通向何方的大门、铺着彩色小石块的道路。在其他国家的首都很难见到如此宽阔的道路，城市因此名传遐迩。

道路两边种植着稀有的树种，树干纤细似女人的腰身，散发着暗暗的奇特的幽香，沁人心脾。宽阔的道路还是举行盛大庆典或仪式的场所。我见到雄伟的建筑物、高塔和空中花园。这里，我不想介绍植物世界。周围人的面容、城市的外貌和景象，我已基本掌握。民众的命运，或好或坏，或长或短，或高或低，都靠我一句话。我能使之不幸，也能使之洪福高照。这权力，我怎么得来的呢，又会导致何种结果？儿时的伙伴此时见到我，绝不会相信，也绝不能理解所发生的一切。

难道所有的一切都为了我吗？

我不知出于什么缘由，心中泛起阵阵怜爱之情。我渴望与每一个人握手，自己暗下决心一定要造福于他们，创造出这个时代未曾见过、过去时代未曾听说的奇迹来。

每个建筑物正中悬挂的标语牌引起我的注意，上面写着本地区的一些口号，如：

“向大家致敬……”

“人呀，向前……”

“土地可流失，土地可落脚。”

每句话前面都标有某某说的字样。

谁，指哪一位？回到宫中，我出席文武百官、部落酋长、贵妇人参加的盛大宴会。他们一字排开，每个人双手交叉在胸前，等待着我的接见。他们轮流亲吻我肩上的披风。第一天的仪式结束后，我向监理人询问那些语录出自何人。他说，那是我的语录。

我的语录？

是的……这里有专门机构负责此项工作。它是国王和百姓之间、陆地上的埃米尔与人民之间的联络纽带。此机构有以下几项任务：一、负责国王的画像及复制。二、向各地和各方面传达国王的指示和命令。传递用专门的通道。不用已知的方式。机构拥有许多大镜子，每隔一段距离放置一面，每面镜子可反射另一镜子中的形象。瞬间，镜子便可将消息传向边远地区。三、负责记录国王的所有言论，总结提炼后普及。通过标语牌或印刷的材料，在学校里传授给成人或孩子。语录也分门别类编辑成册，做出目录后译成鸟语，教会鸽子、麻雀和鹞鹰。我问了这个机构的名称。

监理人说，所有的机构都要按其功能定名，只有它例外，它没有任何形容词，直呼机构。

我表示想看一看他们的工作过程及编好的语录，与他们建立一些联系。

监理人温和地回答道，我是智慧之王、语言艺术大师。我说的每一句话都散发出智慧的芬芳。每一个词都不应只看其外表，而要记录下来，找出对民众有教育意义的内涵，将其浓缩在短语之中。

我做出手势，中止他的谈话，他停了下来。我越渴望通过他的讲述了解一切，也就越渴望取得发言权，能够独立自主。我不是来自虚无，我要按我的意志处理事务，不愿在我和百姓之间制造屏障。这种话，我在绿洲听到过一次。我真的到过绿洲？我没有把握。我极力驱赶对处女泉和大帐篷的怀念。

让百姓了解他们的统治者的热情令我倾向一切从简。我知道自己和其他人之间存在着重重障碍。一位显贵或外国使节从王宫正门需要经过七十道门才能来到我寝室前的大厅。中间有三十道栅栏和八个检查处。每一处都由强悍的武士把守。他们的手臂上架着训练有素的各种鸟儿，可以随时检查出身藏暗器的人，并发起攻击。在三个检查处，来访者需要报告求见的目的，以便教他们觐见国王的礼仪。礼仪是烦琐的，自古延续至今，很难改变。监理人表示，不论远近的客人都应做出努力走完这段距离，通过检查才能亲自拜见国王。走进大厅，来访者从门边移至卧室的这段距离，据我估算不少于二十米。倘若来人有一定地位，我可以向前迈出三步迎接他。对学者和朝臣，我可以走上一半的路与之握手。我需伸手做出请坐的手势，他们方可坐下。我的每一步骤都有安排，每一举动都有章可循。说实话，经过四十天的独处之后，而不是其中，我才明白个人的处境，了解了自己不曾注意到的事情。我从不同角度观察自己的存在。这常让我想起绿洲上的妻子说话的手势。现在，声音严厉、带着命令的口吻已成为我惯用的腔调。大家的目光专注于我，久久不动。

随着时间的推移，我已习惯了统治者的地位，行动也自如了。我又想起我的女人，我进入异性世界的第一人。想起她的容貌，思念她，渴望与之相见。脑子里频频浮现出她恬静的模样、从容不迫的目光、对我的眷恋、两人单独相处时的亲热。亲吻我时，她的气息撩拨着我的感官，唤醒我沉睡已久的潜在热望。

侍女关上窗子，离开卧室，剩下我一人独坐其中。我真想留住她，陪伴我在百合花填充的床垫上颠鸾倒凤。

我似睡似醒，仿佛看见自己面朝东方，周围是外形怪异的卫士。每个卫士都用取代两臂的鸟翼抹去我留在沙地上、硬土地上的足迹。连我刚刚登上这个地区高地边缘所看见的那些似乎预见我来到的人们的足迹也被抹去。

可是……高地上没有树木、椰枣树、泉水，也没有阿拉伯世界东方的人或阿拉伯世界西方的人的墓地以及说踪迹者的踪迹。我回忆起说踪迹者教我的知识，看见了此地居民留下的痕迹。我突然瞥见不知用哪个年代的织物包裹着的尸体。那些尸体未曾被人动过，头发依旧，有些张开的嘴露出整齐健康的牙齿，眼睛像玻璃球，好像视觉依存，凝视着可怖的虚空。

我陡然向左右转了转头，但又惊愕地缩回目光。我看见一种熟悉的动作，只有母亲在悲哀伤感又无望时才会做出。无形之手将我推开，我挣扎着要去拥抱母亲。然而，眼前不过是一冢坟墓。我喘着粗气，心烦意乱地站起身来，没有注意周围的环境，令人沉闷的几分钟过后，我意识到变幻着的时间并非属于我现在的时间。

我不知道变幻着的时间与现在的时间这两者有何关联。不过，这次之后我又梦见不少次自己身处无法预知的地方。奇怪的是，自此我开始怀疑，内在的我想要什么?

# 悬挂的泪珠



期待一个好结局的艾哈迈德·本·阿卜杜拉说：

一提起过去，好像是讲另一个人的故事，既没有听过也没看过，没有感受到讲故事的愉悦和陶醉，也没有激动的颤抖。我只顾诉说另一个与我有过联系、尚不在眼前的远方幽灵或回声的故事。我在埃及人之初的生活早已进入虚无缥缈之中，只余下后来出现的冥冥中的呼唤，我们互为补充，互相适应。太阳落山的方向伴随着我度过了不同阶段。我被分成两半：一半是清楚明晰的；另一半是消失的，没有希望再找回来。以致我从未记起过我的亲人，从未希望与他们共存亡。我不为父亲迟归而心神不宁，也不曾为母亲的沉默而伤心痛苦，甚至不会为节日的来临而欢欣雀跃。我们的心连在一起，可不曾交流过或互相夸奖过。多么可悲的崇拜呀!

我是书记官，由我来说。我兴致盎然地想继续听他的故事，特别是他意外地掌握政权之后的情况。他没费吹灰之力，没有先兆地拿起了权杖。我执意不去打断他的话，不对他嚼舌，干扰他的思路。我经常从他的沉默中看到听出比他的语言中更深的意思。

多少次，我从他眸子里察觉了他难以解释的东西。那些意思可以找到来源，有些与我心中所想的不大相同。他眸子里滚动着不为人发现的泪水时我愿意接近他。那泪水悬在眼皮之间，尚未结成泪滴，或者正在形成中，瞬息之间就要滚落下来。多少次，泪水会慢慢被吸收。泪光一闪，眼睛黑白混淆。他坐在大洋岸边时的目光令人心碎，它叩击着我的心扉。

夜已临近。他脸上现出悲天悯人的神情，爱的不可得令他悲从心起。以前，我只见过一次，他独自坐在石头的露台上。尔后露台成了他的住处，他经常待在那里，面对大洋木然不动。他很少与我住在一起。我已不满足于记录他所说的话，而想不断地凝视他，企图深入到他的隐秘世界去探险。

他一脸永恒的微笑，什么时候出现了悬挂的泪珠？

这是我不愿说出答案的问题。不过在我极度伤感时才会提到它。

# 可　能



艾哈迈德·本·阿卜杜拉谈到他的打算时说：

我决心加强个人的地位，扩展自己的权限。我觉得自己一直就有这种打算。我竭力克制自己的欲望，并不是出于害怕，而是出于深思熟虑。每周都有人贡献黄花女儿。她们大部分是地区、城市或集团中最标致俊俏的姑娘。我只享用其中一部分。少数人须等待很长时间。我已不再急不可耐地拥抱令我心动的女人，尤其在我知道那些侍女都是有意安排到我身边的幸运儿。我来自太阳，是太阳之子，来自太阳光芒之所在。每位从我这儿出去的女人都得到我神圣雨露的滋润。

于是，我情急难耐的状况有所缓解。我最渴望的是对我唯命是从，我想要的件件成真。说清楚这件事不大容易，需要慢慢道来。重要的是我的地位比什么都牢固。他们不敢怠慢或更改我最初的命令，件件都坚决照办。我显示出绝对的威严，正像监理人所见。我重复着儿时听说的统治者和埃米尔的所作所为，专心于我的权力，其中还包括生气时手指的动作及语调严厉的程度。我经常重复使用那些手势，使之成为习惯动作和与他人区别的标志。于是，我形成了自己的语调和表情。更让人惊奇的是，随着掌握了权力、接受他人的顺从，我日渐显出王者的风度。

当然，事情并非一帆风顺或没有纰漏，若不是我享有的崇高地位，我早就被当成下流的国王而臭名远扬。我常常不经心说出一些粗话，脱口而出时方才意识到，这要归咎于我的贫贱出身。听众没人敢对此说三道四，我说什么他们听什么、记录什么，机构立即工作起来。有时，我也说一些毫无内容的话，完全是信口开河。过后，我会发现这些话出现在语录牌上，还加上粗体字的抬头："陛下思想摘录""国王语录""语录选辑""太阳之子如是说"，在不同的称谓下都是我的言论。从此，我说话时注意谨慎措辞，有意说话，然后静观他们的反应。有时他们会毫无反应。若见我的言论令他们眼花缭乱、惊诧万分、惊恐万状或兴高采烈时，我便扬扬得意。因为我的话落地有声，我的任何举动和沉默都会引起效应。然而，在一段时间里我却有一种茫然若失的感觉。

难道我该责怪埃及的亲戚朋友、驼队的伙伴、绿洲上的妻子和来这儿之前认识的其他人，因为他们都不曾注意过我的谈话，从未留意我内心的活动和我经常的心不在焉?

或许，我该嘲笑这里的人，我的百姓，因为不论我信口开河说出什么，他们都会捡起来当珍宝。

我不知如何是好。不过，我常常嘲笑他们，也嘲笑自己。尔后，赶紧把个人的内心活动掩盖起来。我只关心自己的地位不断巩固，我有能力做到。潜在的清醒令我痛苦，让我坐卧不宁。因为突然降临的事会一笔勾销我得到的一切。与此同时，另一件事也让我感到困惑，那就是我以为快乐的源泉，他们则认为是烦恼的根源；我担心的东西，他们则认为是慰藉和友谊。

我大胆实践了他们所不习惯、尚未听说的事情。我向全体国民宣布，我将公布我的签名式样。亲近我的人表示不安，首当其冲的是监理人。我明白他们的不习惯。我表示要选择一种图形作为标志，将其刻在宫墙和我的住房之上，绣在我的衣服上，同时也要显示在我的用具以及一切物品上。我命手下取来纸笔。纸张是用椰枣树叶和树皮制成，笔用鸟儿的羽毛，墨水是用南方一种小巧玲珑的麻雀所采集的汁液制成的。现在我已记不清鸟儿的名称。

我尝试了许多图形。尔后又突发奇想画出太阳的光轮，从中心放射出光芒。每条线的顶端标有我姓氏名称的一个字母。图形是这样的：

而我的签字则是交叉的两条线段：

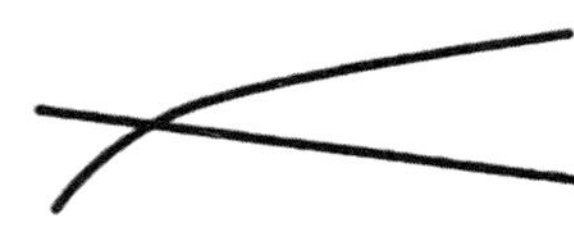

监理人见我画完，脸上显出异常兴奋的神情，他弯下腰亲吻我的晨袍。我明白他喜悦兴奋的缘由，喜悦不仅仅是他个人的，也是全民的。因为他们从这个图形更加肯定我的太阳属性，徽记和签名就是明证。监理人告诉我，为新节日举行的庆祝活动将持续三天。

庆典先在王宫举行。国家及四方的代表前来觐见国王。第一位祝贺献礼的是在白皮礼单上签名的军队首领；其次是东部和西部的首领、行政机构的总管、四方行政长官和研究日出日落的学者，这些学者使用特制的望远镜观察太阳的运行和现象；最后是各类工匠和团体的代表，他们中有许多熟悉的面孔，但我记不得他们的行业，有的人我把他们的模样和身份混淆了。监理人在我的耳边低声说出来人的姓名和职业。之后是外国的使节。我在埃及时就对这种觐见顺序略有所闻。使节中有中国皇帝派来的代表、南部斯拉夫人的代表，还有阿拉伯世界东西方的代表以及更遥远的不大了解的国家的代表。

一面大幔帐升起，预示着埃及使节的到来。此刻，我的感觉颇为奇怪，似有一股暖流流过全身，浑身一抖。我不由自主地抗拒永恒的微笑，以便不暴露出做作的姿态。埃及代表出现在眼前时，我威严地会见他。他容光焕发充满自信，从容地躬身致意，不卑不亢，与我知道的或听说的情形不一样。

他就是我儿时不敢接近的大员，这些人骑马经过时好不威风。我望着他，仔细端详，真不希望他像其他使节一样迅速离去。我留了他一会儿，询问埃及的情况。他说，他已离开祖国三年，在外国任职。他知道埃及的鸟儿活得很正常，仍俯视大地，观察着世间的一切。

我对此未加评论，等待仪式结束后再向监理人请教。我转过头，祝福埃及使节吉祥。我觉得这祝福出于个人对故乡难得的思念。看来，埃及使节对此有所察觉，离开时躬鞠得更深，向后倒退时险些绊倒。我心里渴望与之畅谈，了解故乡的山山水水，但愿他能给我带来些纪念物。

此后，我了解到这个地区自古与埃及有来往。此地的传统与泰尼斯爱鸟人有直接的关系，有关的细节在适当的时候会告诉你。

首都的老百姓已经走上街头为我的签名和徽记举行庆祝活动。我想骑马去观看，监理人看着我不说话。我不想听命于人，于是骑马出了王宫，神圣的鹰和熟悉的鸟群盘旋在我头顶上空。广场上密密麻麻的人群令我吃惊不小。比我刚到时欢迎的人还多？我不知道，反正密集的人群超出我的想象。大多数人举着旗帜，争前恐后地想靠近我，和欢迎我时大家伫立不动的情景截然相反。道路两边排列着武装的士兵，军官站在队伍的前边，士兵个个身材高大，来自南部山区，军官也不例外，全部出生在南部。

我从容不迫地望着人群。看够了，就一会儿向左一会儿向右地张望，不时摇晃弯出直角的手臂，向大家致意。监理人告诉我，此种致意方式前所未有，与前任的手势不尽相同。他将禁止任何人模仿这种手势，我点头默许。不过，我没有对他讲我骑在马上想起的埃塞俄比亚长老的故事。长老住在爱资哈尔大寺的杰百里特侧厅。他个子不高，人清瘦。每每见到一群群的学生，便高举手臂向学生致意。他是语法学家，与我的地位相差甚远，不知他是否还健在，或已经去见安拉。他不会知道，他无意间的动作已被我学来，在异国他乡复活，用他来感染百姓，煽起他们心中的热情。由此还生发出许多言论，激发了诗情画意，结出诗歌的硕果，以及表达心声的大理石、金铜等雕刻艺术品。

我来到城市中心的七方广场。广场通向主要地区的干道起点。刚到那里就看到众多士兵身着盔甲，手执兵器。他们身后站着通晓太阳光环和鸟类的专家。这些人的地位与伊斯兰长老学者或科普特神父[①]的地位相同，愿仁慈的安拉保佑神父，并得到他的宽恕。

我一到广场的中心，神圣之鹰便腾空飞起，一只只落到道路尽头的树冠之上。在场的人统统跪下，额头触地，响起惊天动地的呼声，吓了我一跳。

我们的国王万岁!

场面的壮观强烈地震撼了我的心，也让我深深地意识到一切都是因我而起，所有这一切并不是偶然的，绝不是!

① 埃及科普特人信奉基督教。

# 奠定基础，翻新礼仪



监理人的话类似劝告。他说，我骑马出现在百姓面前的频率太高，应该减少次数，拉开间隔。百姓应该听我的话多于见到我本人，猜想我会说什么比直接聆听我的话更好，让他们凭个人的想象和希冀传说我的消息最好。

我抬手断然制止了他的话。我说，若他向我提及前任国王的规矩，便免开尊口。我是一位与众不同的国君，我有自己的一套，哪怕显得古怪离奇。我从太阳升起至太阳落山全权负责百姓的事务。我从容不迫地说道：

“若有一位老婆婆夜晚来召唤我，我绝不会拖着不见，见了还要秉公办事……”

就这么一句偶然说出的话，在下一次骑马外出时已悬挂在街头建筑物的窗外、机关商店的门口，甚至悬垂于树枝上。装备着测量太阳运行和温度的大型仪器的高大建筑物外墙上也有语录，连小学生胸前也挂上了语录牌。与此同时，布告栏上发布了语录研讨会的消息。一些有远见的学者邀请通晓历史渊源、语言和鸟类逻辑的各方贤士以及邻近国家的智者参加。每位与会者都学有专长，拿着可观的薪俸，撰写有关内学和显学的论著。

我的部分语录还在学校作为考试科目。求职的学生、待晋升的官员、少数准备到外国旅行的人都要参加研讨。这件事让我想起古代埃及的一位妃子。国王发现妃子羞处的咒语，便询问来历。原来是妃子求助一位会念咒语的老巫师，经占卜后，他在她的身上刺了能激发爱欲的咒语。国王一听大发雷霆。一个巫师竟敢触动妃子的羞处,他如何躬身刺字的?一怒之下。国王把巫师发配到沙漠里。这个故事在埃及流传得很广。我曾多次查看接触过的女人，还没发现类似情况!

我无法否认内心的快乐。每当我看到传单上印有我处理事务的准则时，我的心都醉了。我的话放在固定的格式之中，上面写着:“敏锐观察者的语录”“光芒智慧的语录”，下面便是我的话。有些话我记得，有些已毫无印象。监理人呈给我一份记录八百六十六个美名的单子。所有的名称都围绕我和太阳的关系，对太阳的认知、对太阳的运行以及白天显现夜晚隐蔽的理解。这些名称并不普及，只在办公室、实验室和各地的典礼上提起，众人在观测太阳时诵读。

这个地区的通信方式绝无仅有，目的在于以最短的时间传播我的话，接受各方的反馈，下情上达。除了镜子系统，还有训练有素的鸽子传播大军，在相等的距离上筑起鸽塔，鸽子翅膀和嘴上携带一个信简，一站一站传下去。邮路安排得十分周密。鸽子可飞越平坦的田野、高耸的山脉，跨过江河湖泊，把消息传向四方。监理人告诉我，宫中有制作精良的沙盘供我参观了解交通的布局和驼队移动的路线。

监理人笑着说，鸽子是国家的命脉和统治的支柱。由此，我问起边界的防务,他说,那里的管理十分严格,筑有前哨堡垒,配备巨大的反射镜。反射镜可以发现白天黑夜从任何方向走来的人，另外还有不断盘旋于天空中的鸟儿。他说，天下的鸟儿都和这个地区有联系，它们友好地往来，生活在半年白天半年黑夜的地区的鸟儿也不例外。

监理人说，若危险来临，有几种咒语可供使用，这属于古老的事务。

第一个灵验的咒语可将这个地区遮蔽起来，在一段时间里不为人和动物的肉眼所见。这并不妨碍军队首领的布防，他们可依旧备战，给敌人一个出其不意的打击。

当时，我很想知道全部细节。尽管令我朝向目标的驱动力一天比一天清晰，但我做事仍然十分谨慎，周围的一切依然使我感到陌生。我开始指手画脚，但我的境况并无太大的变化，与我读到或听到的有关统治制度和国家事务相差无几。

我邀请军界头目一起共进太阳午餐，视察他们的驻地，和学者、贤人、各部族领袖、团体头目交谈，敞开宫门欢迎从未想过跨进宫门、踏上神圣殿堂的百姓。为此，我命令开放几个新的大厅，打开一些无人进入过的地方。我经常外出，出现在道路之中，与普通老百姓站在一起。有一次，我和建筑工人、卖菜的妇人聊天，了解我所赐福的臣民。我为吵架的夫妻调解，呵斥不听话的儿子，保护少女免遭动物的伤害，甚至还宣布北方地区向绿色蚱蜢开放，允许绿色蚱蜢群停留而不准伤害它们，出现蝗虫时则须立即消灭。我禁止捕捉五彩蝴蝶，颁布法令将其归入禽类，属低等禽种。

我监督货物的重量，察看衡器的准确度。我离开坐骑，向外省人询问情况。一次，我教训了我的卫士，他们不准小贩接近我。不论白天黑夜，我会突然出现在人群中。我从不疏忽每日的神圣朝拜，早上出去观日出，晚上观日落，经常伫立不动看着太阳光环由黄变红沉入天边，也就是此地落日的地方。我回想起了儿时观日落的情景。那时，我的父亲抱着我，指着太阳说，太阳现在回家了，明天还会出来。我天真地问：怎么会呢？他说，太阳升起是经常的，落下也是不间断的——不在这里露头，就在那里出现；不在那里落山，准在这里升起。

那时，我的父亲不像是在和一个不懂事的孩子说话，更像是对自己说。然而，他的话一直萦绕在我的脑际，离家后我一路上都在想他说过的话，每一次都能悟出一些不同的东西。他说这话时，不是我离开他或他离开我的那一天。可我悟出一些道理却是在离开绿洲、进入广袤的大漠和这个地区的时候。

需要举例吗?

我母亲常常手托着腮颊或额头，长时间坐在那儿一声不吭。我在她身边玩耍，缠着她不放，她平静而温柔地把我推开。我不懂她为什么要呆坐不动。她上了岁数，我也长大离开了家乡，再回想她昔日的情景便怎么也想不起她当时的模样。直到我第一次独自面对大洋而坐，虚无中显现出她先前的面容，我突然明白了母亲的悲哀有多么深切苦涩，她心里多么沉重。长久的沉默减轻了她不愿打扰我的负担。我为什么就没注意?我怎么就不明白，没意识到?为什么我会在饱经沧桑，走过所有路程，到达了大地的另一端的时候才明白?那一刻我心底会响起呼唤声，她命令我继续朝向西方，直到太阳落山的地方，我只能顺应呼唤，听从它，进行最后的拼搏。

现在，我多少能理解大长老在清真寺听我叙述后所给予的指示了。

他说，人的存在呈圆形曲线。人的一生从一点开始沿着曲线移动，直到圆形轨迹清晰显露出来。轨迹中的枝杈接近起点，重合相交于人生的结束之处。

难道古人没在谚语中说，驼峰长成，骆驼便该离去?当我们开始意识到并了解了过去的或内心的东西时便会突然离世。但愿再来一次能带着过去的认识。

# 窥 望



我，书记官说，城里人已习惯艾哈迈德出现在大洋岸边。清晨，他到紧挨城墙的水手咖啡馆，坐在一只皮椅子上，从那里观望大洋，看着天边的蓝色和汹涌的波涛。在浓雾弥漫的日子里，大海为看不透的屏障阻隔。艾哈迈德眯缝着双眼，仍旧久久地凝视着它，不说也不道。咖啡馆的老板对此习以为常。那些水手、逃避忧烦的人、想独处的城里人或等待向日落方向做最后旅行的人，谁也不去打扰他。

一位工人告诉我，他曾在太阳升起时在此等候艾哈迈德的到来，大家都喜欢看他那张带着永恒微笑的脸，它让人开心，感到喜气洋洋。所以，众人都希望他早一点儿到来，有些渔民出海前一定要见见他。他在咖啡馆门口见到艾哈迈德，递给他刚刚采摘的新鲜无花果。无花果带着成熟期的茸毛，通体碧绿，掰开后有一颗红彤彤的核。然后他们一起喝一杯散发着薄荷清香的酽茶。艾哈迈德说过多少次，他最喜欢薄荷绿茶，每到一处就寻找它。

当然，艾哈迈德没有告诉他们薄荷伴随着他一生的各个时期，尤其在他处于统治者的那段时间里与他结下了不解之缘。也许渔民无论如何也猜不出他在低头沉思或放眼远望或长久保持沉默时脑子里在转什么。问题的关键是他在思念一个地方。

我和艾哈迈德见面很有规律。他和认识的水手攀谈时告诉他们，他是个做窗户和渔具的工匠，来自弄船出海的渔家。他长时间倾听水手间的闲谈，很少问及水手的下一个目的地、出发时间、标志、大海的咆哮、来自大海深处的浓雾、能到达的最远处和应该返回的方位，以及那座举手警告“前进危险”的塑像和能看到水鸟的最远地点。他甚至也不问他们是否与那位曾在天边见到向西飞向大洋的一群鸟或一只鸟的人交谈过；在什么方位或什么时辰出海或停泊最为相宜；在远洋观看的星辰排列与陆地上观看是否一样；他们见过多少种鱼，它们的名称以及百姓最熟悉哪些。艾哈迈德很少提问，只是偶尔为之。他凝神倾听时身体前倾，脸上现出微笑。

艾哈迈德经常面对大海，从椰枣树叶搭起的围墙上观看波涛，活像一座石雕。他眼前用毛织物覆盖的石台常常用作午休的床榻。他用缠头巾垂下的部分遮住双眼，谁见了都会以为他睡着了，其实他一丝困意也没有。

我和艾哈迈德·本·阿卜杜拉混熟了，渐渐投缘，相互了解。之后他才对我说，咖啡馆是他进入这座城市的真正门户。谁要不知道咖啡馆，没和老板聊过天，就无法接近这座城市，并了解它的隐蔽通道。他不在太阳落山的时候在城里转悠，而是时常在日落前的很长时间，或到清真寺或直接到露台。坐在角落里，望着一无所在的前方。这里的人已经习惯他的怪僻，从不靠近他。若有孩子捣乱，便会有人出来制止，规劝孩子，让他独处。

这儿就是外来人独处的地方，他独自观看太阳落山，忐忑不安地跟随落日的运动，永恒的微笑也无法掩饰专注落日瞬间出现的悲哀和惋惜的神情。

这个城市有个古老的习俗。落日时分，居民倾城而出，家家空门，孩子先于老人奔向城墙西头。大家站在城头，或来往于与之平行的大道上，或下面的低地。大洋的波涛日日夜夜向这块地方发泄着它的愤怒，冲刷着它的肌肤。在太阳红色的光环拥抱海水前几秒钟，全体居民鸦雀无声，全城一片寂静，鸟儿也停止飞翔，听不见它们扇动翅膀的声音。

这习俗从古代延续至他们的祖辈，至今已发生不少变化。大家已不再遵守日落前的静默，只有站在城墙上的人和观望塔上的士兵遵守。

艾哈迈德·本·阿卜杜拉，安拉对他宽厚仁慈，活着时安慰他，平息他心中的忧烦，离去时让他安息于墓地。安拉宽恕他，也宽恕我们。他对我说，他一直想念爱鸟人的儿子和领驼人的亲兄弟所建造的埃及式的城市。现在，他已来到这座城市，亲眼见到了它。日落前又与居民闲坐观海，深入到城市的血脉之中。他一再重申自己的感受，我将其所见记录下来。然而，我简要记下的只是他所经历的奇异境界。他呆坐在城边西头或漫步于城中时的所思所想，则由他自己在我留给他的纸上记录下来。

# 新的规矩



艾哈迈德谈起他写下的内容：

我的目力所及都是大大小小的标语牌，上面写着我的语录，并突出我的大名。大的牌子占据高大建筑物的一面墙。

我奇怪埃及的一国之君怎么没采用他们的办法。埃及使节返回国内必定向国王介绍了此地的情况、所受到的欢迎、与我握手的微妙感情。此情是血缘的亲情，还是禀性的相互吸引？我盼望着与他单独会见，然而此地的礼仪不允许我这样做。我刚刚开始执政，还不敢打破常规，超越雷池。隔了一阵子，我准备请埃及使节共进晚餐，监理人告诉我说，使节已经离去。我大失所望，心中不由得升起怒火。监理人低声告诉我，现有的法规规定每位外国使节只能停留一段时间，不得超过二十一个日落。他已按我的命令对他特别关照，为他准备了充足的给养，配备了陪同。我心中不悦，示意他住口。他悄不作声地站在一旁。我回想起这位来自祖国的使节，他在某种程度上代表着我的家乡，不过他更是埃及派到我这儿的使节。因此，我既是一个听命者，又是一个发令者。以后，我没少回想这件事。我询问使节下次到来的时间。监理人说，使节的到来比较罕见，埃及远在天边，与这里相隔万里，来一趟不容易。此地与周边的民族关系融洽，很少发生入侵战争，曾发生过几次外民族因逃避饥馑出现在沙漠之上，但没有留下什么痕迹。此地与外界的联系全靠鸟儿。

我克制着心中的怒火。需要在这里指出，我已对监理人反感了，尤其在我对自己的画像十分欣赏、欲将其悬挂在室内乃至于卧室时，这一感觉越发明朗。事实上，我的卧室是我的目的地和归宿。其中隐含的特殊原因，在我消灭了个体的存在、抹去了国王之尊后，说出来并不感到害羞！

因为我不停地渴望了解每一户是如何生活的，渴望了解一个人独处或与家人在一起时，尤其是在卧室里的活动。我常常望着对面的房子，想着关闭的窗户里面正发生着什么。我知道，我们人类总是穿上一层看不见的衣服面对其他人，不论那是孩子、朋友还是与之共同工作、有共同信仰和目标的人。什么时候人才是真我呢？

这个问题令我困惑。我以为真我出现于个人独处之时。然而，许多次我专心思考时真我并未出现，只有躯体，甚至在做爱时也难以实现，很多男人在做爱时脑子里也是满满的。据我所知，有的男人与女人做爱，他的性冲动常常呼唤另一个遥远的女人来到他的想象之中。我自己也有这样的体验。当我尽情享受那些外省送来的少女的柔情后，我得到了满足，没有什么能再引起我的欲望，只有在我回忆起那个白嫩的姑娘时才会出现，她是我刚到此地时向我躬身致意的七位女子之一。

每个男人和女人都有个人的独特存在，彼此各不相同。统治这个地区以来，我越发地证实每个女人的独特之处，从与男人呼应，到达高潮，超越顶点直到疲软，每个女人都有她满足的方式。

在黑洞洞的家里发生了什么？

我认识的人中，有一位主管邮政信鸽的宫廷官员。那是个显赫的职位，地位不低于品尝御膳饮食的一等秘书。他每周都到宫外的一间小房子里去。那房子坐落在花园之中，房里喂养着寒带国家稀有的鸟种。他一周去一次，进去后就关闭门窗，脱去所有的衣服，像刚出娘胎一样，在那里待上两天。他走来走去，注视着覆盖整面墙的大镜子，做出令人吃惊的动作。

我期望能像他那样自由。但是，我清楚自己的一切活动和状态都在监视之中。从何处监视，我不知道。至今，我还没有读到宫中其他规定，如跟踪我的照明系统。只要我一睁开眼，光源便打开照亮四周，闭上眼睛房间就暗下来，特别是睡觉的时候。有时，我必须尽力睁大眼睛，接见来访者和外国使节，或审视、处理棘手的问题。

我表示要广泛张贴我的画像后，画像的数目猛增。品种大小不一，样式繁多。有些人故弄玄虚，标新立异，把画像悬挂在寝室里。于是，我召见了其中两位。他们是主管驯养珍稀大象的官员，我表扬了他们，并赠给他们用伊拉克夜莺羽毛制作的衣袍。这种鸟儿喜好栖息在这个阿拉伯地区。让我感兴趣的是这种夜莺的交配方式，雌鸟、雄鸟在同一时间从不同方向飞起，奋力飞至一个最高点时闪电般会合，双翼紧贴。在最高处开始天作之美是何等伟大壮观！

我要监理人安排，见识见识这壮观的场面。他表示难以从命，因为那一刻来得太突然，也许在森林或溪流或大河的上空。如果有一群鸟或鸽子或苍鹭接近它们，夜莺便会降到花园中。据说是一种咒语控制着一切。

款待了两位官员的消息传了开来，民众争先恐后地效仿，把我的画像到处摆放悬挂，尤其是进入卧室。如此，我便如期望的那样无时不在，无须用眼用耳，我很看中我的无处不在。南方省区的画师能把我的画像熟练地画在金手镯、银项链和祖母绿、红宝石、珊瑚坠儿上。画像系于女人的颈项之间，别在男人的缠头巾上，直至民众的心坎儿里。

为此，我心满意足。

我痴迷于此，以为这是我接近民众的证明，也是民众在短期内接受我的表现。在历代国王的史传中，我都没读过类似的事迹。

画师的职业变得格外吃香，十分走红。他们感谢由于我的出现给他们带来的黄金时代。

然而……监理人对此并不放心。他越发沉默，坐在我面前一言不发。毋庸置疑，此时，我已与独处四十天、只见他一个恪守传统的人时大不相同，我的地位也已改变许多。

说实话，我已开始讨厌他。我逐渐了解了周围的一切，可他仍旧在多嘴多舌。不过，我并没有表示出内心的不满，因为我在不少事情上还需要他。仍有不少现象对我还是个谜，如许多象征物、鸟儿的地位、神圣的节日、观察星象的运行、人与鸟的秘密，以及男人何以趾高气扬地走路等。过去，我感谢安拉，因为我不打人也不挨人打。面对男人，我始终保持警惕，尽量不对与之相关的事发问，不愿过多地处于询问的地位，绝不能暴露我的不快。但是，我相信监理人已意识到我们的关系今非昔比。从我这方面说，我试图探寻我出现的原因，他所引发的和安排的各种事情；从他那方面看，他劝告我时，声调在提高。他劝我减少公开露面的次数，劝我遵守此地的规矩，民众听国王的话应比见他的面多，想象应比会见多，等等。

我向他表示，我能做任何事情，他不习惯的正是我想要的。我不听劝阻，照样外出，并出现在民众面前。我的目的是要创造过去没有的规矩。

# 御　轿



我扩大了活动范围，不再局限于地区首府。我想去视察其他七省，到达边远的绿洲和只有小兵去过的地区，或会见税务官。那里绝大多数的居民从出生到死亡，一辈子没离开过故土，没见过世面。

我命令，一旦有各地的代表团来首都，一定得安排他们参观市容，观看我出现那天举行过的大型庆典。逗留期间，他们都是我的客人，由御膳房供餐，回乡时要准备好他们所需要的物品。

做决定时，我根本没想到他们会给我送什么礼物。他们的礼物确实出乎我的意料，令我惊愕不已。这些礼物包括绿色的金子，用祖母绿雕成的十个人才能抬起的凳子，一笼珍奇小兽，其中有人面壁虎、能奏乐的猴子、十年开不败的花儿、可容十人在上行走的乌龟，还有巴掌大小却一个武士也提不起来的黑色小塑像。至于那些美女，简直是人间貌美争奇斗艳的所在。

最最不可思议的是一对孪生连体兄弟，每人身边站着一位妻子，直率地回答有关他们的问题。此外还有许多礼物，这里不能一一赘述。

我有个想法，意在改变庆典举行的地点，每年轮流到各省举行，很遗憾这想法没能实现。我看重的是它不曾有过。对已进行的外省旅行，我不想多说。

我参观了宫中的那些稀有动物，诸如狮子、豹子、熊、各种羚羊和长颈鹿等。我的脚步停在七头大象前面。大象来自印度，来自那位使我陷入爱河中的少女的故乡，我相信尽管路途遥远，她仍在思念着我。

我命令好好照看和训练大象。他们给我挑了一头最聪明的母象，领头象。给它配备了特殊的装备，背上驮着一个四方形的小轿，小门里面铺垫着一个用巴掌大小的白头翁羽毛填充的缎子坐垫。轿上的华盖颤颤巍巍地随风飘舞，沙暴中华盖也能挺立不倒。轿子下面垫着一块结实的厚布，从左右两边垂下去。布上有八个大口袋，每只袋里有一个圆形的刺绣垫子，获得乘坐荣誉的人可以在垫上盘腿而坐。当然，第一位乘坐者应是监理人，第二位是宫廷行政主管，第三四位是我最亲近的贴身卫士，另外四个座位留给其他人。有些人为此玩弄阴谋诡计，但都没逃过我的眼睛。我认为他们的地位不适合乘坐。从中，我看到了一种令人生厌又挥之不去的傲慢和自负。

起初，监理人一反常态地向我讲明，此举不符合传统。我说，我的时代是开先例的时代。

他表示，我应该单独乘象，最好再选一头象，供他和其他人乘坐，另一头供我的卫士乘坐。我没有理会他的话，因为我正在琢磨他，他好像有些察觉，于是把话咽了下去。我早就打算好把他们塞进我下面的口袋里，自己独自高高在上。此举不是毫无用心，也非偶尔为之。

说真的，我亲爱的兄弟，安拉启示我干出没想到的事。我常常停下来回顾自己的所作所为，一切真的是我策划的吗？好像我天生聪慧，而不是突发奇想。

八个人坐在狭窄的口袋里乘象而行，迫使乘坐者不得不弯腰以防不测。于是，能否乘坐就成为接近我博得我欢心的标志。假若某位不知名的人在袋中出现，便会拼命露出头来以便民众看到，这就意味着此人将被起用，前途光明，有时则相反。我曾主动邀请一些情况已汇报上来的人与我一起乘象，一两次后他们便销声匿迹，谁也不知其去向。监理人较为赞赏的举动是我坚持邀请那些被冷落的人同行。这事须多费些口舌才能说清。我询问过一些住在这里的不同种族的生活状况。我意外地发现边境附近住着一些群体，他们被禁止接近首都、省城和宫殿。原因多种多样，从不同信仰到性格粗犷、贫困潦倒，不一而足。

在南边住着一些人，形成类似部族的群体。这个国家的居民都听说过他们的事情。他们绝对禁止靠近安全的边境，因为他们不崇拜太阳的光轮，只崇拜太阳的热力和发出的光。他们信仰太阳的表面而非其本源。我读过一些有关他们的书，以及不许他人阅读的王宫典籍。奇怪的是他们过去完全生活在地下。住房、市场和道路都有向着地面长方形的通风口，以接受太阳光。在地下深处，他们种植一种叫指甲花的植物，认为那是最上等的植物。少女外出时，肩头必须带有圆形的指甲花图徽。我仔细审视了图徽，了解其含义，还突然从中看出凸现的女性身影。

这个群体所有的交易都在附近居民点与指定的商贩间进行。他们用指甲花产品换回面粉、油和日用品，然后再分配给个人。

他们处理死人的方式也很奇特，把尸体抬到地面上，在阳光下暴晒，自然风干。

还有一个群体，人数很多，生活在北部边界。他们擅长辛辣的讽刺，不管对谁都是如此。他们对头领也敢开玩笑或说尖刻的话，连太阳也难逃他们那尖利的舌头。我提出要看看他们流传下来的言论。不料，监理人神色惊慌。在我的坚持下，他不得不照办。如此，我知道了所有关于我和其他人的难听话。

我对监理人说，从现在开始，这个地区里的任何地段都不能孤立于区域之外，那是不安定因素和危险的源头。若人体的一部分脱离本体就会死亡，尤其是四肢部分。边境应是安全的地带，只能由信得过的军队驻防。

我不满足于这些措施，还要走得更远。

我向被排斥的人们发出了邀请，以便对他们施加影响。于是，他们清秀的面孔第一次在首都亮相。他们个头高大，头发浓密，皮肤呈蓝色，眼睛清澈透明。这些伶牙俐齿的人走在大街上，首都庄严的景象令他们吃惊，于是都乖乖地闭上了嘴。

南方人的问题不大好办。住在地下的居民不能在白天活动，我便恩准他们夜晚出游。这些来访者知道乘坐御轿的事，以为不可思议，不敢相信亲耳所闻。出于恭敬和畏惧，喜好讥讽的人不敢再乱讲话了。

准许乘坐象袋的人站在固定的地方等候。侍卫在他们身上喷洒七种香水，然后竖起纯金的梯子。我缓缓登上象背，坐进轿子里。在坐进去之前，我左右观看，做出埃塞俄比亚式的举手礼。此时，站着地面的人们和动物都躬身施礼，响起欢呼声：

“国王的光辉永远照耀我们！”

四方的鸟儿也在同一时刻高声啼鸣。然后，竖起散发着清香的杉木梯子，监理人首先登梯，其他人陆续跟上。一个个低垂着头。我走下象轿时，他们也低着头离开袋子。我和颜悦色地招呼每一个乘坐者，或向他们张望或长久地握手，使他们感到自豪，神气十足，甚至对家人也是如此。这是我日后听人禀报的。

为什么？

因为伟大神圣的埃米尔与之对话或与之畅谈了，他高升的传言很快传播开来。高升与否其实并不肯定。

根据我没有向任何人（包括监理人）透露的条件，我十分谨慎地挑选四位乘象的人。在另一只大象上坐着其他贵宾，有政府官员、学者和两位我专门邀请的女士。我常常想起那些作为礼物从外地送来的少女。最值得提及的便是我终身难以忘怀的一个十三岁的女孩。我的主啊！虽然我见多识广，但一想起她就会浑身一颤。

她身体柔软，双唇突出，十分性感。我看见她就命令她登上轿子坐在我身边。我抚摩她时，她身体发光。她脱去我的内衣时，半张的小嘴淌出口水。我们改变了姿势。一想到与她在咫尺之内做爱，下面有我的亲信、官员、贵宾和卫士，我便越发情不自禁。可那姑娘就不一样了，她好像习惯于此。我亲近她时，她会出现片刻的晕眩，一动不动，然后似一团燃烧的永不熄灭的烈焰。我习惯和她相处，宠爱胜过其他侍女。但我并不专注于她，只带她去湖畔钓鱼，在柔软的坐垫和靠垫上幽会。

看来，我对处女和美女的欲望刺激了我的行政官员。他们中流传着种种有关我的故事。

这个女孩来自一个被冷落的地区。她的亲人被禁止靠近城市，那个地区也麻烦不断。不过，这情况并不是我亲近她的唯一原因。现在，那里平静了，很少出现讨伐之事。一些过去的反叛者也在我做出姿态后接近了我，坐进头象的口袋是他们盼望已久的事了。稍后，我知道有些民众害怕被邀请进入口袋，其中两人赋诗攻击它，并避到远远的荒郊处，那地方连猎鹰也难以接近。我不掩饰内心的不安，嘲笑他们庸人自扰，并命令施以惩罚，以示小事不管会酿成大祸。

这件事与以后触怒我的事简直不能相比，算不了什么。自从我频繁地去各地访问，烦恼便接踵而来。

多次的视察巡访终于使我发现了一件我万万也想不到的事。它令人毛骨悚然，扼杀了我的一切欲望和行动。

# 隐秘的暴露



事情是从一个姑娘开始的。我喜欢上一个女孩，想单独与之交往。她的嗓音奇特，平稳而圆润，且具穿透力，能呵痒，令你感到它似小虫从背部钻入欲望的隐秘处。她人懒懒的，却能制造奇迹。那是什么样的诱惑！我总是用薄纱盖住她，只听她的声音，长时间与之对话，直至烈火点燃不可遏制时才扑将过去，撕碎薄纱。

然后……我发现她声音有些不对头，圆润悦耳的声音变得粗糙沙哑。我亲近她时，她显得十分痛苦。侍女的女监理人在一天早晨要求见我，那时我刚喝完每天一杯的鹰阳饮料。

她说，这女孩不单单是我的一个女性臣民。大家经历的事，也要在她身上发生，绝对没有例外。

那么，情况严重了。我示意她停下来。我不喜欢解释性的语气，希望在大庭广众面前是一个学者、专家。我只向监理人提问。为此，我把他召来，要求他做出解释。他躬身致意，头触到我两足之间的地面，这是他斗胆说出重大事情的标志。

他说，他没有向我隐瞒什么。不过，有些传统可以口头讲明，有些需要写下来，再有些需经过共同的生活后方可了解。我望着监理人，被他所说的事惊得目瞪口呆。我相信他已从我的微笑背后，猜出我心中的想法。我的确焦灼不安，热切希望监理人不要耍滑头，把事情的原委统统讲出来。我又问他这地区何以成为世上所有鸟儿的目的地和归宿，而居民却用鸟的羽毛和薄薄的皮制成衣服和用品?

监理人亲吻土地三次。他表示愿意讲出一切，在他说出之前唯一的希望是我不要因他的回答而不快，也不因此采取突然行动，或做出始料不及的过激反应。

我点头表示同意。

他希望我把这请求视为古老地区的庄严要求，为的是保护所有的鸟类。

我没有任何反应，继续面对着他。他认为这意味着同意，再三鞠躬表示感谢，然后站直身体，回答我的询问。

他说，这个地区没有宰杀过一只鸟儿，也没有用石子投掷麻雀和鹰的习俗，大人孩子都不会，连精神病人也不会。这里过去没发生过，将来也不会发生这种事情。每个地方都考察确定鸟儿的进食时间。修筑建筑物，须察看是否有孵卵的鸟巢，留够孵化、喂养幼雏的时间，并考虑到是否适合鸟儿的栖息，然后动工。在山区、乡村、绿洲或沙漠上，居民都注意到鸟类的生活状态，哪个地方适合哪类鸟的习性，如同考虑自己的生活一样。若开垦土地种粮食，一定要在周围种上鸟儿喜欢栖息的树木。

有一次，中国皇帝赠送了一批果树，种植在主要的村落。其中一些果树长得不像原来的样子，另一些有点儿类似当地的果树，只是果实大小不同。飞来的各种鸟儿，不是就近随便栖息，而是飞过那些树木，落到它们已经习惯了的树种上。由此可知，这批鸟并非来自海滨，鸟儿也有一定之规，保留着过去的记忆。

居民从哪儿取得鸟羽的?

本地区有七十个地方是各类鸟儿寿限临近时的栖息地。在那儿，鸟儿度过最后的或长或短的时光，直至闭上眼睛，不再扇动翅膀。具有专门技术的工人拔下死鸟的羽毛，用祖传的特殊方法剥下鸟皮，将其送进作坊，所以，那些地方到处散发着一股鸟腥味。

在有人烟的世界里，仅有一处与此地类似，戴胜鸟和苍鹭能够到达。那里，人类远离鸟王国居住的荒野。

在哪儿？

泰尼斯。

监理人低下头站着不动，意味他的话已讲完。可是，我还不想放过他。我脑子一刻不停，不是思考鸟的坟墓，而是那些我还没有听说过的类似的事情。

但是，他不肯再解释下去。

他说，知识无止境。各种知识都需要时间去了解，早晨了解的与中午知道的不一样，与傍晚发现的恐怕会完全不一样。

当然，我并不满足于他的托辞，只是渴望知道令我不安的东西。不过，事后再想想又感到失落和后悔。我渴望将谈话或调查继续下去，后悔没能制止他藏一半说一半的谈话方式。监理人满足于点到为止，从不深入解释我所希望彻底了解的事。我没有表示出心中的急切或渴望，把自己的心情隐藏起来。无论面对多么奇怪的题目，我都摆出一副漠不关心的架势。我命令他离开。

我独自思索，这已形成我旅行后遇到突发事件或难以理解的事情时的习惯，我全神贯注地思索。也许……我在整理纷乱的思绪，想出该如何询问监理人。不过……监理人只是讲过一位女统治者的故事，她在位后背叛了臣民。过了几天，我从监理人那里得知这位女性的确来自阿拉伯世界的东方，那是不可抗拒的意志。以后的事，人难以预料。居民不停地祈祷、恳求，终于又来了一位男人。

假若又来了一位女人怎么办？

监理人用平淡的口气说：

“顺其自然。”

我从他的神色中看到了一种令人不安的东西。他明白我询问的动机，不再作声。我若继续问下去，他会三言两语地搪塞我。一个暗示，一带而过。他低眉顺眼，掩盖的比表达出来的多。他应该告诉我，给我解释清楚，这规矩对我是否适用。

我的日子变得很不好过。我不知自己会发生什么变化？我的命运会与其他人两样吗？大家会如何评说，谁又在我之后掌握权力？我和当地人有天壤之别，他们隐蔽的信仰包含什么意思？

我疑神疑鬼，坐卧不宁。我又思念起我的妻子，我在绿洲度过的日子。若能到达处女泉，痛饮清凉的泉水有多开心。我再次回忆独处的那些时日的每一个细节，不待在有七面镜子的房间里，便在波斯花园或使我平静的东屋。在东屋，天一破晓，阳光便可照射进来，直至落山。

我睡眠减少。早晨很早醒来，立即到东边面对花园的露台迎接初升的太阳。我一动不动地站着，直至太阳完全升起。民众以为我又对太阳的光轮举行新的仪式，于是从者甚多，变为习惯。我相信这一仪式会保留到我不在任之后，他们视其为对太阳的又一崇拜方式。

事实上，那是我放眼远方，试图用目力追寻所失去的东西，寻觅随着我背井离乡、不停地旅行而离开我并渐渐消失的东西。我不再像以前那样坚韧果敢，变得优柔寡断，困顿不安。寻求内心的答案时，我常常回顾久远的某个时刻，怀念在埃及时的生活令我憔悴。我越发思念故去的父亲。儿时，他陪我走过开罗的大街，让我熟悉城市的街道。所到之处都有朋友，每到一处都去拜访他们，其中有裁缝、石匠、屠夫、丝毡织工、邮递员。父亲见多识广，从市中心到边远郊区乃至墓地，他都了如指掌。我曾陪他去过一个院落，前边有一座高大的坟墓，院子里栽种的花草散发着芳香，至今余香不散。

和父亲在一起，我才感到安全。我追随他的脚步，那是他奋斗的回声。我们聚在一起时，我才觉得心满意足。每当天空乌云密布行路艰难的时刻，我便回忆过去，把一腔牢骚付诸回忆，心情渐渐平静。只要想到过去，心儿便得到抚慰，人便增强了承受力，仿佛是向虚无求援。

一路上我就是这个样子，现在上了年纪，饱经风霜，仍然如此。若心急如焚，我便闭上眼睛。侍从见我闭上眼睛，都不敢靠近。这样，我又得了一个别号：沉思者。因为我是被迫朝向西方的，所以常常思念过去的东西。我望着初升的太阳，复习起哈达拉毛人教我的计时法。从背井离乡起，有多少次我专注于空间和时间。

过去的时间总是与空间相联系，想象中的空间又与现在的时间相连接。对此，我已思索许多了，找不到答案我绝不罢手。

因为是被迫旅行的，如果不出现呼唤声，我随时都可能反悔，不再朝着那不能更改的落日方向。我常常回顾已经发生过的事情，望着东方计算时间。然而，我不能精确地算出这个地区的奇怪位置，离埃及有多远。这里天空中星星的排列十分怪异。我从未见过这么多星星分布在天空之上，想找到我熟悉的星座也成为不可能。我见到清晨的星象也非同过去。该出现于子午线附近的星座却仍旧挂在黎明时分的天空，离我很近。我反复回忆哈达拉毛人教给我的星象知识，仍找不到答案。一切努力全是枉然。

我知道太阳在开罗乃至全埃及境内升起的时间早于这里。我越朝西方走，太阳初升的时间越迟。若我穿过大洋，只有安拉才知道我会到达什么地方。

在这儿，我能识别出些许差异。太阳从地平线升起的时间，这里比埃及早两个时辰，冬天早三个时辰。这里是黑夜，那里已是早晨；这里是下午，那里已完全进入黄昏，想把两地的时间集合起来是不可能的，两地相距有多远，时间相差也就有多大。可见，一个瞬间包容着可感知的世界。这里的一切并非发生在此刻。相似并不存在，差异是明摆着的，我很难确信无疑。随着时光的流逝，我积累的知识已经消耗殆尽，很难迈步向前。

# 诱导揭秘



摩洛哥王国的书记官杰马勒·本·阿卜杜拉笔录道：

我看出艾哈迈德有些疲惫吃力，尤其是见他长时间地沉默，坐着一动不动，很为他担心。他双唇紧闭，好似永远不会张开来。每当他停下来久久一言不发时，两眼便茫然地遥望着远方。

我和他谈起自己在城里居住的情况。我几乎很少离开城市，最多骑马外出两个时辰。我能摸到城市的脉搏，知道显露和隐蔽的事情。国王陛下把我当作城市通，常向我咨询。甚至从建筑物上掉下一块石头，想知道是谁放上的，也来找我。有些事情纠缠不清，谁来谁去、谁住下谁离去，我都能够为他们在国王面前解释清楚。

我不仅了解城里的房子，而且知道谁住在里面，谁生谁死。我还是个坟墓专家，了解墓地里埋着的死人。我写过一本很特殊的书，题目是《探访指南》。我在书中提到每个墓穴中的死人，他们进入墓地的先后顺序，谁留有后人，是否居住在原地，并且指出了城中迁移走了的人和像他一样远行的人。只有离开了故地的人，才能看清空间的含义。

那……我又怎样在不离开空间的情况下，了解到细节的呢？我对艾哈迈德说，众所周知，久久望着一件东西并不意味着知道它。然而，在一个地方住久了，能从运动中，从你走过的路程中逐渐掌握它。我经过一段时期后才分辨区别出差异。这事儿说来话长。

我的朋友，你知道吗？我觉得你是我早就认识的人，尽管我们见面不久，交往不多。我从童年、少年时代就对过去久远的隐蔽的事务发生兴趣，常常琢磨昨天到哪里去了，以前的事流向何方，比如说我们一直朝着空间的某一点走去，能否到达空间里过去的时刻？

我的朋友，你对我说，太阳从你的家乡升起早于我们这个地方，若你或我任何一个人，放眼远望目力所及的无边无际的地方，我们站在这里，现在是中午，能否看到开罗宣礼塔上宣礼员召唤大家做礼拜？

若能看到，是否意味着你能见到我们未来的时刻？

反之，你从爱资哈尔清真寺屋顶遥望我们，我也望着你们的方向，你会发现我们的地平线正等待着太阳的出山吗？

难道这意味着能够看到过去？假如我们远离空间的某个最终点，在大洋的后面或在天上某个星座，难道那意味着能看到以前的以前或以后的以后？

我见他惊异地瞪着我，明白自己心里想到的正是他脑子里思考的问题。我不让他提问，也不要求他回答，只请他和我一同去探索，一起找到治病的药方。遥远的阿拉伯世界东方之子啊，你来到摩洛哥，阿拉伯世界西方的尽头，再没有比这更远的陆地了，只有太阳落山的地方。也许，你过分渲染了你的目的地。

我尊贵的朋友，你知道虽然我从小就对这感兴趣，但对过去的起码认识在二十岁左右才形成，童年和少年时还不具备认识过去和未来的能力，只有少数人能行。随着年龄的增长，人认识事物的能力在逐渐完善，你有你的等级，我有我的等级，一般来说差别微小。人过去的时光超过现存的时间，过去经历的超过现在的，于是人倾向于怀旧，感叹已逝去的一切。然而，懊悔于事无补。我尊贵的兄弟，有时我会欣赏自己，嘲笑自己，尤其在怀念失去的东西、思念习以为常又没有意识到它的价值的时候。在人生最后的阶段，我发现了以前没有注意的东西。青春即将逝去的时候，我意识到了一些新的东西……我出生成长的家，它就是家的本身吗?

我问他。

他说,他很少考虑与家有关的问题。每当他开始习惯一个地方,冥冥中的呼唤便出现。就这样，他离开了习惯了的或者就要习惯的地方。他无法判断自己与家、家与国家的关系!

他晃着手指，一板一眼地说起来。他说：

我相信那让我坐立不安的考验来临之前，我住的房子不宽敞，庭院不大，出生的屋子也极为普通，没什么了不起。我进进出出，屋子没给我留下什么印象。我想到屋子，就如同想起另一个人的事，好像我在阅读古代某个人的历史。随着亲人的故去，原有的习惯丢掉了，墙皮变了颜色，幸好房子还未坍塌，门板虽倾斜还未卸下，但也变了模样。总有一些不易察觉的变化发生，我不能用言语表述的东西肯定了空间在变化中的稳定性。你想抓住它，它却离你而去。你住上一辈子，到头来还是得离它而去。我指的那些街道、广场、郊区、房门口，对你这样的陌生人来说它没有什么稀奇的，可对我来说情况便不一样了。瞧，我把话匣子打开，信口开河说上没完，令人生厌了吧。我觉得最奇怪的是，我早来晚走，想了解你的欲望十分强烈。我愿对你敞开胸怀，谈一件怪事。我问你，你真的和印度姑娘单独在一起过，真的和她在花园里做爱了?

我曾经命令侍卫带我到花园里寻觅踪迹，在脑子里不知回忆多少次，甚至在想象中与之做爱了无数次，想象着我从她和其他姑娘那儿得到的一切，并生活于其中。不过，在现实中，我的确和她发生过关系吗?

我的兄弟啊，听了你的话，我明白了自己很难消化的事情，我也变得心怀疑虑了。我确实和印度姑娘滚在草地上，她身上的幽香和大地的泥土香混合在一起了吗?

我尊贵的兄弟，继续讲吧！我已准备好，笔录你在这个国家里的经历……

# 潜在欲望的炽烈



艾哈迈德·本·阿卜杜拉继续说：

稍稍平静后，我重又审视自己的处境。我默默地寻觅，没有找到答案，监理人也没去除我的心病，放宽我的心。

我不断求新的主动性日渐衰竭。起初，我抗拒欲望，之后又拒绝那些难得的处女。此地居民并不禁止少男少女的偷情。为此，一些部落竭力保护女儿不被男孩染指，将其献给上层或最高统治者——太阳之子！

我不想留她在身边时，她可以返回故里。她额头上的番红花的黄圈证明她与太阳之子结合后的新地位，为此男孩须征得她的同意方可与之成婚。有的女孩从此不近男人，专注于观望太阳，每天等候其升起落下，大家都为她祝福。病人从很远的地方抬到她那里，让她摸一下或在耳边说句悄悄话，便可消灾祛病。哪怕只有一次与太阳之子结合，她就获得了神力。

根据我的计算，我已一个月没有接近女人，我不知道这是出于害怕还是恶心。一个人寻找异性是为了实现自我的完整。当性在过去或现在令人生疑了，该怎么办？我担心这是一种规避或放弃。幸亏事情并未继续恶化，反而走向反面。怎么会呢？

总有点儿原因，我并不知究竟。骑马巡视各地的旅行中，我想起了刚来时七位欢迎我的少女中的一个。已有一段时间我不去想她。

我极力掩饰心中升起的要补偿失去一切的欲念。眼前发生的事完全出乎我的意料。不知从什么时候开始，彩旗伴着音乐升起，一群群的鸟儿相继在我头顶上盘旋。监理人走上前来，抓住马的缰绳，后面跟着贤人和驭手、侍从。

发生了什么事？

我以永恒的微笑掩饰心中的惊愕。他们怎么看出我的事，用什么妙法窥探出我的心思？是不是察觉到我在马上改换姿势，手伸向两腿之间？

监理人说，他们为我平静后情欲的勃发而欢欣鼓舞。

我注视他良久。他又勾起我胆战心惊、烦躁不安的心绪。他不肯说出料事的方法和细节。此后几天，我都思量着这件事。

消息不胫而走。民众于次日清晨举行活动，庆祝这最伟大辉煌的时刻。我能与他们相适应的时刻自然成为他们的节日。我不知这么一个节日能否持续下去，或者被废止，也许会变成一个根源不清的节日，与我参加的一些节日一样，不知其底细。事情如此怪诞，让我忍俊不禁，努力克制才把笑意压下去。

重要的是，经过不短的平静之后我又恢复了原先的样子。可以说送来的女人我一个不落，似乎在尽力积攒一个个女人的形象、动作和反应，待日后凭着想象去回味。在炽烈的欲望支配下，我沉溺于女色，与此同时又在满足后迅速离开。我的自我保护意识得到加强。

由于我接触各式各样的女人，与她们度过不算短的时间，民众更加崇敬我，我说的每一句话都被记录下来进行解释，并向孩子普及。不论我有意说的或无意说的，都成了至理名言。我发现自己已受到全体人民的欢迎，吸引他们靠近我，使之顺从我发布的一切命令。他们献出保护好的少女以取悦我，使我得到精神和感官的满足。

我的话能决定命运和改变局势。一天，有个人来见我，我当时正心烦意乱，心情抑郁。我一转身，无意识地做了个动作。他被冷落，默默回家。从此一病不起，最后被抬出家门，永远离开人世。由此，我越发谨慎，手指不敢随便动作，只在一定目的的驱使下才挥起手来。我讨厌他们不说明原因就突然走开。至此，我对自己的境况更加清楚，明白东方和西方的天空中隐蔽的一切都与我有密切的关系。我是根源又是识别的标准。未来与我有关，一切从我开始，到我结束。这已再清楚不过。接近我的人,能博得我欢心的人就变得高贵。我的喜怒成了衡量的尺度。我独处时，常不明白自己何以能表达出令智者折服的意见，想出补救的措施，干出自认为干不了或根本不敢干的事。这么说，时候已到，该对闷在心里令我不快的人采取行动了。总之，我下定决心摆脱阻止我的监理人。

# 动作的迟缓

艾哈迈德·本·阿卜杜拉说：

我仔细观察监理人的举止，发现他不时地窥探我。他的话越来越少，说话速度越来越慢，经常心不在焉。这越发让我反感。我要了个花招，以便及时观察到他的反应。虽然我已无所不能，但我绝没有忘记我是个陌生人，他在一头，我在另一头。居民视我为太阳之子，来自太阳的方向，掌管他们的事务。我和臣民中的任何人都不及与监理人那样亲密，我做出的重大决定并不偏袒任何一方。我不过是暂时行使职权，但我从未忘记巩固自己的地位，好似我要长久待下去。有时，我真希望在长久颠簸之后能稳定下来，呼唤声不要再出现。自从接受了旅行的命令离开埃及，至今还没有停下来。我老了，深感孤独寂寞。我在这个地区待得够长久的了，还会待多久呢？

我不再等待。我关心起草药的调配，为此视察了草药库，了解贮存的药膏、片剂、糖果型药剂、眼药、纱布以及毒药等。

我询问了毒药的种类、作用和副作用。管库的官员说，多种毒药都用作调配品，同时也用来对付那些来此危害国家的外国人。

一种装在瓶子里的红色液体。它只需放入食物中一两滴，毒性就会缓缓发挥，六个月才见效应。还有一种近似手掌颜色的膏体，女人涂在阴道里，本人不会受到伤害。男人眼看自己中毒而无力自救。另一种可涂在叶子上的药膏，接触叶子一段时间后毒性慢慢渗入体内发挥作用。

我向管理员要了五样东西：一瓶可将水染色的液体；一瓶香水，一滴可使整个大厅弥漫着香味的薄荷香；一种春药；一种速效毒药；一种缓效毒药。当然，我的目的是后两种，其余几种不过是掩人耳目。

一夜，我召开邮政会议，商讨如何改进鸽塔，缩短传送边远地区信件的时间，以赶上其他国家的速度。邮政是国家的神经和基石，我对此表示了特殊的关心。散会后，监理人走过来，我表示次日想与他共进早餐的愿望，早餐摆在俯瞰金孔雀花园的红色露台上。

他欣然同意，眸子里露出顺从的神情。之后，我多少次回忆起他的神态。和其他许多事情一样，只有当事情过后才有所发现，只有当一切逝去，事情才变得清晰。

我一夜未眠，不断回忆遥远的景象，想象着监理人死后可能发生的事情。对我的老师、秘密的传授者，我表现出刻意夸张的悲痛，举行隆重的葬礼，我亲自送往墓地，以及发布记录其生平及言论的命令等。

不知何时入睡的。我忘不掉那令人憔悴的失眠。记不得在绿洲听谁说过，睡不着就去找女人，精疲力竭后便可睡个安稳觉。可是，这一夜我对女人毫无兴致，独自品味孤独和寂寞。我躺在百合花木的床上，墙壁衬着薄薄的绸子，光线柔和不刺眼，睁开眼时周围的灯光亮起来，闭上时灯光便熄灭了。

我亲自过问早餐的品种，还到花园里瞧了瞧生活在荒野的珍稀孔雀，并一反常态地命令卫士继续留在岗位上。我一向喜欢独处，他们不是送给我一个“沉思者”的美称吗？！

我拿出藏在宽大腰带里的小瓶子，在豪华的玻璃盆盛的酸奶上滴了一滴，然后把盆子放回原处，并故意摆放了一个木勺，高高兴兴退了回去。

一位侍者曾经说过一句话，让我听到。他说，他宁愿自己主厨并亲自侍奉。意思是说，出了问题容易说清楚。

我签署了两个命令：一、明日去渔猎，准备大象；二、准备每周一次在大厅的晚宴，招待各部门的官员。

我的目光注视着摆好的餐桌和那只盛着山里人爱吃的蜂蜜的盘子。监理人迟迟未到。我瞟了一眼带有致命毒药的酸奶。

他肯定不来了!

我开始慢慢独自品尝早餐，然后命令侍从撤走。我站起身来，双手交叉在胸，命令下午准备好音乐浴室。那里有一只深绿色的浴池，身子躺进去，水流喷洒在身上发出悦耳的旋律，沁人心脾，身心完全得到放松。尔后倒入浴液，满池飘香。

次日，我询问监理人的去向。一边听总管禀报，一边观察他的语调神情有无变化。我命令卫士四处寻找。

总管说，监理人永远地消失了。

死了?

他默不作声，垂下头一言不发。我命他滚开，独自思忖：为什么众人好似已经预知此事的发生，对监理人的消失并不感到意外，还有意掩盖他的一切踪迹? 文武官员都不提他，也不做出任何暗示，就让他的位置空着。

事情的确有点儿离奇。邀请监理人共进早餐之前，我对他很反感，想象过他的死亡、葬礼以及我表示的悲伤和遗憾。不过，一旦真的失去他，心里有一种空落落的感觉，十分孤单。过去，他为我指点迷津，解释我所不懂的事情，没有那四十天的传授帮助，我不可能执掌国事并持续至今。

我绝对没有忘记自己是异乡人。我不停地旅行，即便过上相对稳定的生活，也不敢欺骗自己。甚至在心情开朗、专事国家大事时，也不忘自己暂时存身的境况，相信这一切绝不会长久。的确，我总是处于变动更新和经常的偶然之中。永久的旅行将我引导到此地，也会在某个时候带我离去。怎么会呢？

我不知道。我已多少次寻找向西方的目的地了。

我出席了各种仪式，但不知其目的和实质。过去监理人站在一旁指点，我则按他说的去做，并不提问。我可以随时看见他，碰到突发事件，他是唯一可以走进我卧室的人。他为我活得舒适做了大量工作，满足我所有的要求，包括吃喝玩乐，甚至了解我对女人的嗜好，派出眼线寻找，带来符合我胃口的女人—— 二十岁以内身材修长或玲珑娇小的女孩，以及臀部丰满、乳房高耸的女人。一次当我目光朝向大将军的妻子、一个妩媚柔情的美人时，第二天他便带来一个女孩，笑起来露出醉人的酒窝。现在，我亲自动手摆脱了他，却又为他的消失而暗自神伤。我反复劝说自己，造成如此不幸是因为他干预我大大小小的事务，凌驾于我之上让我反感，以此自慰。是的……摆脱他是必要的。难道他的手没有伸向我所有的事儿？我怎么能接受一个摄政者或同伙人？

但是，我是否真的摆脱了他？

没有。

他在适当的时候失踪了。我为自己的安排痛心疾首。他的隐遁就让人心焦，而不是心安。他存在于某个地方，近也好，远也好，发现了我的祸心。怎么会呢？

我不知道。

我打算发布寻找监理人的命令。不过，我没有做。我不愿给人留下我已察觉到他失踪秘密的印象，决定把主动权牢牢掌握在自己手里。难道我没有按自己的意思办？在心情平静的时候询问自己，我获得的一切在哪里？好像我杜撰了国王和王国的秘密。假若我确实已非故我的话，我无须费力表白自己和自己的差异。我迈着方步是自然的，我的回答是暗示的，命令也是如此。我开始做他们不习惯的事情，制定他们不熟悉的规范，其中包括我的巡访。有时我乔装打扮，用围巾遮住口鼻，有时带上他们每年只习惯看见一次的鸟面具。我渔猎的次数增加，并由我挑选的人陪伴。民众争先恐后乘坐大象口袋，让我得意得很。我也偶然挑选初次站在我面前等候乘象随行的人，并跟踪那些随行过一次的人的消息，他们的人际交往以及随行企图。

我邀请被排斥者参加饮宴，并会见那些叛教者。他们声称存在两个黎明，一个假的，一个真的。我倾听了他们的谈话，安抚他们。对此，他们中的长者颇不以为然。我得知，他们应邀进宫在叛教者中引起极大混乱，由此分裂为三派：一派支持进宫，为此祝福；一派反对进宫，视此举为犯罪；第三派不公开表态！

我增加巡视的次数，为每座新建筑奠基，为每一个作坊开业剪彩，哪怕作坊很小，我也去参观一下。我亲自批阅呈上来的文件，发表总体意见。意见很快被记录在案并按此执行。其实，我只不过说了些不痛不痒的话，但这使我很开心，也让人觉得好笑，不过我绝不表示出来。我变得事必躬亲，件件认真，显示出对大小事务的熟悉和理解。

一切按新的章程行事，史官的记录刻在大理石上，记录包括我的名字、出生年月日、着装的颜色。我不知道这些石板会不会保存下去，还是在我之后被磨掉，因为它已成为历史。

监理人若还在，准不同意这么做。他消失后我仍与之对抗，想象可能引起他的烦恼和惶恐时，我该怎么和他对峙。有的时候，我也想象面对新决定他会发表什么意见，会对我怎么说，我又如何应付。奇怪的是，他的意见都与我现在提出的建议有关联，做进一步的解释令人激动。

我终于肯定这里已经很久没发生过战争了，可是仍然养着一半骑兵一半步兵的军队。在一些场合或节日检阅骑兵和步兵，有时军队还列队去执行秘密任务。我设法去观看，尽管我手握权杖神圣无比，但也难以达到目的。

我遇见了过去出现危险时军队的总动员。其思想基础，正如我曾在开罗的汗·哈利市场听一位人士对波斯地毯商谈起的那样。他说，一个女孩儿听到一件可怕的事后神经错乱，哭笑不已。谈话者是她的一个亲戚，他用力抽了女孩儿一个嘴巴，使其清醒，停止哭闹。波斯人赞同地解释道，人的感觉对突发危险的根源十分敏感，时刻警觉着。

可以肯定，危险是存在的，即便还未窥探到真实的情况，也必须有所准备。谁知道呢……也许是因为他们本身存在着原初的软弱。软弱带来了性别的变异。

于是，叫街人穿梭于城市街道，一群群鸟盘旋在各个边远地区。我在致民众的信中指出，野心家正窥视该地区的财富。因此我宣布，必须时刻准备抵御来犯者。我频繁外出，到公众中，登上圆形的塔楼讲话或与民众交谈，发出试探和警告。我既威胁又许诺，用我特有的方式挥手致意。次日，学子就将其中的一些段落背了出来，父亲警告儿子当心伟大领袖所发现的潜在危险。尔后，军队动员起来，在勇猛的鸟群护卫下，军队向边境开拔，修筑工事碉堡。这让我记起绿洲居民的哨位和不断的警惕，持续不断地观察大帐篷的动静，以致警惕成为他们生活的一部分。我若知道究竟发生了什么该多好。

然而，这是一个让我们忘记目标的题目。我想揭示出在我不知道的某一天发生的事，绿洲现在在何地。我叫不出绿洲人的月份和星期，那名称的发音太怪了。

我来到卧室外的大厅。侍从禀告负责监视全地区的情报官员求见。若不是发生了严重事件，他不可能突然求见的。

我见情报官低垂着头站在那里，立刻明白事关重大。不过，我已习惯了从容不迫，我没有提问，而是示意他坐下，平静而信任地望着他。

然后，要他召唤居住在陆地西边的释梦者来见我。我沉默良久，然后对他说，我做了一个梦，令我不安。我好像站在一个封闭的地方，有三个和我一模一样的人陪着我，一个站着、一个坐着、一个睡着。情报官亲吻我面前的地面，肯定释梦长老来到后会立即见我，只需等候他行路的时间。

他沉默着，等着我发出谈话的指示。当然，我又谈起了梦境，没流露出急于知道的迹象。

我做出手势。

他说，两天来从边界不断传来消息，出现心怀叵测的人，集结军队，靠近边境，在几个水泉边安营扎寨。夜间，远距离可望见篝火，照亮沙漠。

确切地说来自哪个方向?

“从南部和北部。”

有过先例吗?

“自从陛下登基后没出现过。”

在以前很久的时间呢?

他闭口不言，对时间、地点一无所知。我表示，现在需要进行总动员，升起中间白色两边为红色羽翼的旗帜。我站起身来，说：

“明天我将出巡，向公众讲话。”

我命令来人退下，召来重臣，监理人的位置空缺。我不知道是真出了危险还是在执行危险临近的政策。过去，我总是召集者，主动发出警告。但是，那时我对局势并不十分了解，危险如何也不肯定。我只是装作胸有成竹、镇定自若地指挥，好像真的是那么回事。大家一齐跪在我面前这一事实让我明白，我经历了所有艰难的历程不就为了这一刻吗?！于是，我签署了向各地放飞鸽子的命令，每个部落准备百名壮士补充军队的命令，同时也发布了捐献钱款的命令。七位重臣感到吃惊，但也接受了。我明白我又开了先例。

我缠着闪闪发光的黄色头巾登上塔楼。这种装束只在特定的情况下才可穿戴。我俯视着宽阔的广场，地面上没有一个站着的人。我一级一级地往塔上攀登，突然想起了我刚刚到此地时见到的那位少女，她躬身行礼的模样和匀称的体态。她会在众人之中吗？她能看见我吗？

我准备做一次非同一般的讲话。广场上的人比以往都多。这意味着大家也认识到了危险。我要宣布圣战开始，以保卫太阳的国家——鸟类的王国，抵抗进逼的敌人，烧光他们的帐篷。

帐篷？

此刻，我脑海中浮现出兵营和各式帐篷、训练活动和每天的叫喊声。

他们来到了吗？

从哪条路来的？在边境集结了多少人，出于什么目的？我必须亲临边界视察，以便心中有数。

我依稀记得大帐篷的各色旗帜、鼓、夜间渐渐消失的喊叫声。

我正准备登上七层台阶，走到圆形露台之上。那里只有我可以停留，任何人不得靠近。不点明火，从一天路程之外，可以看见我缠头巾上无价之宝的红宝石的闪光。

在第三级到第四级台阶之间。

绝对准确。

一点儿不错。一种沉重感突然降临于我，搅扰了我的宁静，消除了我的虚幻。我大吃一惊，顿时乱了方寸。刹那间，一切命令、决定、动员、武士、珍奇鸟类、动物或美人都消失了，都不能再留住我，让我回头顾盼！

又一次，我听到了那来自四面八方的声音，源于我内心又不为我所知的声音。那命令的口吻，让我必须接受，不得三心二意地违抗。

“离开吧！”

我的脚步越是凌乱，声音离我越近。它发自各个方向，语气坚定，一字一句掷地有声。

“离开吧，现在就朝太阳落山的地方去。”

# 过路的驼队



这是艾哈迈德·阿卜杜拉亲手笔录的一部分：

我不想在咖啡馆度过大半天的时光，更愿将自己紧闭在城中。每天太阳落山后，我都再次理解到太阳隐蔽的部分绝对看不见这一道理。我懂得时光在不停地更替。白天能看到的景色，黄昏时分就显得不同，而且掠过的一片云就可以改变一切。白天黑夜，光的强弱都能引起建筑物、街道、公路、水源、树木、阴影、大陆边缘和海浪发生不同的变化。

我来到西部国家的首都，来到西部海湾。那些经常观望大海的波涛和宁静、凝神寻觅湛蓝色大海的水手们是这样称呼它的。然而，此地也并非可居住的永久歇息地。是的……我坐在咖啡馆的一角，感受到当地人的善良、慷慨。他们亲切地照顾我，耐心倾听我的谈话，任凭我不时陷于沉默或出神冥想，从不打扰我，也不干涉我喜欢涉足敏感的守卫严密的地方。这城市从外部显示其常备不懈，也从胡同和小广场显示其封闭和警觉。它是大洋岸边最前沿的城市。虽然危险离开它很久远，但是民众知道危险可能再来，所以房屋鳞次栉比、相对而立，街道和窄巷蜿蜒相通。海边有高高的城墙护卫，建筑物的正面和窗户都远离那无边无涯的大海。长久的旅行使我明白，建筑物或者道路并不像它显示出的，也不是它所包含或遮蔽的那样。它经历了世世代代，淹没了一切事情，不论大小。开罗对过路人或有心的居民显示的绝非他所经历的和所包容的。对一个人来说，住在一处也许还不完全了解它时就离开了，迁移到另一处。他只是远远地看着那个地方。为那表面上普普通通的而实质上并非普通的事而惊讶。空间越是包容我，我越会融入其中，从一地转移到另一地。我坐在咖啡馆或海边的露台上，经常想起在埃及、绿洲和鸟王国的日子。回想往事的那一刻已经逝去不再存在。我身体所在的地方或我想象中回忆着的地方归属于谁，我本人又属于两地的哪一个？真我在其中发展了吗？

多少次，我陷入思考之中，但我都找不到最终的港湾。路途中，这问题着实让我伤透脑筋，因为我不固定于一处，不论住了有多久。

我从未感觉到摩洛哥是我最后一站。我也不盼着回来或回家去，我注定要朝着日落的方向走下去。我的行装简单，随时可以开拔。大家都合上眼睛睡去，我独自醒着，绝不打瞌睡。

不过，我的头脑清醒地告诉我，这个国家是最后有人烟的地方。那么，我向何处去？

事实上，我不能放下这一切。我在等待一件事或一个解释。眼前，我只能跟着太阳走，朝着日落的方向。由此，我明白此地只是暂时存身之地，住得再长也得离开。

不，此处不是我的久居之地。那么，去哪里？

假如我不顺从，会引起麻烦。从开罗出发的那个早晨我走过那座桥，用了一天时间就与驼队相遇。若我现在开始返回，多久才能到达开罗，会遇到什么，什么将等待着我？余下的时间够用吗？

我意识到，那个在很久以前的早晨离开家乡的人已经飘然逝去，变成了另一个人。我学到了许多，也失去了许多。现在的我是变化了的我，与过去融合为一体，同时又与之分离，分得远远的，非常远。我渴望在最风光、最有权威的时刻所不曾享受过的悠闲和平静！

我根本想不到，我会与最初旅行时的熟人相遇在这块文明大陆的边缘，那是我坐在水手咖啡馆里发生的事。当时，我正背对着城市，默默地坐着，我感受到生命的搏动，但还没有分辨清楚。顾客都悄然不语，面对大海想着自己的心事。从用椰枣粗茎做的围墙空隙可以看到水天在愁苦中断然分开，海浪蒸腾起的铅灰色的乌云将天空托起。鸟类王国的北部居民抬头观望云中的闪电，知道雷电响过七十次，雨就快下下来。

出现了彼此不再交谈的短暂时刻。好像有什么事情发生，大家顿时安静下来，把头朝向大海。我曾听说，长时间坐在咖啡馆或露台上的人会精神失常。有些水手住进精神病院或疯人院。和我们阿拉伯世界东方的情况差不多，病人像个囚犯被系在墙边，若是胡闹或乱喊便会挨打。

在咖啡馆，我听说来了驼队，是从阿拉伯世界东方来的。太稀罕了。的确，间或总有些人来到，有的住下，有的继续向南或向北。至今还流传一个故事或传说，讲述一些人朝西渡海，从此音讯全无，没人返回来讲述他的所见所闻。

说不清楚出于什么原因促使我奔向市场。第一眼便发现了骆驼和骆驼背上的行李。与过去一样，没有任何变化。我离开驼队已经过了多少岁月，好像这时间根本不存在。我走过去，在驼队中转来转去，仔细打量。我记得其中一些人的面孔，虽然经过长途跋涉发生了不少改变，但过去的模样依稀可见。有些面孔不见了，永远不会再出现。我问起自己最熟悉的朋友，问到第四个人时才提起了他。

几年前他就故去，埋在哪儿已记不清，反正埋在路边，大概是一个土库曼古老村落的边缘上，居民们早已逃离。他死于最高尚的时刻，即确认了克尔白的方向后的跪拜之中，距一位有名望的长老墓地有半天的路程。传说，长老德高望重，追随者众多。他死于抗击鞑靼人的战斗之中。他身先士卒，左冲右杀，一边战斗一边歌唱。他留下一本题为《美的开端》

的书，被后人高声诵读。

我心不在焉地听着，虽然我很早就预见到这结局，很长时间反复对自己说他早已不在人间，但仍然像是受到突如其来的打击。我以为自己的泪水已干，却为他恸哭不已。我不知道泪水是为他而流，还是可怜自己。旅途中从未表现出来的一种潜在的悲伤攫获了我，我沉浸于驼队的往事之中，头脑中浮现出的音容笑貌与旧日的他差不多，但那模样已失去往日的神采，只剩下模糊的印象。

他好像在天有灵，知道自己是个古老的旅行者。在大家的头脑里和口头上，他已不复存在。他不说话，也不提问，我也没有离开过他。我们默默地交流对话，我盼望把这一切早些讲给我的摩洛哥朋友听，或把它记录下来。但是，骨鲠在喉的悲痛阻止了我。我所意识到的哀痛和苍凉抑制住了我。我带着它来到海边，直到黄昏才离去。我登上观望落日的露台，目光凝视着太阳的光轮。

我真的在观望落日，还是向落日倾诉内心的一切？

我在改变，那光轮却依旧。光轮走，还是太阳带着光轮走？谁带着谁呢？我坐在那里木然不动，久久地凝视着，倾听着。我不死不活，或者奄奄一息。

# 空间的变幻

摩洛哥王国书记官杰马勒·本·阿卜杜拉在记录中写道：

读完艾哈迈德的笔录，我没有向他提出预想的问题。他怎么离开鸟王国的？他立即响应了呼唤声，还是玩了把戏另做安排？我们这里流传着一则短故事，是首都居民茶余饭后的谈资。故事说：狼与母驼结亲，居民去贺喜。狼说，托她的福[①]。

我暂缓追问他，是出于对他意外沉默的尊重。他紧闭双唇，目光射向虚无不定的地方。我想那不确定的一点是在他心里而不是目光所不及的虚空。

当他的眸子为一层看不见的玻璃所遮蔽、瞳仁凝滞时，他的脸毫无表情。我随意在空白纸上乱画起来，感觉到半个身子已经麻木。

艾哈迈德顺从呼唤声离去后，得到过鸟王国居民的消息吗？

他眼睛一亮，并没理我，也没做解释。我担心在答案见分晓前，

① 阿拉伯文 al-Barakat，有“祝福、托福”以及“骆驼跪倒卧下”之意。此处为双关语。——译者

我们已无话可说。那么，我又如何面见素丹，向其交代！不过，再急也没用。我分明知道，他不想说时是绝不会开口的。

一天，我的陛下问我，是谁站在讲台上死去的？

我说，我读过雅古特的《文学家辞典》，其中涉及《乐府诗集》的作者伊斯法哈尼[①]的故事：他曾于席间说他的老师告诉他世人常常以讹传讹，不过从未听说谁死在讲台上！

当时，有位安达卢西亚的长老拜在艾布·法拉吉·伊斯法哈尼的门下。他的老师所推崇信任的艾布·宰凯里雅·叶海亚·伊本·马立克·本·阿齐兹讲过这类事。艾布·宰凯里雅说，他在安达卢西亚一个地方的清真寺里见过一位演讲者。他登上聚礼日的讲台，在结束讲演前瘫倒死去，人们将其抬下。一位来宾走上讲台继续演讲，并带着众人祈祷。

我第一次面对死亡是在童年时代，我还未得病瘫痪之前。一天下午，我和一群孩子赛跑。我跑在最前边。邻居家突然传出凄厉的哭喊，我吓得停住脚步，动也不敢动。

我的父亲悲痛而遗憾地告诉我，谢赫哈桑·本·阿里·法扎尼显示出安拉的秘密。我听不懂父亲的话。三十岁以前，我脑子里没有永久消失的概念。听别人谈论死亡，渐渐明白死人即是达到尽头的人，我不属于这类人，但从失去中我懂得了对死亡的恐惧。我每天都按时在窄巷口等着父亲从他官府回家。偶尔他不准时，我便到大街上张望，心里有一种说不出来的担心。等到出现他的身影，闻到他衣服的气味，特别是羊毛外袍的味道，才放下心来。只要一想到他会迟归或不回来，心里就七上八下，惶恐不安。不过，



① 艾布·法拉吉·伊斯法哈尼（897—967），阿拔斯王朝诗人，文学家，历史学家。最主要的成就是编辑了一部百科全书式的大书《乐府诗集》（亦译《诗歌集成》）。——译者

我脑子里从来没有闪出过当他会永久消失时我该如何承受的念头。最初，我只在书本上读到过此地孤儿的生活。一个没有爸爸，一个没有妈妈。我十分同情他们，生出恻隐之心。然而，我根本想象不到自己会处于他们的境地。黄昏，天色渐渐暗下来，我陪父亲到濒临大洋的露台之上。在完全暗下来的那一刻，我离父亲非常近，几乎快贴在一起。他好像很明白，伸手把我拥在胸前，我们一起朝向太阳落山的那一点。这个点与太阳出山的一点平行相对。日后，我认识到若将此两点在空中连成一线，其线条将会非常协调一致。

我记起了儿时莫名的恐惧，太阳会不会不再回来，让充满精灵和被害魂灵的黑夜持续下去，谁又能估算出持续多久？死亡之神抓住魂灵，不让他在黑夜中游荡，而是走进亲人的梦境。

我听到叫喊跑上屋顶时正值黄昏前。我瞧见邻居走出家门，尸体裹着，看不出什么，只能看出谢赫干瘦身体的轮廓。以前我经常见他拄着拐杖，一天五次去大清真寺。那时他已从书局退休。他原是摩洛哥有名的抄经人，擅长安德鲁斯古体，阿拉伯世界东方的人不熟悉这种笔体。我们的陛下在宫里还保存着一部他抄的经书。人们习惯于把他抄写的经书摆在墓前诵读。我望着经书，读出了声，眼前浮现出他一字一字抄写经书的情景。盖上棺盖后，我问：

“他怎么喘气？”

站在一旁的人问：

“他最后留下什么话？”

他的大儿子跟他一样瘦，满面愁容地说：

“没有。不过，他习惯在大清真寺里祈祷。”

我闻到一股不知从何处发出来的淡淡的气味儿。这味儿是在我望着长方形棺木的一刹那闻到的。我的嗅觉从未接触过，也辨别不出那是什么味儿，来自哪种确定的东西。从此，死亡在我心里留下了这个味儿，我排斥它，它好像发自我心里。

我总把死亡看成是与他人有关的事。随着我常到城边观看初升的太阳，分辨夜之来临和圆满，我注意到太阳的循环往复。直到我的父亲面朝克尔白的方向跪拜时，死亡突然接近我，在我面前显现，夺走了我的父亲。从此，我开始了等待。我明白了民众面向大洋岸边，眼睛朝着落日方向的意义。

城墙下边是片沙地，再往远处是嶙峋的巨石，那里有一个开凿的洞穴。海浪在洞穴外的石壁上撞碎。靠近城市的船只很难在此停泊。洞穴成了此地的中心。码头则在中心之外，位于离它很远的北边。从水手咖啡馆可以望见码头。首都便在海浪、巨石和城墙后边挺立，并以此抗拒来自未知或落日方向的危险。也许吧。即使我过去的知识能肯定任何城墙都无法抵御突然的、狡猾的袭击。然而，意愿也能延长时间，令希望成真。

巨石前的沙地上埋葬着亲人。这块奇特的地方吸引了艾哈迈德·本·阿卜杜拉的好奇，安拉宽恕他。他仔细询问并走上前去观瞧。我指给他看了他所不知、只有城里的专家才了解的事后，他越发惊讶不已。这座城市是有人烟地带的最后一站，也是未知世界的最前沿。人们的观念根深蒂固，认为不育的女人若为大洋之水所打湿便可怀孕。此举须于满月之时，刮起东北风，海浪达到一定的高度拍击了巨石之时。女人提起衣衫露出大腿，下水时脱去长裤，将下身暴露在海洋飞溅的水珠之下。下身受到飞溅海浪的滋润，便有一种与丈夫做爱时的快感。有的女人把身体扭来扭去，咸水渗入体内，安拉保佑，此后她便怀孕。过去居民这样认为，也的确行之有效。

艾哈迈德对这两件事情表示出兴趣。他详细询问了在海滩掩埋死人的细节，还过去看看，并询问了女人去大海边的最佳时节。

我对他的问题一一作答，没有丝毫的保留，盼望我们能相互接近。他对我的话既不表示奇怪也不显出高兴，既不悲哀也不疑惑。我认真记下他所说的话。我靠近他时，他也接近我。但我没超出界限，为此掩饰了我对他的好感和失望。那不是因为我听了他的谈话，读过他笔录的内容，而是他反复无常的状态。有时，他在沉默中显示出活力，有时他的声音像是发自另一个人，中立而客观，与他毫无关系，而那另一个人却不可见又离之甚远。

他那永恒的微笑在一定程度上将他隐蔽藏起来，遮住了他权力在握无上风光时残留下的威严。现在，我似乎可以分辨出他永恒的微笑和他的真笑。除我之外，恐怕没人能做到这一点。

今天早上，他容光焕发。他说他做了一个梦，梦见自己在开罗老城里漫步，坐在他惯于停留的咖啡馆里，品尝一杯山薄荷汁。

他说，他越是强烈地感到他已到达有人烟区的尽头，便越关注过去和往事。他拥有自己的积淀、细节和瞬间，若说出来别人会感到毫无意思。然而，他回顾那不可重复的时刻时，真是肝肠欲断。

“你为什么笑？”

我面对着他：

“好像你在说我？”

他惊讶万分地说：

“你根本没离开过家园，没有像这么伤心过。”

我矜持地答道：

“因为失去的再也找不回来……”

我指着地下和城墙说：

“……这地方，死亡不能把它带走。在此地发生的事已经过去，消失了。现在看到的已是另一番景象了。”

他的目光散乱。我第一次追问他说：

“你不想和我谈谈拄杖人的事？”

# 拄杖人



艾哈迈德·本·阿卜杜拉继续讲下去。他说，至今他已见过五十三次日落。夜里，他回想起反复出现的奇怪声响时心情十分紧张。有的声音能够找到真实的源头，另一些则由虚空形成，是刮起的沙砾挡住风儿流动的空间所发出的。

他只带走他的行囊、自己的衣服和消除饥渴的小水袋。哈达拉毛人、说踪迹者和监理人送给他的书没舍得捐出去。

他没有渲染从一个极端转向另一个极端所遭受的苦痛。他从享有最高权威的、至高至尊的国王，一下子变为一贫如洗的路人，似沙漠中的一枝枯枝，在懊悔中与沉默的孤独为伴，并竭力取悦主。在星辰的指引下，整夜寻找着日落的方向，直至晨曦渐渐散去，初升的光轮从地平线上一跃而起。

长时间在俯瞰大洋的露台上呆坐，他已能分辨出天亮时的景色与日落时的完全不同。处于东方地平线上的太阳，绝不是西方地平线上的太阳。太阳的移动不仅改变了我们，也从根本上改变了她自己。

若不是呼唤声，他会朝向东方，向着出生的源头。然而，他不得不顺从。呼唤声震撼了他的存在，包围了他，不留任何空隙，只能顺其自然。声音出现，他只身前往，不能回头，只能继续他原有的征程，他将面对困难，但不会太长了。

第五十四个落日前，对了，就在落日亲吻地平线的一刹那，他突然停住脚步。嗯，什么声音？

他趴在地上，耳朵紧贴着干燥的地面。哈达拉毛人很久以前就教会他这么做，以便听清楚。不，不必怀疑了。

脚步声、奔跑声、鼓声、清脆的锣钹声。众人的喧哗声与苏菲教徒围坐一圈一起念主的声音很相似，在年轻的他被迫离家前，在麦哈鲁斯街区狭窄的胡同里听到过那声音。那儿有麦尔祖戈·艾哈迈德的墓地。他曾多少次凭窗远眺用结实的绿布覆盖的座位，长大后独自去墓地，夜晚回家见许多人谦恭肃穆地站在麦尔祖戈的墓前祈祷，摊开双手乞求着。不知什么人在墓前放置的蜡烛跳动着微弱的火舌。伊玛目侯赛因诞辰之后，紧接着是麦尔祖戈的庆祝活动。街道上挤满了人。从远道专程来此的人，在地上铺上席子或地毯，整夜不停地祈祷，呼唤安拉之美名。

这些事情早已离他远去。

艾哈迈德·本·阿卜杜拉又说：

“你可以想象我在荒漠上听到祈祷声或类似的声音时的心态……”

他顾不得小心谨慎，径直朝前跑去，看见了他一生经历的最为奇特的事，这使他不再担心会碰到什么。只见眼前散落着一些凉棚，两侧摆放着坐垫、饭锅、空碗盆、木盆、木棍和钓鱼钩等，不一而足。

在沙漠上？

他的确看到这些东西。男男女女或在谈话，或在拥抱，或坐在一起仰头观天。还有一些可爱的孩子，七八岁的女孩儿三四个一堆跳起舞来。一个青年趴在地上，另一群人鱼贯地从上跳过。一个孩子在吹皮囊，也不怕吹伤了元气。有个男人捂着耳朵，不和任何人讲话，另一个戴着沉重的缠头巾，舞起曲柄的粗手杖，指向空中威胁着。有七八个人坐在他的周围，望着一个拄着同样手杖的人。他的面部表情复杂，不断变化，但一言不发。

砂石上摆放着大号的铜盘，盘中盛着米饭、烧羊肉、或烧或烤或油炸的大小不一的禽类、圆形长方形的奶酪、陶瓷的长颈瓶。是葡萄酒？对了，红的白的都有。

有些人在吃饭，抓起一把抓饭送入口中，或是大口咀嚼着肉块。有个人倚着拐杖。在场的所有的人，几乎不是握着拐杖便是倚着或将它放在身旁。

可是，他们个个身强力壮，没有残疾，走路正常。众人面前摆放着一盆盛得满满的青草，他们一口一口地抓到嘴里，不经咀嚼便吞咽下去。

一个男人和一个女人正在拥抱，男人撩起女人的衣服。这是做什么，在大庭广众之下？

众人并不看他们。一个年轻人看见他们的举动，搂住身旁人的肩，显得十分开心！

中间的凉棚下面，坐着一组乐师，大概有七个人，六个介于少年与青年之间，一位长者居于中间。他身着白色长袍，戴一顶红色小帽。若不是眼睛有疾，他会把他当成监理人，那模样那神态与监理人太像了。他握着一把丝弦，丝弦放在膝上，用象牙月片弹拨。弦线有五六根。其他人弹奏琵琶、铃鼓、竖琴、冬不拉，或吹奏长笛和双簧短笛。只见他们手指飞动，或抚或弹，却没有发出音响，听不到曲调。他们在练习？不过，音乐分明从远处就听到了！

到处是一堆堆的篝火，烤肉的香味弥漫空中。他这才感到饥饿。在享受了蒸雀肉、鱼舌、薄荷煎牛眼，头顶上传来的呼唤声逼他离开之后，他还没尝过热饭的滋味。

他饿了。

谁也不看他，也没有人阻止他，连孩子也不对他喊叫。每一个人都在玩儿，他的出现没有引起任何反应，好像他早就是他们中的一员。他抓起食物又吃又喝，吃饱喝足后舒舒服服躺在地下，似睡非睡，一会儿清醒，一会儿糊涂，好像有什么信息从出神儿的星辰上传来！

他不再神情紧张，也不再东张西望地窥探，人完全放松下来，有些无所顾忌。还能发生什么超出他所经历的一切！这话已重复了多少遍。每当走过一段路程或到达一处新奇的地方，他都不由自主地表现出谨小慎微。谨慎已伴随他度过人生各个不同的阶段。

太阳西下，人们目光朝向落日。他终于听到螺旋上升的急促乐曲。他与众人相互拥抱，有人亲吻了他，一位年轻女子与他握手。目光接触到这位丰满的女人，他立即意识到自己已接近冒险的边缘。新的经历正等待着他。

"高兴起来吧，谁能知道明天太阳升得起来升不起来！"

艾哈迈德·本·阿卜杜拉说，女人的声音像她的体态一样轻柔，如郁金香般动人。她说的每一个词都暗示出这些人的信仰，尔后他们的信仰逐渐明朗。

他说，听书记官讲述印度姑娘的故事时，印度姑娘就出现在他眼前。为了不破坏气氛，他不愿说出自己的感受，姑娘在他心里留下深刻的印象。他身居王位时接触了众多的美女，十分了解女人，可他不想将印度姑娘与之比较，找出相似之处。这可能因为，他清楚每一位女人的存在和表现绝不会雷同。

艾哈迈德虽长途跋涉，身心困倦，但欲火熊熊。那女子的青春活力、娇美体态、孩子般稚嫩的皮肤，以及眼神手势流露出的少年英俊，都令其忘记疲劳。在她身上融合了人类男女两性的特征，真是神奇！

他环顾四周，然后朝女人走去，做好了准备。但是，她伸手挡住了他。

还没到时候……

他长时间习惯于接触送来求福的处女，容忍被他人拒绝是困难的。

但是，他不得无礼。于是他立即意识到自己是陌生人，一时不知如何动作。他在绿洲、鸟类王国及朝向落日穿越沙漠时都有过这种感觉，现在又不期而至。这感受不知在哪一时降临，又挥之不去。

他望着众人心想，他们从哪儿来，又要去何方？这些吃食、锅子怎么来的？在到达鸟类王国后的第二天睁开眼，听到的是宽敞宁静的卧房里的沙沙声。他倾听着沙漏中流沙发出的柔和声，很快便清醒过来，脑子即刻出现能待多久的问题。

在这儿吗？不知道。他突然间感到自己不会在乎了。也许是因为太累了，饥饿之后吃的油腻太多。众人有秩序地围坐在乐师身旁。那女人用了淡淡的香水，他不会弄错。他具有这方面的知识，知道中国人的、黑人的和斯拉夫人的香水味，也知道面用香水不同于体用、手用的香水，也不同于用于下身的，发用香水另有配方。理发师曾是宫中最接近他的人之一，难道他没有把下巴和脖子全交给他？

这里的所见如同绿洲上的妻子、未谋面的儿子一样，已属于另一个人的经历。哦，真的，他在那个地区究竟留下多少孩子？他走了以后，他的孩子会受到什么待遇？他反问自己，他的确经历过那些生活？对此，他满腹狐疑。不过，心里掠过一丝光亮，以为消失的会重又闪现出来。他渴望一丝光亮，照亮他还不确定的地方，哪怕只要一丝一毫的光亮就能重现一整段时光，一个暗示就能在心中燃起以为已经熄灭了的火焰。

眼前离奇的场面着实令他费解。他对那女子的欲望在周围一切失常的状态下越发强烈地显露出来。他进入众人之中是踏着舞步的。详细的过程是这样的：他注意到徐缓的音乐响起，轻柔得辨别不出来源，仿佛发自虚空。音乐开启他的心扉，顿时眼明心亮。那声音似开罗的灯光、沙漠上升起落下的太阳，好似陆地上夜间的响动突然唤起他的激情。

音乐的节奏越来越快，一个音符接着一个音符，迅速地变换着。乐队指挥拿起一面小鼓，另一位乐师在他身旁弹拨琴弦，目光盯着地下不确定的一点,其他乐师一边弹奏一边摇头晃脑。指挥不时用手指击打鼓面,移动方向。一曲终了,他已面朝另一个方向,大家低着头,和着乐曲唱起来,声音悠扬和谐。乐师一边听合唱,一边开始新一轮的演奏。

艾哈迈德站起身来,踏着节拍左右摇摆,手指指向前方或后方,一只手臂伸开,两腿旋转,然后单腿旋转,越转越快,仿佛看不到自己的身体和周围的人。他没有停下来,试图达到不可企及的状态。

他慢慢停下来。突然发现两个男人站在面前,一位五十多岁,另一位年纪更大些,身后跟着一个女人。这女人上下打量着他,想跟他学舞。其中一位男人开口说道:

"你在哪儿学的这种舞蹈?"

一个问题使他们相互认识。艾哈迈德解释了舞蹈的来源,但隐去了舞蹈的目的,只告诉他们自己是一个在安拉土地上游荡的人。他们又问了他经过城市的确切名称,以及他是否看到世界末日的迹象等。

艾哈迈德也向他们提问,了解他们来自何方。

他们是拄杖人或拄拐杖的人。

艾哈迈德·本·阿卜杜拉,安拉让其从容地进入后世,也让他舒舒服服地度过一生。他说,这些人原本居住在一块地域辽阔,有城市、田园和市场的地方,那是骆驼队朝西可去大洋、朝南可去黑人国度的必由之路。

从阿拉伯世界的东方来了一个人。谁也不知他确切来自哪个地方。他身着雪白的衣袍,拄着拐杖,但他身上并无残疾,腿脚硬朗。他说自己来自山区,在那里居住了百年之久。一天,他梦见一位庄严的谢赫对他说:时限到了,你还睡哪?他哆哆嗦嗦地问:什么时限?老人说,世界末日来临,眼看就到。你必须到人群中享受那份生活!

他惶恐不安地起身,心里明白生活将发生巨大变化,具体多大还很难确定。他离开山区,立即进城,向居民发出警告。他说,余下的时间不多了。世上的一切享受都将不复存在,尽情享乐吧,安拉的仁慈宽广无边!

他的话很快在人们心里激起欲念。开始，他们小心谨慎地穿街过巷，预报末日的临近。不少人去清真寺，托靠安拉，不停地祈祷，企盼祈祷的声音能打动安拉宽恕他们；另一些人以为大地上的火焰是他们的救星；还有人离开妻儿老小；有的人带着亲人一走了之。拄杖人的追随者说，余下的时间极短，时间紧迫。短时间内，人无法穷尽生活所包容的欢悦，享受一点儿总比没有强，不能再浪费光阴了。于是，他们撤离城市来到荒郊，每个人干自己想干的事。有关他们在荒郊的生活，要说的话还很多。总之，反城里之道而行之。不盖住房，只用布搭起凉棚，铺上起码的垫背，将一切交给集体，无所用其心。加入这个团体的人必须死了那颗心。他们需要吃死人肉，称之为“安拉的宰牲”。为什么要节制呢?他们要带上自己的妻子，在一旁看男女交欢，或是看着妻女行事。只要他无动于衷，大家就为他鼓掌，他本人也有权参加。众人不再拘泥礼节，相互直呼姓名别号，儿子召唤母亲，母亲可以不理。谁有什么突发奇想，就即刻去实现它，无须担心责难和反对。一些人常说，今天属于我们，明天还不知怎么过。

夕阳西下，谁能保证它明天再来?这应验了末日的警告。所以，每个人都恣意妄为，干自己想干的事，不必考虑是否违背了积淀于心中的传统。

艾哈迈德·本·阿卜杜拉说，有些事听起来让人恶心，不想重复，又有些事让人无法理解和把握。与这些人在一起时所见的事太离奇了。竟有人穿上用女人衣裳裁开的布片，两手打着框子，东倒西歪地走着，像个舞女。更有甚者，干脆脱光衣服，露出羞处。

城里有位警官，一向对弱者、孤儿、需要帮助者十分凶狠粗暴。他出现在市场上时，百姓们都怕得发抖。一天下午，他站在警务楼前，脱下用金银丝装饰的警服，点燃了它，光着身子拄上一支用阿拉伯胶树枝干做成的拐杖。他不从家门入户，而是爬阳台和围墙，攻击女人，半路抢劫首饰项链，躲在墙角突然袭击儿童，吓得孩子们撒腿乱跑。尔后，他也加入了荒野的团体。

一位草药商本是位受尊敬的学者，他也不再给病人按医生开具的药方配药，引起混乱，造成明显的损失。

还有一位把自己拴在车上当牲口，拉着车在市场上乱跑乱叫。

许多人离开了商店。为什么还做买卖，为什么还费劲去找稀有商品，把它运回来？他们不再关心名誉地位，只注意吃喝。传说一位富家子弟在第一次愚蠢行动中暴死。他没有成亲，也没有子女。一个亲戚继承了他的遗产。这亲戚犯了愁，因为他是在一贫如洗的情况下获得的财富，不知该如何支配它。于是召集朋友们出主意。

"我要从事一种不获利润的工作或买卖……"

朋友纷纷出点子。

"把钱捐给穷人。"

"不，捐给穷人好处很多，我担心回报会增加我的钱财。"

"你买骆驼来驮沙子，从西边运到东边。"

"也许挖沙会挖出财宝，财宝归我怎么办？"

"你买断所有的金属针，放在坩埚里熔化。金属砣砣就不值钱了。"

"那还能换几个分币。"

奈迪姆对他说：

"那好，你从阿拉伯世界的东方和西方购买玻璃，然后把它敲碎。"

他立刻兴奋起来，喊道：

"好主意，是个好主意！"

他雇了几个驼队，派人去远近的城市购买成箱的玻璃，故意抬高价码，然后把玻璃堆在郊外的坑里，再找人砸碎才肯罢休。

艾哈迈德·本·阿卜杜拉说他不愿说个没完，这类荒唐事无法计数。多少羞怯的女人，脱下面纱光着脸上街；另一些女人像从娘胎里出来一样光着身子。一个男人娶了椰枣树。他爱上大树，走过去用双臂拥抱大树，亲吻树干，声称已与椰枣树订婚，大树与之谈情，相互吐露心曲。大法官四脚着地，见到恶狗就狂吠，又咬又抓，吓得恶狗望风而逃。

一切规矩都消失了，一切准则也不复存在。人不分高低贵贱，一律拄着木拐杖，仿佛要向世人宣布即将出现不测事件。

艾哈迈德·本·阿卜杜拉讲到自己。他说，他担心自己所处的环境和命运，因为他在那里显得僵化拘谨，这会激怒那帮人。为此，他必须干出在绿洲或鸟王国因敬畏安拉而不敢干的事。由此，他意识到自己在宫中被监视的沉重。他时时刻刻清醒地知道有一双隐蔽的眼睛在监视他，甚至在最属于个人的时间里。

他脱掉衣服，光身走在人群中，左手抓着行囊，谁抢他就拼命。荒野的凉风吹拂着他的肌肤，他注意到自己走路的姿势，心中升起无名的恐惧。他了解送给他的食品、香料和器皿吗？被迫离开后能否排除统治人类法律规章的影响？

他光着身子过了几天，谁也没注意他。孩子大人谁也不斥责或咒骂他，女人显得很得意。有一个人站在他面前，仔细打量他，然后跑开。入夜，女人都跑来找他。他一个也不认识。在不知不觉中与她们睡在一起。不过，他心里依然在寻找心目中的女孩。体态轻盈的女孩在那儿都很惹眼，与之发生关系后他就离开。可是，他忘不了鸟王国站在女伴中间的那一个，永远不会……她躬身行礼的模样永远萦绕在他脑际。至今，一想到她便欲火中烧。夜里，女人靠近他时，空虚的心在寻找郁金香般的幽香。然而，总是一场空，白费力气！

艾哈迈德说，他已习惯于人群中突然爆发出几声喊叫，乱蹦乱跳。这个大喊大叫，那个沉默不语；老人翻筋斗，少年凝神远望。他对周围的反常现象备感不安，也许是为自己担心，一切都引起他的警惕，因为这群人已和他谈笑风生，当他为自己人。一位长者还给他一根拐杖，认为到此就是为加入这个团体。他也是这么对他们说的。

艾哈迈德说，他没有等呼唤声从他所在的天际出现，从背井离乡以来，他第一次自愿离开居住地点，明知前边是大漠的孤寂和遍野的荒芜。他最后见到的一个人，腰间系着皮带，手握木头剑，挥舞并威胁着虚空中看不见的东西。

他转身背对着阿拉伯世界的东方。一种莫名的力量推动他向前。他设想着未知的事情，警惕地观望可能降临的突然情况。

# 艾哈迈德手记片段



我面对太阳落山的方向，沿着太阳运行的轨迹向前。不知道是太阳领着我走，还是我带着她行。

有时，心里七上八下的，想掉头，想违抗，想沿着来的方向返回我已走过的路，奔向阿拉伯世界的东方。然而，阻力发自内心，对呼唤声的害怕阻止了我。

现在，我还能望见修筑的道路伸延至东方的城市。可是，思绪又提醒我，在荒野大漠早已经历过预想不到的事情的我，在有人烟的地方还能遇到什么，走到城里还需要多少时间？

许多细微之景勾起我的思乡之情，我任凭这一心绪汹涌澎湃。对外人来说，这些迹象微不足道，对我来说却意味着许多。它使我感受到微风拂面的畅快、歇息在树荫下的惬意。听到远处高塔上传来的宣礼声，面对天色渐暗引起对光亮的倾心，看着烛光映照在淫雨打湿的路面，以及站在月光下绿布覆盖着的不知名的先知墓前。凡此种种，一想到它，我就难以抑制内心的激动，好似这一切都鲜活地出现在眼前，掀起梦幻的屏幕，留下呜咽和无奈的叹惜。我几乎已被抛弃，既不是东方人，也不是西方人。我想起了黄色绸带是用很不工整的大字书写的话，笔者只求尽力把意思表达出来。

“说了，不求你回报，只求彼此的亲近。”

我忧心忡忡，满腹思念，开始思索过去不甚明白的事，专注于我的苦恼。

原来十分牢固的观念逐渐被打破。

我以为它永远地被消灭了，举目难以再寻觅，想到时不过剩下属于个人的一星半点。刚刚意识到这一层，我已老泪纵横。认识我或不认识我的人会以为我可能因失去所造成的痛苦而险些昏倒。其实……长时间的旅行迁移，我身上有些东西早已干枯，人也变得可以承受任何看来难以接受的东西，不会因不期而遇而忧虑烦躁。

在已知的陆地尽头、大洋岸边的集市遇见驼队，我并不感到惊愕，好像早已料到，听到哈达拉毛人的死讯，我心跳加快，情绪激动，但是很快就过去。再想起他来，心里只有一种慰藉。

是不是心肠变硬了？为什么我忘记了自以为永远会挂念的事？与临近太阳落山的地方有联系吗？

知道泰尼斯岛消失时，心中涌起无限惆怅，最后一棵接骨木树死后，大海的波涛淹没了岛屿，它从此消失在地平线下。鸟儿也离开了，再也不会从四面八方聚集在那儿。

我没去过泰尼斯岛，但我为它的消失痛苦哀伤。我再也看不见它了。不是因为岛屿的消失，而是因为我不断朝着日落的方向，泰尼斯岛在我心里是一块东方的土地。

有时，我心潮翻滚如潮涌。

若现在置身于爱资哈尔清真寺附近，每天我都会去拜谒恩人、侯赛因的墓地，诵读刻在墓地墙上的经文、他的名言和不幸，感受一下他扑鼻的幽香。若我走在富图哈门和拉米勒广场之间，或是我绿洲的妻子带着我未曾见面的儿子中午等在家门口，那该有多好！

倘若一切在现实的瞬间再现，知道所到之处的现状多好。然而，这是乞求绝对办不到的事。我即便能呼唤雷电，它从现时回到过去那一刻就消失了，立即被化为乌有。我达到终点时又开始新的旅程，即真我的旅程。

那么，我为什么忽视已失去的?

难道我不能在家里响应呼唤声? 看起来我的朋友书记官已懂得我的意思。他没有外出旅行就明白这个道理，坐在大洋岸边咖啡馆等待大洋宁静的人也是如此。

我的朋友问我：

“旅行没有使你疲倦？”

“没有。”

他惊奇地问：

“你已经到达目的地，为什么还要走？”

我说：

“为了心安。”

# 阴　影

星移斗转，岁月流逝。岁月的步伐又急又快，很难把握，让人疑惑。

艾哈迈德·本·阿卜杜拉与书记官最后的谈话中提及此事。他说，一年一年过去，到今天这地步，再回首往事恍如梦境，有时很难追回细节和全貌。

他每天站在大陆的边缘、大洋的起点，望着落日，夕阳照亮了他心里黑暗的部分。现在，他又想在没有呼唤声的情况下朝向西方。他不知此刻又要经历什么样的阶段，身后之事无法预料，也不能像对逝去的时光那样等闲视之。

他谈起到达摩洛哥的经过。他说，大约经过四十天的与人隔绝，单独行走。一路上仍旧担惊受怕，提心吊胆。然后眼前出现了椰枣树、奇形怪状的仙人掌，沙粒的颜色也由黄变红。他知道这是到了一处不同的地方，盘旋空中的鸟儿更坚定了他的信心。

鸟儿在监视他，还是在寻找适当的机会攻击他？他的末日到了吗？那些猛禽能看到高地上移动的蚂蚁，也许已经观察到他精疲力竭迈不开步，可以扑下来啄食他身体的任何部分。绿洲上的人认为，这些猛禽把巢筑在高高的虚空，在空中交配产卵。哈达拉毛人告诉他，猛禽筑巢在高山之巅，它追逐驼队，但愿自己落后于驼队而不被吃掉。正像鬣狗尾追猎物时，一会儿在左一会儿在右地诱惑，玩儿够了就发狂地舔猎物的腋窝或肛门周围，咬断神经慢慢吃肉。

艾哈迈德多少次在荒野想起哈达拉毛人锐利的目光、坚定的手势，警告他极度疲劳瘫软不动的危险。独自旅行或在沙漠中迷失方向，无路可循便躲进洞里不肯前进或静观永恒的沉寂的情况时常发生。哈达拉毛人说过，人求生的愿望决定他是否屈从于疲惫，做敌人的猎物。这是明摆着的道理，他不会忘记！

多少次，他头脑里闪过停下来的念头，不再前进的愿望持续增强，几乎就要接受头脑的命令。但一想起几次穿越荒漠的消瘦的汉子，无论什么时候他都能振作精神继续前进！

下午时分，他来到一块高地，看见沙漠边缘处有一座城市，坐落在山谷之间。他远远望到城市的轮廓，绿色的屋顶、雪白的高墙。仔细分辨后还可以找到院落、人口、小巷和大路，中间好像是宣礼塔，一座长方形的塔周围有三个露台。

他呼吸到湿润清新的空气。哦，附近一定有海。他就要见到蔚蓝色的波涛。他深深吸了一口潮湿的空气，沉浸于到家的温馨之中！

的确，他不知道会遇见什么。可是，他什么也不愿想了，不再担忧，甚至不急于见到期待已久的时刻，还想再推迟一些。正如他和美丽的姑娘独处时，有意延长渴望的时间，不急于脱光她，推迟裸露的时间。盼望本身带来一种快感。

他从水袋里喝了三口水，喘了喘气，小心翼翼地走下坡去。下午，周围一片寂静，预示着某种可能。在绿洲，下午可以很长，黄昏蓦然而至，阳光一下子熄灭，没有渐进的过程。在鸟王国，又是另一个样儿。虚假的白天一直持续到深夜。在他惯于沉思的王宫圆形露台上，常常观察到这一自然现象。

他真的目睹了这自然现象?

谁在他之后到达那里?

现在，谁在位?

监理人会出现在等待或欢迎的人群里吗?

新来的人什么模样?

他挂在大厅墙上的画像，怎么处理的?

他脑子里闪现出一个接一个的问题。现在重要的是在高墙后面什么在等待着他?还没有看见一个人或一只鸟或其他动物时，他已在寻找城门和窗户。每件事都有个开端。

艾哈迈德·本·阿卜杜拉说，他见到了从没听说过的情景。时空交错，说不出那一刻的准确时间，在他记忆力、目力还清晰的时候，他看见自己熟悉的、喜爱的、心里想念的和一起生活过的人。

黄昏时分,他见到绿洲上的妻子站在面前。她和分开时一样光彩照人。她走过来朝着另一个方向走去,如同他不在跟前。他与妻子只有几步之遥,却怎么也接近不了她，只好站在那里一动不动。当他知道彼此之间没有传播声音的必要媒质时，不得不默默地望着她。相互间听不见，她也看不见他。

眼前又出现不少景致，还出现了一对男女情侣。不过两人并没接触，完全像一个胖子与微尘做爱，可感知身体的运作。

他见到了那苗条的躬身施礼的姑娘，拥有了她，但摸不着她。她的身影在渴望的催化下，燃起想象的光焰。

他赶上拄杖的女人。她扭来扭去，亮出她的酥胸和大腿，他怎么毫不动心?

他见一个姑娘打开窗子，他刚好经过山城的那条街道。目光落在她身上的一刻，她关上窗子。他脱口叫出，安拉啊!

姑娘已经转身进去,他无法掩饰自己的遗憾。一时许多面孔相互交错,相互重叠、变形，失去原有的特征。

这个姑娘在他掌政时交往过。她是居住在边疆省份的部落首领的女儿。她个子瘦小，还未长成，极为怕羞。当时他三天没理这女孩儿，也没请她共进晚餐。监理人急了，不得不婉转地提醒他，怠慢女孩儿不符合国家的传统和礼节。为此，她的部落十分沮丧。部落的男人还等待着白色绢头染上的红花。推迟召见意味着部落男人从此抬不起头来，或许还会引发一场叛乱和暴动。

他望着女孩儿,发现那是个用陌生方法为他调教出的姑娘。她低着头，他也一言不发地看着她……突然，他一把抓住姑娘。姑娘吓坏了，但没有反抗。

当然，友爱生发关怀。道理很简单。他很斯文，从开始时他就表现得与往常不同。他见姑娘咬着下嘴唇，她的主动让他感到暖烘烘的。他听姑娘用凝重的声音对他说话时，情绪激昂。

“用手抱着我。”

这是他从没听过的温柔话语，心里非常舒服。在她亲切的话语和呼唤中, 他们完成了全过程, 他渗透到她的血液和全身的细胞之中。每一次，她都歪着头，闭着眼，鼻孔散发出薄荷的清凉。她醒转后，两人重又抱在一起。

她有一副平静的外表,内里却是一口燃烧的油井。他没见过这种女孩。他不断地回忆起她，从他们度过的时光中吸取现时的陶醉。

在这儿，他又看见了她，没错儿。他相信姑娘也发现了他。可是，她脸上没有任何表情，对他的出现无动于衷。

眼前又站出一位早已忘记的朋友。过去他们曾形影不离，多次发誓要永远在一起。尔后，他们天各一方。随着时间的推移，他几乎已经忘记了这位朋友的模样。如今，他又出现了。他问自己，他活着，还是早已死去?

一位威严庄重的长老。过去常出现在杰瓦尼耶区的拐角处，身着带条纹的长袍，胡须雪白，在爱资哈尔大学教授下午的课程，带领学生做黄昏时的祈祷。艾哈迈德叫不出他的名字，没人给他介绍，只知大家称他杰瓦尼，因为他来自杰瓦尼。

理发师。他的小店窗明几净。可是，此人经常烦躁不安，爱发牢骚，手不停地掸灰尘。幼时艾哈迈德一见他出现在门口，赶紧就溜。卖奶酪的小贩，他有一双大眼睛，摘下帽子可以看见披散下来的头发浓密柔软，修剪整齐。

他一时叫不出名字的朋友连续出现在眼前；还有一些他去过的地方；多年的老树、椰枣树；餐桌和座位上的天使……一切都显现出来，可总是有一张透明的屏幕挡在前面，使对方看不见他，也无法穿越屏幕。他为见到现时所看不到的人和事而惊诧不已。与此同时，又有一些他以为永远留存下来的东西却离他而去，完完全全地消失了。

最让他惊奇的是，他对时间的估计与他等待着的时间不相同，仿佛太阳运转得更快，或是有些钟点被合并到其他时间里了。他常问，为什么有些时日没有什么可提及的事?

艾哈迈德·本·阿卜杜拉在谈话中说，在他无法确定空间的时间里，他感觉在自己推那扇城门前，门就开启了。

他走了进去。

进了城门后，他感到自己从头到脚都笼罩在一层透明薄膜之中。他物质的存在已消失。他在旅行所见到的不同程度的雾气从薄至浓，进而变为乳白色。他已不同于过去，像一种液体在流动。与此同时，从海上飘来的水汽也不期而至，变为浓雾，从巨大的蜗牛壳内冒出，笼罩一切，好像一个了不起的消息扩散开来。

在绿洲，人们不喜欢他抛头露面出现在众人面前。一天早上，他感觉自己好像来自大地深处，妻子十分紧张，认为这是一种警告。他不知所措地望着妻子，她突然闭口不言，惶恐地躲开，着实让他大吃一惊。

他越来越多地了解了绿洲人的信仰。他们认为，世间的一切外在事物都有隐蔽的另一面。所以，他们在向蜂王表示热烈的问候之后才可以见她；得到居住在大地深处的护身灵魂的同意后，才敢过桥和跨越深涧。

吃饭前他们先要念念有词地祈祷，饭后须左顾右盼三次；乔迁之喜须在门口念咒语，表达第一道门对第二道门的敬意。

大人和孩子都不准把枣核扔在路上，须将核放在一个形状特别、系于腋下的小篓里。他们的规矩挺多，可是这一切消失到哪儿去了？

奇怪的浓雾包围他的时候，他把手指放在眼前都看不见，低头望不见自己的鼻子。然而这期间，他却见到许许多多接连不断的幻影，细部很清晰。

无须再多的时间，他已明白自己达到了可以不用肉眼行事的阶段。他站在高坡上所见的房子、胡同、绿顶，迈进城市后全变换了存在的方式。可以说，一切都成为非存在——不只是那些建筑物，连人，不是走着的人，每个活人、外来人都失去原有的感觉。

它完完全全与由醒入睡的过程一样。

这是一种状态。好似人在梦中见自己飞在天空、游在水里一样。这就是他此时此刻的境界。

他不记得什么时候开始进入的这一状态，在绿洲还是鸟王国。可以肯定的是在埃及他没有经历过。在驼队期间偶尔有之。控制不了它，不能拒绝也不能禁止，它不期而至。

睡梦中醒来时，他发现自己并没醒过来！

他感觉灵敏，能感知周围的事物，但是身体不能动弹，唯一能表示的是鼻子里发出的沉闷的喘气声。起初，他妻子十分惊慌，后来轻轻推醒他。妻子不知他弄出的响动是什么意思，说的是什么话。

那么……

这状态是出现在绿洲了。他记得妻子找过说踪迹者。老人嘱咐她要对丈夫温柔体贴些，不要惊动他，轻轻推醒他就可以。如此，魔鬼就不会在搏斗中把丈夫从人的世界抢走！

之后，他渐渐懂得，他以为清醒的时刻其实不过是一种幻觉。昨天，他在长时间的搏斗中险些死去。在那样的状态下，他听见了妻子暗示的脚步声。脚步声越近，与未知无明的争斗越趋于平静，他的挣扎越减缓，平静地等待着切断与宇宙联系的呼唤和温柔的触摸。然而，她的声音传不到他耳中，她也依然与之遥遥相望。

发生了什么？

他只觉得一阵清醒陡然而至，又匆匆离去。他存在于一个截然不同的世界，很快又开始艰难的挣扎，或是又一阵清醒。



我是书记官杰马勒·本·阿卜杜拉。我怜惜地走近艾哈迈德的身边。他显得非常吃力和困倦，似乎又经历了一次艰难的跋涉。我坚信他愿意将目睹到的和停在嘴边的一切讲出来。可是，他却咽了回去，长时间地沉默着。我能听到他不停地喘着粗气。我建议两人去海边走走，他伸手制止了我，说他立刻就把发生的事讲出来。那时，天色已晚！

他说，梦境是暂时的，不过，留在他心中的阴影却是沉甸甸的。说踪迹者曾劝告他此刻要大口喘气。若再感到沉重不过，可把他的戒指掷出去。迈进城市后遇到的事千奇百怪，显现于无际的虚空之中。虚空下没有干涸的土地，也没有可倚靠的树干。他昏倒在地，只觉身体各部分不过是一种固定的念头，肢体的动作也如此。脑子里想着走，实际上腿并没有动。与此同时，幻影一个接着一个出现，又以臆想的速度逝去。

他想，他正走在漫长的道路上，到尽头时尽头便出现了。心里呼唤建筑物的入口，入口就按头脑的想象显现在眼前。一想到露台，露台立即显现出来。眼前建筑物的兴建，只需头脑思考的时间。思考若不集中，景象立即消失，建筑物的正面蜷缩起来，景象被抹去。

那不可捕捉的滑软的虚空无限地扩展开来，犹如大海一般。

无始无终，无法确定其起点与终点。落日在那里一闪而过。蔚蓝色的波涛不可企及，其中包容着无限生命的躁动和死亡的战栗。对抗它……人可不是对手。

有响动!

潺潺的流水声。流水或许是从高处跌落下来，或者从水龙头流入大理石的池子，再流入铺满碎石的小溪。

声音混杂，其中一些声音清晰，包含着问话：

你是谁?

从哪儿来?

到哪儿去?

那声音仿佛来自检察官。他凭着飘浮不定的意识回答着不知来自何处的提问。他恍恍惚惚，想召来亲人一解思念之情。然而，他只看见模糊的人影。母亲仅仅是回声，是低语，一下子就消失了。他父亲也剩下模糊不清令人局促不安的意象，他的一种步态。

他在某一时刻明白自己已不再是单独的他，而与另一个存在同行，那个存在是个女身。对此，他感到一丝快意。然而，她并非是熟知的存在，而是新鲜陌生的存在。他生活于她的存在之中。通过思念，她可以再现。她已渗透在乌木的余香以及披肩长发和滚烫身体细部散发出的幽香中。每一个女人都留下独特的记忆，勾起想象的方式也不尽相同!

艾哈迈德在不可见中认识了城市，接近了它的全貌。从中也窥见了他赖以生存的任务、职位或从事的商务活动。也许他见到自己正在签署类似票据的纸头，把它交给面目不清很快离去的人。他明白自己是一位老板，坐在香料和调料市场的一头。他的店里摆着许多分辨不出来的容器，是些皮质的袋子？

他闻到一股鞣皮的味道，可他怀疑眼睛看到的东西。不……他不敢说是皮的。那是个小香料店，刻有图案的带腿的旧货架靠在一面墙上，架上有许多小瓶，有的带颜色，装着茉莉、素馨、海棠、白头翁、丁香、水仙、芍药香精以及生长在边远地带的树皮、大洋彼岸的龙涎香。有个瓶子里装着类似鳄鱼般的小爬虫，趴在那儿一动不动。此外还有一些黏稠的液体。他记起一句话，在哪儿听说的忘记了：香料商人不会赔钱，若赔本，也闻够了香味。

他看见自己走在驼队的前边，穿过狭窄的道路，两边是白色的泥墙，上面搭着椰枣枝。椰枣树对他来说具有重要意义。他朝着一个土坡走去。他从哪儿来，又去何处？

不知道。

可是，他心里清楚自己拥有一间咖啡馆，开间不大，但很舒适。人们默默地朝咖啡馆走来，坐在门口稍高的位置，面对大路。一个个长方的小平台边，摆放着圆桌和木凳。

咖啡馆在哪儿？

他说不准。那个日夜不离左右的女性存在也不确定，说不清她怎么进入他的体内，如何与她独处，又怎么结合，他形容不出来他们合二为一时的欢快。

有时，他明白自己整个人都是可以再现的，甚至那由他转换的另一个。他只不过是过去隐蔽在某处的本我的影子。过去的一切都在把握之中。不过……并非与设想的一模一样。一切仿佛都是回声。哪一种回声都长不了，都是掠过的片片云彩，落下的雨滴，停留的时间不超过一浪赶过一浪的间歇。

没有可感知的实体，也没有可把握的稳固。城市出现时轮廓分明，只要他想，城市便消失。道路从他那儿开始，到他那儿终止，伴随着逝去和来临的时刻。它完全和大洋相似，越是凝视不动，越能看见想见的东西。

他奢望见到的都见到了。不过，他并没有真正达到。他望见开罗城内俯瞰主要街道的巍峨宫殿。看见了所有的宣礼塔和他曾穿过的或从前面经过的入口处。他常常想起它，就是没出现过。

他看见了目光落到他身上的人和他瞥见过的人，其中有学生、商人、长老、士兵，有罗马人、乌兹别克人、吉尔吉斯人、亚美尼亚人、库尔德人、土库曼人、黑人、印度和中国的使节，牧民、农民、渔夫、医生、理发师兼放血者、正骨医生、铁匠以及了解雷电、鸟类、天体、岩石、彩霞和日夜等方面的学者。

还有他所见过的地方，包括商店、广场、荒野、不同省区、山谷和山间小径，几次试图到达或费了好大劲才到达的地方，以及摩洛哥穆拉比特人居住的城堡等。

这是一棵古树，笔直的树干已经倾斜，露出在地下的根须。它干瘪了，变黑了。有的根须还埋在土里，靠泥土输送养分，绽出枝丫和绿叶。他已习惯见怪不怪了，但是这棵大树却让他动心，感到惊奇。

但是，何以会惊奇？

如果大洋本是由一滴水组成，这树又有什么让人奇怪的哪？

我的朋友艾哈迈德·本·阿卜杜拉与我谈话时，语调平稳，不急不躁地缓缓道来。从他身上只能看到绝对的平静、松弛和善良。他的语调与他讲述的最后阶段即最终结局相一致。他的冲动已经舒缓。他望着周围的一切，过去认为遥远的东西都近在眼前。他不知道怎样才能心满意足地、也令人满意地恢复到在城外的那个他。他内心又响起了呼唤声？

是否来自远方?

他是不是又要开始朝着日落方向旅行?

现在，朝着日落方向的他已无须呼唤声。

被安拉宽恕的他说：

只有对无法企及的渴望令我消亡。

# 安拉，保佑了



杰马勒·本·阿卜杜拉，摩洛哥王国的书记官说：

我突然感到心里空荡荡的。那么，我命中注定要去送别，去迎接。人们来了又走了，只有我留下等待。

我的等待始于等待我的侄子，大侄子二十三年前去朝觐，不知走到哪儿，在哪个地方倒下的？小侄子也走了。他的船在秋天起锚。至今，七个冬天过去了，杳无音信。

艾哈迈德·本·阿卜杜拉与我相仿，个子高矮、出神的样子也差不多。我从他身上看到了自己的茫然，总觉得他好像是我这老光棍的儿子。他所说的一切都存在于我的脑子里，他的思念、渴望，以及对接骨木树、泰尼斯岛的消失、不能进入熟悉的清真寺的大门时所表现出来的悲哀，都给我留下深刻的印象。

我对他讲了有关印度姑娘的往事，他流露出的深信不疑令我感动。我相信他完全了解，只是不愿挑明。这又让我产生疑惑，不知我所经历的是真实的还是一种幻觉，或者两者兼而有之。安拉无所不知。

我把记录呈给国王陛下。那些纸张不是关于别人的，也不是关于来自阿拉伯世界东方的陌生人的口述，或他讲给民众听的所见所闻。其内容与我有关，不仅仅因为我亲自笔录了彼此相处时听到的故事。

我还不能完全了解他。他没有向我展示行囊里的东西。我错过了许多应该知道的事。我不想当一个解谜人，只想通过彼此的谈话了解一个人。他见到大长老时并不感到意外，仿佛就在情理之中。我眼前的他已不是刚见面时的样子。

我得知他确实离开后，要求手下抬我到露台上。我在城墙上向大洋的尽头放眼望去。这些波涛来自哪个深渊？我们这儿的太阳又向哪一个固定地点运转？至今没有人从大洋的尽头返回来。居民仍旧期待着那位让他们引以自豪的年轻人。虽然作家已把他的旅行写进今古奇观之中，我的朋友会不会赶上他呢？

这是一条清晰的地平线。艾哈迈德的目光曾久久停留在这难以到达的地方。我似乎意识到他正在某个地方注视着我。不管我转向何方，他都从一个隐蔽的地点望着我。对此，我深信不疑。落日的方向在我心里，在我前方、身后、上方和下方。我原地不动地追赶落日。艾哈迈德经过长久的旅行才接近了它。

大洋翻天覆地的动作是我心潮澎湃的结果。海浪在我的岸边渐渐消退。艾哈迈德本可以在那里顺应自然。可是，他走了。这旅行既是他的，也是我的。

太阳不过是个标志。永不停息的行程才是必不可少的。太阳升起落下，不过是在他的心里，在我的心里。每个人都会走向定数，每个人都要对那不回答的呼唤声做出反应，每个人都会坐到看得见或看不见的露台上。当那里寂静无声时，人长久地心驰神往。海边的毛毛细雨洋溢着亲切的爱意和同情。

他的旅行就是我的旅行，他的行程也是我的行程。我明白他来到世上正是我逝世的那一刻。他断奶、会爬，然后和我一起行走。出现呼唤声时，我原地回应了呼唤，他离家出行以响应它。因此，他的离去就是我的离去。

借着他的双眼，我响应呼唤，期待着。

在大洋岸边，我观察暗下来的太阳，直到它完全落入地平线。凝视着挂在蔚蓝色波涛上的金色光辉向四面八方扩展。我完全明白了，他现在已到达我们终极的地方。而完全到达意味着我的圆满和他的圆满。那是我们要终极的西方，也是我们即将暴露的未知。那么，我们如如不动的清净在哪里?

图书在版编目（CIP）数据

落日的呼唤 /（埃及）杰马勒·黑托尼著；李琛译.
-- 北京：华文出版社，2018.2

ISBN 978-7-5075-4867-9

Ⅰ.①落… Ⅱ.①杰… ②李… Ⅲ.①长篇小说－埃及－现代 Ⅳ.①I411.45

中国版本图书馆CIP数据核字（2018）第031861号

## 落日的呼唤

作　　者：〔埃及〕杰马勒·黑托尼
译　　者：李　琛
策　　划：杨　平
责任编辑：杨　宁　郭俊萍
特邀编辑：马全亮
出版发行：華文出版社
社　　址：北京市西城区广外大街305号8区2号楼
邮政编码：100055
网　　址：http://www.hwcbs.com.cn
电子信箱：sinoculturepress@yahoo.com
电　　话：总编室 010-58336239　发行部 010-58336270
　　　　　责任编辑 010-58336258
经　　销：新华书店
印　　刷：北京画中画印刷有限公司
开　　本：710×1000　1/16
印　　张：16
字　　数：160千字
版　　次：2018年3月第1版
印　　次：2018年3月第1次印刷
标准书号：ISBN 978-7-5075-4867-9
定　　价：38.00元